CONTOS E LENDAS
DO DIABO

Dados Internacionais de Catalogação na Publicação (CIP)
(Câmara Brasileira do Livro, SP, Brasil)

Contos e lendas do Diabo / compilação Claude e Corinne Lecouteux ; tradução Karin Andrea de Guise. – 1. ed. – Petrópolis, RJ : Vozes, 2022. – (Coleção Vozes de Bolso : literatura ; 1)

Título original: Contes et légendes du diable
ISBN 978-65-5713-624-9

1. Contos franceses 2. Diabo – contos europeus I. Claude. II. Lecouteux, Corinne.

22-120317   CDD-843

Índices para catálogo sistemático:
1. Contos : Literatura francesa   843

Aline Graziele Benitez – Bibliotecária – CRB-1/3129

Compilação de
Claude e Corinne Lecouteux
CONTOS E LENDAS DO DIABO

Tradução de Karin Andrea de Guise

Vozes de Bolso

© 2021 Éditions Imago.

Tradução realizada a partir do original em francês intitulado
Contes et legendes du diable.

Direitos de publicação em língua portuguesa – Brasil:
2022, Editora Vozes Ltda.
Rua Frei Luís, 100
25689-900 Petrópolis, RJ
www.vozes.com.br
Brasil

Todos os direitos reservados. Nenhuma parte desta obra poderá ser reproduzida ou transmitida por qualquer forma e/ou quaisquer meios (eletrônico ou mecânico, incluindo fotocópia e gravação) ou arquivada em qualquer sistema ou banco de dados sem permissão escrita da editora.

CONSELHO EDITORIAL

Diretor
Gilberto Gonçalves Garcia

Editores
Aline dos Santos Carneiro
Edrian Josué Pasini
Marilac Loraine Oleniki
Welder Lancieri Marchini

Conselheiros
Elói Dionísio Piva
Francisco Morás
Ludovico Garmus
Teobaldo Heidemann
Volney J. Berkenbrock

Secretário executivo
Leonardo A.R.T. dos Santos

Editoração: Débora Spanamberg Wink
Diagramação: Daniela Alessandra Eid
Revisão gráfica: Nilton Braz da Rocha
Capa: Ygor Moretti
Ilustração de capa: Francisco Goya

ISBN 978-65-5713-624-9 (Brasil)
ISBN 978-2-38089-039-6 (França)

Este livro foi composto e impresso pela Editora Vozes Ltda.

Sumário

Introdução, 9

I – O Diabo fingindo, 19

    1 Como o Diabo reconheceu uma pele de pulga, 21

    2 O Diabo e as filhas do pescador, 26

    3 Os rochedos do Diabo, 31

    4 A igreja do Diabo, 35

    5 O Diabo desposa três irmãs, 42

II – O Diabo e sua família, 49

    1 A mulher do Diabo, 51

    2 A sogra do Diabo, 55

    3 O Diabo como cunhado, 68

    4 Como o Diabo tocou flauta, 72

    5 Meu padrinho, o Diabo, 74

III – O Diabo enganado ou vencido, 77

    1 Os animais e o Diabo, 79

    2 João soluciona enigmas, 82

    3 O companheiro e o Diabo, 86

    4 Cucendron, o gigante e o Diabo, 88

    5 O capitão e o Velho Erik, 95

6 O astuto mestre-escola e o Diabo, 98

7 O filho do rei e a filha do Diabo, 106

8 O homem e o Diabo, 118

9 A escola negra, 121

10 O soldado e os diabos, 143

11 Cathy e o Diabo, 147

12 A velha que era mais astuta do que o Diabo, 156

13 O Diabo enganado, 161

14 O ferreiro de Rumpelbach, 166

15 O Diabo na torneira do tonel de vinho, 177

16 Como o fogo entrou na pedra, 185

IV – A serviço do Diabo, 189

1 O Diabo e o seu aprendiz, 191

2 O porteiro do Inferno, 197

3 Aprendendo com o Diabo, 205

4 O Diabo e suas mulheres, 212

5 O príncipe que entrou a serviço de Satã e libertou o rei do Inferno, 216

6 O Diabo e seu aluno, 224

V – Uma visita ao Inferno, 233

1 O sargento que desceu aos Infernos, 235

2 O rapto da princesa, 241

3 O estudante que foi para o Inferno e para o Céu, 247

VI – O Diabo e a igreja, 255

    1 O cigano e os três diabos, 257
    2 O diácono era um Diabo, 264
    3 Como o Diabo se apropriou de uma alma, 269
    4 A aposta de São Pedro e do Diabo, 271
    5 A dança do Diabo, 273
    6 Os dois açougueiros no Inferno, 275
    7 O Diabo e os três jovens eslavos, 279
    8 Feliz aquele que coloca sua esperança no Diabo, 282
    9 O salário do Diabo, 284

VII – Contos singulares, 289

    1 O barco do Diabo, 291
    2 O carpinteiro, Perkunas e o Diabo, 299
    3 Como o Diabo levou o filho de um pescador, 307
    4 A criança prometida ao Diabo, 315
    5 O filho enfeitiçado do conde, 317
    6 Como um pastor fez fortuna, 324
    7 O criado do Diabo, 330
    8 O estalajadeiro, 334

Anexo I – Alguns contos típicos sobre o Diabo, 337
Anexo II – Alguns motivos associados ao Diabo, 341
Era uma vez... o Diabo, 345
    Dialogando com outras artes, 350

Introdução

Todo mundo acredita conhecer o Diabo, mas será que essa afirmação está correta? Figura emblemática do mal, Satã, Lúcifer, o Maligno, o Chifrudo, é o demônio que conduz os homens à sua perda. As tradições populares e folclóricas apropriaram-se muito cedo dessa figura emblemática. De certa maneira, elas a cativaram e até mesmo a privaram do seu aspecto aterrorizante, conduzindo-nos para muito longe do Doutor Fausto e de Mefistófeles.

Esse personagem foi enriquecido com temas de contos tradicionais, às vezes tão estúpido que os homens o enganam facilmente, às vezes tão astuto quanto uma raposa. Ele é usado em diversas situações, especialmente quando é para ser enganado ou ridicularizado.

O léxico manteve os traços e a onipresença do Maligno: "nós nos entregamos ao Diabo", "assinamos um pacto com ele", "vendemos-lhe nossa alma"; por vezes, "temos o Diabo no corpo", "os diabos são feitos de quatro em quatro"[1], e uma mulher pode ter a "beleza do Diabo". "Temos um trabalhão do Diabo", "fazemos uma barulheira do Diabo", "envia-se alguém ao Diabo", e, quando se está triste, "parece que estamos carregando o Diabo nas costas". Se somos

---

1. O que remete aos mistérios religiosos da Idade Média, nos quais havia quatro diabos.

pobres, então "puxamos o Diabo pelo rabo". Diante de uma pessoa má, dizemos que é "o Diabo encarnado"; de um indigente, que ele é "um pobre Diabo"; de um homem sem tostão, que "ele aloja um Diabo na sua bolsa"; de um descrente, que "ele não crê nem em Deus nem no Diabo"; de uma criança levada, que é "um diabinho"; e daquele que mora longe, dizemos que "ele vive no paraíso do Diabo". "Furar o olho do Diabo" significa ter sucesso apesar dos invejosos; "o Diabo canta a missa" remete aos hipócritas que usam a máscara da piedade. Também se diz que as cartas são as mensageiras do Diabo...

Dizemos que o Diabo era belo quando jovem; que os mentirosos são filhos do Diabo; que o que vem do Diabo volta ao Diabo; que o Diabo tem mais do que doze apóstolos; que aonde ele não quer ir ele envia um padre ou uma idosa; que ele se mostra se o invocarmos ou se o olharmos através de um espelho; que ele deixou o nosso mundo porque sabe que os homens esquentam seu próprio inferno... Alguns provérbios do outro lado do Reno nos informam que "os diabos não choram quando as freiras dançam"[2] e que "as pessoas mancam em direção a Deus, mas correm em direção ao Diabo". Podemos parar por aqui com essa visão geral, pois já basta para mostrar quão profundamente o Maligno está enraizado nas tradições populares.

---

2. Pois a dança era tida como um pecado pela Igreja.

Mefistófeles aparecendo a Fausto em seu escritório
(DELACROIX, 1828)

O desconhecido é assustador, por isso os contadores de histórias têm proporcionado formas de identificá-lo: é coxo, como em Lesage[3] (1707), tem um rabo ou cascos de cavalo, talvez dois, um ou dois chifres, tem pés de ganso ou de porco, seu nariz é comprido.

Eis como Heinrich Ludwig Fischer descreveu o Maligno em 1790 (p. 2):

> Sobre sua cabeça observamos dois grandes chifres; a testa é abaloada, o nariz é muito comprido, e a boca, que revela dois dentes pontiagudos, cai de maneira pronunciada sobre um queixo longo e pontudo. O cinto que segura seu capote flutuante é uma cobra horrível com uma boca feroz. Debaixo de sua roupa escondem-se os cascos de cabra; suas mãos são dotadas de garras, e ele tem

---

3. Alain René Lesage (ou Le Sage – O Sábio, 1668-1747) é um romancista e dramaturgo francês, autor da obra *Le Diable boiteux (O Diabo coxo)*, onde o personagem principal é transportado pelo Diabo para os telhados das casas para ver o que se passa.

uma cauda que pende atrás de si e termina na forma de uma flecha pontiaguda. Ele é negro como o carvão e está acompanhado por um cão grande que mostra seus dentes, tem a língua pendurada e cheia de baba.

Ilustração de Nils Wiwel (1857-1914) para o conto
"Gutten og Fanden", de Asbjørnsen

Ele surge sob os traços de um caçador – de almas, é claro –, de um homem negro, de um tubarão, de um padre, de uma mulher ou de um animal, pois tem uma maravilhosa capacidade de se metamorfosear.

Percebamos que um dos nomes védicos do Diabo é *kâmarûpa* ou *viçvarûpa*, "aquele que muda sua forma à vontade". Ei-lo aqui, belo jovem indo procurar uma noiva, cachorro, gato preto, lebre, macaco, galinha preta, cabra, sapo, lobo, urso, cavalo, dragão, mosca, serpente etc. Podemos reconhecê-lo graças ao seu cheiro de enxofre... As crenças populares fazem do Príncipe das Trevas o portador das tormentas, do granizo e das tempestades. Pense no provérbio "O

Diabo bate na esposa e casa-se com a filha", utilizado para dizer que faz sol e chuva ao mesmo tempo. Se trovejar, dizemos que o Diabo está jogando boliche.

Fausto, Wagner e o Diabo como cão – Friedrich Gustav Schlick (1847-1850)

Seu Inferno pode ser visitado, como nos relatos de viagens feitas ao além, seja porque ele empregou um menino para aquecer sua fornalha ou como porteiro, por exemplo, seja porque raptou um humano. Às vezes, alguém pode tornar-se aprendiz do Maligno; alguns, mais audaciosos, selam um pacto com ele.

Rival de Deus, Lúcifer participou da Criação, mas *ad malam partem*! Ele criou o lobo, a lebre, o asno, a cabra, o bode, a vespa, o tamboril, a arraia; as plantas carregam seus traços, e a escabiosa é chamada de "mordida do Diabo". Outras plantas o fazem fugir: é o caso da artemísia e da erva de São João (*hypericum*). Foi ele quem alterou o suco da videira, tornando-o uma bebida inebriante.

Seus inimigos são Deus e os santos, e São Pedro ocupa aqui o centro das atenções, único adversário capaz de fazer com que ele coma poeira. Na Saboia, quem intervém são os Santos Tiago, Martinho e Bernardo. Na lenda, Teófilo, que assinou um pacto com Satã, é salvo pela Virgem Maria...

Segundo uma outra lenda:

> Uma enorme corrente presa a um rochedo prende o Diabo. Este a roeu o ano inteiro, e, quando a Páscoa chegou, ela não passava de um fio fino. Mas na manhã de Páscoa o Salvador surgiu e o prendeu a uma nova corrente (HAHN, 1864)[4].

O que chama a atenção, sobretudo nos contos populares e folclóricos, é que o Diabo está inteiramente antropomorfizado. Ele é casado, e uma lenda conta o seguinte:

> Um dia o Diabo teve a ideia de tomar uma mulher a fim de propagar a sua raça. Dirigiu-se, portanto, à Impiedade e, após tê-la desposado, teve com ela sete filhas. Quando estas foram chegando à idade de se casar, ele era da opinião de que as filhas deveriam casar-se com homens para ganhar a sua amizade. Deu a mais velha, o Orgulho, aos poderosos da terra [...]. Casou a segunda, a Avareza, com os ricos, os comerciantes e os banqueiros. Deu a terceira, a Deslealdade, aos camponeses, aos mercenários e aos homens do povo, e a Hipocrisia aos padres que exibem uma santidade que não possuem. Deu a Inveja aos artistas. A Vaidade foi naturalmente compar-

---

4. Cf. Le Conte I, 2 dessa antologia, em que o motivo da corrente reaparece.

tilhada pelas mulheres. Faltava a sétima filha, a Impureza. Ele procurou a quem dá-la; mas, após ter refletido, decidiu mantê-la em casa para que cada um pudesse vir buscá-la se assim desejasse. Ao ir por esse caminho, ele contava ter um grande número de pedidos e de visitas – e não foi enganado em seus cálculos, como a experiência mostrou em seguida (GÖRRES, 1836-1842).

Ele tem uma filha, uma sogra, uma avó, um avô e criados[5]; mora em um castelo ou em uma esplêndida residência. Quando cobiça uma jovem, toma o aspecto de um homem sedutor e faz a corte à eleita do seu coração, mas frequentemente lhe impõe uma proibição que, é claro, ela transgride. Sua descrição está muito longe da descrição da iconografia cristã, na qual ele é peludo, chifrudo e com mãos em forma de garras. Satã é, por outro lado, um bom psicólogo e sabe explorar em proveito próprio os desejos humanos: a um ele propõe riqueza, a um outro, amor. É interessante perceber aqui que ele ataca os homens preferencialmente – será que ele teme a astúcia das mulheres que, nos contos, o fazem ser derrotado?

O Diabo parece amar a sua tranquilidade e nega entrada àqueles que considera causadores de problemas. Quanto às suas relações com as mulheres, estão impregnadas de comicidade: rimos ao ver Satã aterrorizado por uma delas; uma outra o assustou tanto que ele sujou suas calças. Não faltam situações burlescas, sobretudo quando o demônio é chutado e enganado e foge com o rabo entre as pernas.

---

5. Eles se chamam Gulu e Fremy. Cf. Charles-Émilien Thuriet (1892, p. 520 em diante).

O Maligno nem sempre é mal-intencionado e, por vezes, faz o bem; por exemplo, quando ele liberta um prisioneiro ou oferece sua ajuda a alguém.

Finalmente, quem é o Diabo dos contos? Quando comparamos os textos, vemos que ele é intercambiável com mágicos, feiticeiros ou bruxas, que ele abrange seres fantásticos desmitificados como Perkūnas[6], deus lituano, e Laume[7], uma fada ou espírito silvícola, e que "Diabo" é um termo utilizado pelos contadores frequentemente por comodidade, uma verdadeira palavra de ordem ou um *slogan*. O maravilhoso também é representado por gigantes, objetos – espelho mágico, carteira e suprimentos inesgotáveis – e frutos mágicos, metamorfoses em objeto ou em animal ou uma árvore da qual não se pode descer etc. Encontramos até mesmo um avatar de Chronos em "O Diabo e as filhas do pescador". Constatamos ainda que o Maligno é mortal, como nos ensina o conto "O príncipe que entrou a serviço de Satã e libertou o rei do Inferno".

Nossa antologia abrange vinte países europeus. Quando listado no Índice de Aarne e Thompson, indicamos o tipo de história, bem como paralelos com

---

6. Perkūnas era o deus báltico do trovão e a segunda divindade mais importante dentro do panteão báltico. Tanto na mitologia da Lituânia quanto na da Letônia, é apresentado como o deus do céu, do trovão, dos raios, das tempestades, da chuva, do fogo, da guerra, da lei, da ordem, da fertilidade, das montanhas e do carvalho [N.T.].

7. Essa deusa é conhecida por Lauma na Lituânia e por Laumé na Letônia. É um espírito das florestas, protetora dos órfãos na mitologia báltica. Originalmente, era um espírito do ar, mas a sua compaixão pelos seres humanos a trouxe para a terra para que ela compartilhasse o destino dos humanos [N.T.].

outras coleções de histórias, com exceção dos bem conhecidos irmãos Grimm[8].

Abreviações utilizadas

> * O asterisco assinala variantes e paralelos em outras coletâneas.
>
> **AaTh**: AARNE, A.; THOMPSON, S. *The Types of the folktale.*
>
> **ATU**: AARNE, A.; THOMPSON, S. *The Types of the folktale.* Helsinki: Academia Scientiarum Fennica, 1961 (Folklore Fellows Communications, 184).
>
> **BP**: BOLTE, J.; POLIVKA, G. *Anmerkungen zu den Kinder- und Hausmärchen.*
>
> **CPF**: DELARUE, P. *Le Conte populaire français.* Paris: Erasme, 1957. t. 1.; DELARUE, P.; TÉNÈZE, M.-L. *Le Conte populaire français.* Paris: Maisonneuve et Larose, 1964. t. 2.
>
> **EM**: *Enzyklopädie des Märchens.*
>
> **KHM**: GRIMM. *Contes pour les enfants et la maison, contes retranchés.*
>
> **Mlex**: SCHERF, W. *Märchenlexikon.*
>
> **Motif**: THOMPSON, S. *Motif-Index of Folk Literature.*
>
> **TU**: TUBACH, F. *Index exemplorum.*

---

8. Nós não retomamos nenhum dos cinco contos de Grimm que tratam do Inferno e do Maligno: "Os três cabelos de ouro do Diabo" (KHM 29); "Irmão alegre" (KHM 81); "João, o destemido" (KHM 82); "O fuliginoso irmão do Diabo" (KHM 100); "O Diabo e sua avó" (KHM 125).

Referências

FISCHER, H.L. *Das Buch vom Aberglauben*. Lípsia: Schwicker, 1790.

THURIET, C.-É. *Traditions populares de la Haute-Saône et du Jura*. Paris: Émile Chevalier, 1892.

GÖRRES, J.-J. *Die Christliche Mystik*. Landshut: 1836-1842. VI, 14.

HAHN, J. *Griechische und albanesische Märchen*. Lípsia: Wilhelm Engelmann, 1864. n. 106.

I

O Diabo fingindo

1
Como o Diabo reconheceu uma pele de pulga

Bulgária

Um czar prendeu uma pulga em uma garrafa e a alimentou durante vários anos; ela cresceu, e quando ficou do tamanho de um bezerro ele a matou, a esfolou e pendurou sua pele no portão. Ele proclamou em todo o reino que aquele que descobrisse a origem dessa pele receberia sua filha em casamento. Quando as pessoas souberam, vieram de todos os lugares para tentar adivinhar, mas ninguém conseguiu. Uma delas declarou: "É a pele de um búfalo"; uma outra: "É de um bezerro", e uma disse isso e a outra aquilo, tudo que lhes passava pela cabeça, mas ninguém descobriu e ninguém pôde se casar com a filha do czar.

Estávamos neste ponto quando um demônio saiu do mar, transformou-se em homem, logo depois foi até o czar e lhe deu a resposta certa. Ele obteve, portanto, a mão da princesa, pois o monarca não podia faltar à sua palavra. O casamento aconteceu na corte, em seguida o Diabo partiu com sua esposa para voltar aos seus domínios, e o czar os acompanhou com uma comitiva numerosa, pífanos e tambores. Caminhando de mãos dadas, o Diabo e sua mulher chegaram a um riacho, e ali ele a arrastou para dentro do mar, onde desapareceram aos olhos de todos. E agora? Aflito, o czar enviou marinheiros à procura da sua filha, mas a busca foi em vão. Triste e em lágrimas, o czar deu meia-volta e proibiu que se acendessem velas à noite, que casamentos fossem celebrados e que canções fossem entoadas. Por todo lado, os arautos proclamavam:

– Infeliz aquele que transgredir esta ordem!

Na capital vivia uma anciã que tinha seis filhos. Todos eram talentosos, e cada um possuía um dom particular, único no mundo. Feliz por ter filhos assim, a anciã acendia uma vela todas as noites e cantava melodias alegres. Quando os soldados do czar perceberam isso, fizeram um relatório, e a mulher foi convocada para um interrogatório:

– Muito bem, por que você não obedece à minha ordem? Você sabe muito bem que um ondim[9] levou a minha filha. Você não deveria compartilhar do meu pesar e, após o cair da noite, não acender uma vela nem cantar?

– Vossa Alteza, enquanto tu e meus filhos, rapazes mais diligentes não há, estiverem vivos, eu tenho esse direito.

– O que teus filhos têm de tão diferente para que elogies os méritos deles dessa forma?

– Saiba, Alteza, que meu filho mais velho pode beber todo o mar de um gole só; o segundo pode carregar dez homens sobre seus ombros e correr como

---

9. Os ondins são os companheiros ou irmãos das ondinas (de que deriva a palavra "onda"), espíritos das águas na mitologia germânica [N.T.].

um cervo de três anos; basta o terceiro bater o punho na terra para fazer surgir uma torre; o quarto pode atirar setas mais altas do que o céu e atingir o alvo; o quinto ressuscita um morto com o seu sopro, e o sexto, quando cola sua orelha ao chão, escuta tudo que se diz sob a terra.

– Procuro justamente pessoas como eles – respondeu o czar. – Diz-lhes para virem imediatamente! É preciso que eles realizem uma tarefa para mim. Farei deles em seguida meus favoritos, e tu serás livre para fazer o que quiseres e cantar à vontade.

Ela se inclinou diante do czar, foi ao encontro dos seus filhos e os enviou ao monarca, que lhes anunciou:

– Eu soube que vós tendes dons únicos no mundo. Eles lhes permitirão tirar minha filha do mar e trazê-la de volta para mim. Eu prometo que ela se casará com o irmão mais velho, e todos se tornarão meus favoritos.

Os irmãos se encaminharam ao litoral, e aquele que tinha o dom da audição colocou seu ouvido no chão para descobrir onde a princesa estava aprisionada; sua tentativa foi coroada de sucesso. Ele ordenou ao seu irmão:

– Aspira o mar neste lugar!

Isso que foi feito. Eles viram, então, a filha do czar sentada em lágrimas enquanto o Diabo dormia, a cabeça pousada sobre seus joelhos. Eles se aproximaram dela, e aquele que conseguia carregar dez homens a pegou e a colocou sobre seus ombros. Em seguida foi enfiado um sapo na boca do Diabo para que este acordasse quando o sapo coaxasse. Então ele agarrou seus cinco irmãos e correu como um cervo sobre as montanhas. O sapo começou a coaxar, e o Diabo despertou. Ele viu que o mar e a princesa haviam desaparecido e quase explodiu de raiva.

Depois de estar bem acordado, ao olhar à sua volta, percebeu seis rapazes fugindo com a filha do czar; ele se lançou em sua perseguição e em pouco tempo os alcançou.

– Regurgite o mar! – disseram os cinco irmãos àquele que o tinha engolido.

Ele o fez, e um lago nasceu. Mas o Diabo voou por cima do lago e continuou a perseguição.

– Irmão, bata com o punho no solo para fazer surgir uma torre, caso contrário estamos acabados!

Ele assim fez, e todos se fecharam dentro da torre. O Diabo deu voltas em torno sem saber o que fazer e acabou dizendo-lhes:

– Ei, se estiverem de acordo, digam para a princesa mostrar seu dedo mindinho para que eu veja pela última vez alguma coisa dela. Em seguida, poderão levá-la para onde quiserem.

O que fazer? Será que ela deveria mostrar o seu dedinho ou não? Enfim eles aceitaram, pensando que sairiam facilmente da situação, e convenceram a princesa a passar seu dedo pelo buraco da fechadura. Assim que o Diabo o viu, levou o dedo dela até a boca e aspirou a alma da jovem, que morreu. Depois, ele correu para se esconder, mas o irmão que nunca falhava seu alvo fez pontaria e o matou. Aquele que sabia ressuscitar os mortos soprou sobre a filha do czar, e ela voltou à vida. Todos a acompanharam até a casa de seu pai, que tão logo a casou com o mais velho, como prometido; ele fez dos outros irmãos seus favoritos.

Fonte: LESKIEN, A. *Balkanmärchen aus Bulgarien.* Jena: Eugen Dieerichs, 1915, p. 84-87.

ATU 0513 C*, BP 3, 18-37. MLex 297-301. EM 4, 1011-1021.

2
O Diabo e as filhas do pescador

Grécia

Era uma vez um velho pescador que foi um dia para perto do mar a fim de pescar. Quando quis puxar a sua rede de pesca, ele puxou e puxou, mas em vão. Enfim, após muito esforço, ele conseguiu e, entre alguns peixinhos, encontrou uma enorme chave de ferro[10]. Enquanto a contemplava, um homem grande e sólido apareceu e lhe disse:

– A chave que encontraste me pertence. Eu sou Belzebu, o senhor dos diabos, e moro no Inferno onde os homens vivem felizes no meio de incontáveis tesouros. Pega a chave e volta ao litoral na terça-feira à décima segunda hora; encontrarás uma porta que abrirás, entrarás e virás me ver.

Apenas pronunciadas essas palavras, ele se transformou em uma espessa nuvem de fumaça e desapareceu sob a terra. O velho voltou para casa e, durante a refeição, enquanto comia com seus filhos os peixinhos que tinha conseguido pegar, mostrou-lhes a grande chave, contando sua aventura e acrescentando que, na terça seguinte, traria para eles vários tesouros.

---

10. Variante do motivo N.211.1. Anel perdido achado dentro do peixe.

Os dias passaram, e a terça-feira chegou. À hora combinada, o pescador foi até o litoral com a chave. Viu uma grande porta que tinha uma légua de altura e um terço de légua de largura. Ele a abriu e entrou em um recinto onde um ancião estava sentado. Seu nariz chegava quase até o chão de tão velho que era; suas sobrancelhas e a sua barba branca eram tão longas que o envolviam quase inteiramente. Segurava uma foice em sua mão direita e na mão esquerda um rosário, cujas milhares de contas ele contava. A cada instante, saía dele uma criança que ele devorava tão logo ela surgia[11]. Quando percebeu a presença do pescador, ele lhe dirigiu a palavra com uma voz profunda e grave:

– O que vieste ver? Muitos são aqueles que entraram aqui sem jamais terem voltado a sair. Foi o acaso que o conduziu até aqui ou foi o seu desejo?

– Quero ver o teu mestre – respondeu o pescador –, o todo-poderoso.

– Tu corres o risco de te arrependeres, meu filho, pois deverás passar por várias provas antes de chegar até ele. Mas já que entraste, o melhor é avançar, e vou te passar algumas instruções. Tu deverás pegar este caminho, a partir do qual chegarás até diante de um grande arbusto de lápsana[12]; de um lado, ele é guardado por um leão orgulhoso e poderoso; pelo outro, por uma loba muito magra e quase morta de fome. Tu escutarás também vozes que te farão medo e te anunciarão que tua família pereceu e outras notícias

---

11. Será um avatar de Chronos?
12. Flor da família dos girassóis.

ruins. Não hesita e não responde quando chamarem teu nome! Quando tiveres passado pelo arbusto, chegarás a uma escada pela qual descerás e encontrarás aquele que buscas.

O pescador seguiu as instruções do ancião e encontrou Belzebu sozinho, que, ao vê-lo, levantou-se e perguntou-lhe se ele tinha filhas.

– Tenho três – respondeu o pescador –, órfãs de mãe.

O Diabo ordenou a um de seus servos que desse tesouros ao velho e, após isso ter sido feito, disse ao pescador que voltasse para casa e lhe trouxesse uma de suas filhas no dia seguinte. O pescador voltou de bom humor. Quando os filhos viram todo o dinheiro que seu pai trouxera, todos gritaram juntos:

– Pai, compra para mim um lenço, para mim um colete, para mim um gorro, para mim um vestido!

No dia seguinte, pela manhã, a mais velha das filhas partiu alegremente com seu pai para a casa do Diabo, que estava sozinho. Depois que o pescador foi novamente coberto de dinheiro, ele tomou o caminho de volta, deixando sua filha como mulher para o Diabo. Na hora do almoço, Belzebu saiu, mas, antes, ele deu à sua esposa um pé humano como refeição, que ela não conseguiu engolir e jogou sobre o esterco. Quando voltou, o Diabo lhe perguntou se ela o tinha comido, e ela disse que sim. Ele a parabenizou, mas, como não acreditou inteiramente nela, gritou:

– Pé, onde estás?

– Em cima do esterco!

Percebendo que sua mulher havia mentido, ele lhe deu um tapa, e ela ficou petrificada. Em seguida ele a jogou em um quarto onde se encontravam todas as mulheres que ele tratara da mesma maneira.

No dia seguinte, o pescador voltou e, após ter--lhe dado dinheiro, o Diabo pediu que ele trouxesse sua segunda filha. O velho obedeceu, mas o mesmo que acontecera à mais velha aconteceu à segunda. Finalmente, o pescador levou sua filha mais nova. Quando ele partiu e a hora do almoço se aproximava, antes de sair Belzebu deu à jovem uma mão humana como almoço. Ela a segurou e a amarrou ao seu corpo. À sua volta, o Diabo lhe perguntou se a moça tinha comido a mão. "Sim" foi a sua resposta. Então o Diabo chamou:

– Mão, onde estás?

– No corpo – respondeu ela.

A partir de então, o Diabo passou a confiar na jovem, apaixonou-se por ela, e casaram-se. Como ele ficava ausente todos os dias, mostrou à sua jovem esposa que podia entrar em todos os recintos, exceto em um único que ele lhe mostrou[13].

Um dia, depois de seu marido ter saído, sua curiosidade fez com que ela se dirigisse ao quarto proibido, e o que foi que ela viu? Muitas mulheres, entre elas suas duas irmãs, todas petrificadas. O desespero tomou conta dela, mas a moça percebeu de repente que estava escrito "Vida" em uma parede e que sob a inscrição balançava uma garrafa de aguardente. Ela a pegou, a abriu e a utilizou para aspergir todas as

---

13. Motivo C 611. Quarto proibido. Pessoa que tem a permissão de entrar em todos os quartos, menos em um.

mulheres, que voltaram a se animar[14]. Ela abriu a porta, e todas fugiram do reino do Diabo.

Fonte: SCHMIDT, B. *Griechische Märchen, Sagen und Volkslieder*. Lípsia: Teubner, 1877, p. 122-125.

* Schneller 32; Leskien 12: Widter 11: Gonzenbach 23; Wlislocki 98; Obert 1: Asbjørnsen 42 (*De tre kongsdotre i berget det bla*); Hahn 19, 73.

ATU 0311, MLex 317-321. EM 8, 1407-1413.

---

14. Motivos R 157.1. Irmã mais nova resgata a mais velha; E0. Ressuscitação.

3
Os rochedos do Diabo

Morávia

Quando vamos de Klobuk[15] a Vsetin[16], passamos pelo vilarejo de Lideko, que está situado em um agradável vale.

Um dia havia uma música tocando no albergue de Lideko. Estavam utilizando uma gaita de foles e tímpanos, e mesmo faltando aguardente as pessoas estavam muito alegres. Perto da meia-noite, um indivíduo entrou e, ao tirar o capote negro que o envolvia, percorreu a sala com seu olhar. Suas sobrancelhas escuras emolduravam dois olhos brilhantes, e seu bigode negro lhe conferia uma bela presença. O casaco verde e o chapéu de plumas deixavam presumir que se tratava de um caçador. Entre as jovens estava Kathy, órfã de pai, que tinha apenas uma mãe idosa. Como ela possuía uma bela casinha, campos e pradarias e, para completar, era muito piedosa, levava uma vida tranquila, além de ser muito bonita, de modo que mais de um rapaz teria alegremente a desposado.

O desconhecido pousou seu olhar sobre ela, aproximou-se e, enquanto dançava com a jovem, conversaram: como o homem causava nela uma boa im-

---

15. Klobouky u Burna, Morávia do Sul.
16. Cidade situada a leste da República Tcheca.

pressão, Kathy se apaixonou. Ele prometeu que iria visitá-la em breve, mas, acrescentou, como a caça ocupava grande parte do seu tempo, só poderia vir à meia-noite ou ao meio-dia. O homem pegou seu capote, jogou algumas moedas de vinte centavos aos músicos e afastou-se pouco após a meia-noite.

O desconhecido, que se chamava Ladimil[17], manteve sua palavra. Mas suas visitas tardias não agradavam à mãe da jovem, que sempre estava presente nos encontros. Ela começou a suspeitar porque ele estava constantemente à espreita, não se aspergia com água benta ao chegar ou ao se retirar e, quando ela e sua filha o abençoavam no momento da partida, saía correndo como um selvagem.

Uma noite, por volta de onze horas, Ladimil apareceu e pediu a mão de Kathy. Durante uma meia hora, a mãe recusou sob diferentes pretextos; finalmente, como ele não parava de suplicar, ela lhe disse:

– Bem, eu concederei a mão da minha filha, mas com uma condição; se não a cumprir dentro do prazo estabelecido, o casamento não se realizará.

Ele se levantou do seu assento como se fosse dizer: "Estou aqui, fale, farei tudo que pedires!" Na esperança de impedir esse casamento, a anciã declarou:

– Se, no decorrer da noite, construíres uma ponte ligando o vale de um monte ao outro, desposarás a minha filha[18]; caso contrário, jamais a terá!

---

17. Cf. WÜNSCHE, A. *Der Sagenkreis vom geprellten Teufel*. Lípsia: Akademischer Verlag, 1905. p. 83.
18. Motivo H 1131.2. O Diabo como pretendente foi designado para construir uma ponte ou barragem.

– Aposta feita – respondeu o noivo com uma risada demoníaca enquanto corria porta afora.

Tendo chegado fora de casa, ele bateu com o pé, todo o vale estremeceu, e vejam só! Uma multidão imensa de companheiros encapuzados reuniu-se em volta dele. O homem ordenou que todos se dispersassem rapidamente nas cercanias, que estrangulassem todos os galos da região e que, depois que isso tivesse sido feito, viessem ajudá-lo, carregando as pedras para a construção de uma ponte. Obedientes, eles mataram todos os galos. O noivo do Inferno, pois tratava-se do Diabo em pessoa, lhes tinha dado essa ordem com o intuito de que nenhum galo cantasse antes da construção estar terminada. Isso porque, como todos sabiam, os galos têm um grande poder sobre o Diabo e destroem todos os truques ruins que ele costuma pregar até meia-noite. Uma vez que as aves tinham sido reduzidas ao silêncio, os companheiros do Inferno foram ajudar seu irmão, mas, como não havia pedras nas proximidades, eles foram primeiro até a floresta, de onde trouxeram pedras gigantescas. Com uma incrível rapidez, o Maligno as empilhou sobre as colinas dos dois lados do vale e começou a formar o primeiro arco[19].

Mas em Lideko vivia uma mulher muito velha que possuía um galo. Como ela sabia que o Tentador negro tinha um ressentimento particular contra os galos, uma vez que ele havia tentado São Pedro sem sucesso, a mulher cuidava para que seu galo e ela própria não caíssem nas garras do Diabo e no seu poder. Por isso ela o escondeu debaixo de um cocho, em um

---

19. Motivo G 303.9.1. O Diabo como construtor.

lugar secreto onde nenhum Diabo poderia encontrá-lo. Foi assim que a ave foi a única a permanecer com vida quando a trupe infernal partiu para abater todos os galos das cercanias.

A meia-noite aproximava-se, e o Diabo já tinha construído diversos arcos. Com certeza, teria terminado sua obra no espaço de uma hora e teria levado a pobre e inocente Kathy. Mas, de repente, o galo que estava escondido cantou, e vejam só! Imediatamente os monstruosos rochedos desmoronaram com um estrondo. Os arcos que já se elevavam acima do vale, os pilares, tudo desabou, fazendo um barulho de trovão.

As pedras mais altas em Lideko são os vestígios dessa construção. O Maligno que queria se casar com Kathy foi petrificado como alerta a todos os sedutores, e atualmente ainda é possível ver sua cabeça chifruda. Os únicos companheiros que sobreviveram foram aqueles que voaram pelos ares; os outros, que estavam extraindo as pedras na floresta, foram igualmente petrificados e são visíveis ainda hoje[20].

Fonte: WENZIG, J. *Westslawischer Märchenschatz*. Lípsia: Lorck, 1857, p. 174-179.

---

20. Motivo D 231. Transformação: homem em pedra.

4
A igreja do Diabo

Romênia

Era uma vez – e se não fosse verdade não estaríamos falando sobre isso, e a história teria se dissipado como uma nuvem ao vento – um rei que quis construir uma igreja e contratou oito pedreiros e quantos trabalhadores fossem necessários. No primeiro dia da construção, o soberano veio inspecionar o trabalho e constatou que a obra não tinha avançado. Furioso, ele exigiu uma explicação. Os pedreiros responderam:

– Estamos contrariados por não conseguirmos avançar; não sabemos quem vem todas as noites para destruir o trabalho do dia.

Veio, então, o Diabo vestido como pedreiro e anunciou ao monarca o poder para edificar uma igreja em uma noite. Essas palavras agradaram ao rei, que perguntou:

– Qual será o teu preço?

– Aquele que primeiro entrar na igreja será meu.

O soberano tinha uma filha esplêndida cuja beleza eclipsava a do Sol. Pela manhã, a igreja tinha sido terminada, faltava apenas colocar a cruz. As pessoas deveriam ter notado sua ausência, mas o prédio era tão bonito que ninguém reparou. A princesa, no entanto, percebeu e precipitou-se em direção à igreja para ver se a cruz havia sido instalada em cima do altar. Ao entrar, o Diabo a prendeu, como tinha combinado com seu pai, e a colocou dentro de um caixão ao lado do altar. Assustado, o soberano compreendeu quem tinha construído a igreja. Aflito, ficou de luto e colocou guardas permanentes ao lado do esquife, da aurora até o crepúsculo. De dia, não lhes acontecia nada, mas aqueles que velavam à noite desapareciam, devorados pelo demônio.

Chegou o dia em que só restava ao rei uma companhia de soldados. Havia dois rapazes nessa companhia, um era sargento e o outro cabo, cujos serviços de doze anos tinham terminado naquele triste ano. Eles foram pedir ao soberano alguns *kreutzers* para a viagem. À porta, o sargento disse ao seu companheiro:

– Cabo, entre primeiro, eu não ouso.

– Sargento, entre primeiro, o senhor é maior do que eu.

E o sargento entrou.

– Bom dia, Senhor.

– O que desejas?

– Já servi por doze anos. De agora em diante estou livre das minhas obrigações e não tenho nenhum *kreutzer* para voltar para casa.

– Foste um bom soldado?

– Sim.

– Obedeceste às ordens?

– Sim.

– Então, dá-me um tapa.

Desorientado, o sargento respondeu:

– Como eu poderia dar um tapa em Vossa Majestade?

O monarca o estapeou e o expulsou. O cabo lhe perguntou:

– Recebeste?

– Sim, agora é a sua vez. Que ele dê a ti também.

Ao entrar, o cabo saudou o rei, que respondeu:

– Que queres?

– Servi doze anos. De agora em diante estou liberado das minhas obrigações e não tenho nenhum *kreutzer* para voltar para casa.

– Foste um bom soldado? perguntou o soberano.

– Sim.

– Obedeceste às ordens?

– Sim.

– Então dá-me um tapa!

O cabo cumpriu a ordem, o que deixou o rei surpreendido.

– Bravo! – gritou o monarca, que lhe deu cem florins.

O cabo agradeceu ao soberano, saiu e dirigiu-se a um albergue com o soldado para beber. O cabo pagou sua conta e pediu ao sargento para fazer o mesmo a fim de que eles pudessem partir. Esse último lhe explicou que ele só recebera um tapa.

– Mas como é possível? Para mim, ele deu cem florins.

E o sargento contou o que lhe tinha acontecido. Foi nesse momento que uma patrulha veio buscar o cabo.

Quando foi levado diante do rei, perguntou:

— Majestade, quais são suas ordens?

— Constatei que és um bom soldado, e sabes o que aconteceu à minha filha. Se houvesse um rapaz capaz de passar três noites seguidas na igreja, ele libertaria minha filha, e eu lhe daria sua mão e metade do meu reino. Como vi o teu valor, pensei que talvez sejas esse homem.

— Majestade, irei tentar.

À noite, quando as dez horas soaram, ele foi sozinho à igreja e orou a Deus com um coração puro. Às onze horas, seu anjo da guarda apareceu e lhe perguntou:

— Estás aqui?

— Sim!

— Nada temas quando soar a meia-noite. A princesa possuída pelo demônio[21] sairá do seu caixão, e tu deverás te esconder atrás do altar.

Na hora indicada, ela saiu do seu ataúde e começou a procurar os soldados por toda a igreja e pelo campanário, mas não olhou atrás do altar. Quando soou uma hora, não tendo mais forças, ela voltou a se deitar, gritando:

— Paizinho, paizinho, cão que tu és, não me enviaste nada para devorar!

---

21. O texto usa a palavra *naždraván*, "má".

Pela manhã, o cabo saiu da igreja fumando um cigarro.

À noite, às dez horas, ele voltou para a igreja, mandando embora os outros guardas. Às onze horas e trinta, seu anjo se apresentou:

– Estás aqui?

– Sim!

– Esconde-te essa noite no campanário, pois ela te procurará atrás do altar.

À meia-noite, a princesa se levantou e procurou sem nada encontrar. Uma hora depois, ela teve que voltar ao seu ataúde.

– Paizinho, paizinho, disse ela, cão que tu és, tu nada me enviaste para devorar!

O rapaz saiu do seu esconderijo, acendeu um cigarro e perambulou pela igreja até de manhã.

Na terceira noite, o anjo lhe perguntou:

– Estás aqui?

– Sim!

– Essa noite não te esconda e fica perto do caixão.

À meia-noite, o ataúde guinchou, e o cabo se colocou diante dele; o ataúde guinchou uma segunda vez, e o soldado se deitou no chão. A princesa procurou por todo lado sem nada encontrar. O rapaz foi para dentro do esquife. Quando soou uma hora, ela voltou para se deitar, mas encontrou o soldado e lhe perguntou:

– Quem és tu?

– Eu!

– Eu quem?

– Eu.

– Sai do ataúde!

– Eu sairei quando tiveres me repetido a primeira coisa que teu pai te ensinou.

Só após ter pedido três vezes que ela respondeu "O Pai-nosso" e foi libertada. Eles se abraçaram, e ela lhe disse:

– Tu serás meu marido, eu serei tua mulher.

Pela manhã, eles saíram juntos da igreja. Os guardas anunciaram ao soberano que o rapaz que o tinha estapeado libertara sua filha. Atrelaram quatro garanhões a uma carruagem, e o rei foi até a igreja.

– Salvaste a minha filha? – inquiriu ele.

– Sim, Majestade.

– Sua mão e a metade do meu reino te pertencem então.

E eles entraram na igreja para as núpcias.

Após a cerimônia, o anjo da guarda do jovem rapaz voltou, chamou a princesa de lado, arrancou-lhe um fio de cabelo, dividiu-o em dois, extirpou dele doze diabos que ele jogou fora e exorcizou assim a jovem. Ele a reconduziu para perto do seu noivo e declarou: "Toma-a, ela agora é tão pura quanto ti". Núpcias faustosas foram celebradas; sobre a cauda de cada cão presente no casamento foi atado um brioche[22], e os amantes, se ainda estiverem vivos, continuam juntos até hoje.

---

22. Essa frase só pode ser compreendida em referência a uma expressão romena cristalizada que reflete esse curioso costu-

Fonte: SCHULLERUS, P. *Rumänische Volksmärchen aus dem mittleren Harbachtal*. Bucareste: Kriterion, 1977, p. 321-326.

* Widter 13.

ATU 0307, BP 3, 531-537. MLex 560-563. EM 10, 1355-1363.

---

me: "ali onde os cães têm um brioche preso à cauda" (*acolo unde umblă câinii cu covrigi în coadă*). Ela designa "um lugar inexistente, abundante em riquezas, onde os preguiçosos obtêm o que querem sem nada fazer". Agradecemos a Emanuela Timotin, que nos comunicou essa informação.

5
O Diabo desposa três irmãs

Veneza, Itália

Um dia, o Diabo teve vontade de se casar. Ele deixou o Inferno, tomou a forma de um belo jovem[23] e construiu para si uma bela e grande moradia. Quando ela acabou de ser construída e estava bem arrumada e decorada, ele se introduziu em uma família que tinha três belas filhas e fez a corte à mais velha. Ele foi do seu agrado, os pais ficaram encantados por ver sua filha se casar com um tão belo partido, e pouco depois as núpcias foram celebradas. Quando a esposa entrou em sua casa, ele lhe ofereceu um pequeno buquê de flores amarradas com bom gosto, mostrou-lhe todos os cômodos da casa e a levou, finalmente, a uma porta aberta.

– A casa inteira está à sua disposição – disse ele. – A única coisa que peço é que nunca, jamais, abra esta porta[24].

É claro, a jovem prometeu, esperando com impaciência poder passar pela outra porta. No dia seguinte, quando o Diabo saiu de casa sob o pretexto de ir caçar, ela se precipitou em direção à porta proibida,

---

23. Motivo G 303.3.1.2. O Diabo como um cavalheiro bem-vestido.
24. Motivo C 611. Quarto proibido. Pessoa que tem a permissão de entrar em todos os quartos, menos em um.

abriu-a e descobriu um abismo flamejante. As chamas dispararam na sua direção e murcharam o buquê em seu peito. Quando seu marido voltou, perguntou se a moça tinha mantido a promessa; sem hesitar, a jovem respondeu que sim, mas, vendo as flores, ele compreendeu que ela estava mentindo e declarou:

– Vou satisfazer a tua curiosidade sem mais demora. Vem, vou te mostrar o que se encontra atrás desta porta.

Quando ele a abriu, deu um empurrão na jovem, que a jogou no Inferno[25], e depois fechou a porta.

Alguns meses mais tarde, ele pediu a segunda irmã em casamento e a obteve. Mas tudo se passou da mesma maneira que com a primeira.

Finalmente, ele pediu a mão da caçula, mas esta, particularmente inteligente, pensou: "Ele certamente matou minhas duas irmãs, mas é um partido brilhante para mim. Vou, portanto, tentar ter mais sorte do que elas". E ela aceitou se casar com ele. Após as núpcias, seu marido lhe ofereceu um belo pequeno buquê e a proibiu de abrir a famosa porta.

Não menos curiosa do que as irmãs, ela abriu a porta proibida quando o Diabo partiu para caçar, tendo o cuidado de antes colocar o pequeno buquê na água. Atrás da porta, viu o Inferno e suas duas irmãs.

– Ai de mim – disse ela para si mesma –, pobre de mim, eu pensava que tinha casado com um homem comum, e ele é o Diabo! Como poderei livrar-me dele?

---

25. Motivo Q 341. Curiosidade punida.

A jovem tirou suas irmãs do Inferno com precaução e as escondeu. Assim que chegou de volta em casa, o Diabo lançou um olhar sobre o buquê, que ela estava usando novamente; quando o viu tão fresco, não fez nenhuma pergunta e, seguro quanto ao seu segredo, a amou ainda mais.

Alguns dias mais tarde, ela pediu a ele que levasse três caixas para seus pais, sem pousá-las no chão ao longo do trajeto e sem descansar.

– É preciso que mantenhas tua palavra – acrescentou ela –, pois eu verificarei.

E o Diabo prometeu tudo que ela quis. No dia seguinte, a moça pôs uma das suas irmãs em uma caixa e a colocou sobre os ombros do seu marido. O Diabo, que era muito forte, mas também sempre muito preguiçoso e pouco acostumado ao trabalho, logo se cansou de carregar a caixa pesada e quis descansar antes mesmo de sair da rua, mas ela gritou:

– Não a coloca no chão, eu estou vendo!

De má vontade, ele virou a esquina carregando a caixa e pensou: "Ela não pode mais me ver, vou descansar um pouco". No entanto, assim que ele parou, a irmã gritou do interior da caixa:

– Não a coloca no chão, eu estou vendo!

Injuriando, ele carregou a caixa até uma outra rua e quis colocá-la sob um pórtico, porém a voz se fez escutar novamente:

– Não a coloca no chão, malandro, eu estou vendo!

"Que olhos bons deve ter a minha mulher", pensou ele. "Ela vê mesmo após eu ter virado a esquina, como se eu continuasse a seguir em frente, e através dos arcos das abóbadas, como se eles fossem feitos de vidro." E assim ele chegou à casa da sua sogra, suado e exausto, para quem ele entregou a caixa o mais rápido possível, a fim de voltar correndo para sua casa e tomar um lauto café da manhã.

A mesma coisa se repetiu no dia seguinte com a segunda caixa. No terceiro dia foi a vez dela mesma ser levada à casa de seus pais. Ela preparou um boneco, vestiu-o com suas roupas e o colocou na varanda como se quisesse observar seu marido de longe, depois escorregou para dentro da caixa e mandou sua serva colocá-la sobre os ombros do Diabo.

– Peste – ele disse a si mesmo –, esta caixa é ainda mais pesada do que as outras, e, como minha esposa está sentada na sua varanda, eu poderei descansar ainda menos!

Às custas de um grande esforço, ele a carregou para a casa da sua sogra e depois, resmungando e com dores nas costas, foi para casa tomar um café da manhã reforçado.

Mas, contrariamente ao que acontecera das outras vezes, não encontrou nem esposa nem café da manhã prontos.

– Marguerite, onde estás? – chamou, mas ninguém respondeu.

Após ter percorrido todos os corredores, olhou por uma janela e viu o boneco sentado na varanda[26].

---

26. No corpo do texto, Widter emprega as palavras em dialeto: *poggiolo*, "varanda", *stracco da can*, "morto de fadiga" e *una fame da lov*, "uma fome de lobo".

– Marguerite, estás dormindo? Estou morto de cansaço e tenho uma fome de lobo! – Mas nada de resposta. – Se não desceres imediatamente, subirei para buscá-la! – gritou furioso.

O boneco não se mexeu. Enfurecido, ele foi até a varanda e lhe deu um tapa que fez a cabeça voar para longe; foi então que o Diabo percebeu que a cabeça não passava de um bastão de madeira com um chapéu por cima e que o corpo era feito de trapos. Fora de si, ele desceu, percorreu toda a casa, sem sucesso, e encontrou apenas a caixa de joias da sua mulher, aberta.

– Ah – exclamou ele –, levaram e roubaram suas joias!

E ele logo correu para contar suas desventuras aos sogros. Mas, ao chegar, viu, para sua grande estupefação, as três irmãs, suas esposas, sentadas na varanda acima da porta, rindo e zombando dele. Três mulheres de uma só vez! O Diabo ficou com tanto medo que fugiu a toda velocidade. Desde então, ele perdeu a vontade de se casar.

Fonte: WIDTER, G.; WOLF, A. Volksmärchen aus Venetien. *Jahrbuch für Romanische und Englische Literatur*, v. 8, p. 148-154, 1866.

* Schneller p. 88-90; Gonzenbach 23; Wlislocki 98; Obert 1; Asbjørnsen 42 (*De tre kongsdøtre i berget det blå*); Hahn 19, 73.

ATU 0311, BP 1, 398-412; EM 8, 1407-1413; Mlex 317-321.

UTHER, H.J. Der Frauenmörder Blaubart und seine Artverwandten. *Schweizerisches Archiv für Volkskunde*, v. 84, p. 34-54, 1988.

CHRISTENSEN, R.T. The sisters and the troll. *Studies in Folklore*, p. 24-39, 1957.

A comparação entre as diversas traduções europeias mostra que o Diabo é intercambiável com um feiticeiro (Alemanha), um menor de idade (Dinamarca), um homem que se transforma em cavalo à noite (Escócia) e um cinocéfalo, ou seja, um ser com cabeça de cão (Grécia). O quarto proibido está cheio de sangue e de cadáveres de mulheres nos contos alemães e escoceses, o que lembra a história do Barba Azul. Quanto ao buquê de flores, é um ovo (Alemanha) ou uma maçã (Dinamarca) de onde o sangue não desaparece.

Em um conto dinamarquês, é um troll *que substitui o Diabo. Três irmãs são colocadas à prova por um ser maléfico; as duas primeiras fracassam, a mais inteligente, a terceira, tem sucesso ao ressuscitar suas irmãs*[27].

---

27. Versos ausentes nas traduções alemã e francesa (*Contes andalous*, publicados em *Les Grands Auteurs de toutes les littératures*, 2ª série, t. 3, 1888).

II
O Diabo e sua família

1
A mulher do Diabo

Tirol italiano

Um casal real tinha uma filha única, muito bela, que gostava muito de enfeites e de roupas finas e bonitas. Um dia, ela encontrou uma pulga e, como não sabia do que se tratava, foi correndo interrogar a mãe, que lhe disse o que era e acrescentou:

– Prende a pulga em uma caixa e alimenta-a. Quando ela tiver crescido o suficiente, faremos um par de luvas com a pele dela, e o pretendente que adivinhar de que animal essa pele vem será o teu marido.

A princesa seguiu o conselho da mãe: o inseto repugnante foi tão bem alimentado que precisaram mudá-lo de caixa várias vezes. Quando ele ficou grande o suficiente, fizeram luvas com a sua pele, e elas foram expostas às vistas de todos; foi anunciado, então, que aquele que adivinhasse a origem da pele se casaria com a princesa. Diversos príncipes e cavaleiros tentaram resolver o enigma, mas nenhum conseguiu. Finalmente, um desconhecido apresentou-se, deu a resposta correta e desposou a princesa. Em seguida, levou a princesa para a casa dele. Era o Diabo em pessoa.

Pouco depois, ele teve que partir em viagem. Antes, deu à sua esposa todas as chaves da casa e a autorizou a abrir todas as portas, com exceção de uma.

Em sua ausência, ela não conseguiu resistir à sua curiosidade e abriu a porta proibida. Viu, então, o Inferno, e entre as chamas estavam seu avô e sua avó, que lhe estenderam a mão, gemendo. A jovem quase caiu também, mas teve força para saltar para trás e fechar a porta. Caiu doente de terror e teve que ficar de cama, compreendendo que tinha se casado com o Diabo. Quando ficou boa novamente, um dia em que estava sozinha sentada em seu quarto, um pombo vindo da casa do seu pai bateu com o bico em sua janela. Ela escreveu sofregamente em uma folha de papel: "Pai, salva-me, eu sou a esposa do Diabo", e prendeu a mensagem no pescoço do pombo. Ele saiu voando e voltou após alguns dias trazendo uma mensagem do seu pai, a qual dizia que ficasse de guarda dia e noite, pois ele viria salvá-la.

O rei partiu acompanhado por valorosos guerreiros em direção à morada do Diabo para libertar sua filha, sabendo que a vitória seria muito difícil e incerta. No caminho, encontrou um homem que olhava fixamente a distância.

– O que você está olhando dessa maneira? – interrogou o monarca.

– Eu tenho uma visão tão penetrante – respondeu o outro – que posso até mesmo ver o interior da morada do Diabo.

– O que a mulher do Diabo está fazendo? – perguntou avidamente o soberano.

– Está sentada sozinha em seu quarto, chorando.

– Vem comigo – declarou o rei –, e eu te darei uma bela recompensa.

No caminho, eles cruzaram por um homem que escutava atentamente sem se mexer.

– O que estás escutando? – inquiriu o soberano.

– Tenho uma audição tão sensível[28] que posso até mesmo escutar o que acontece na morada do Diabo.

– O que a esposa do Diabo está fazendo?

– Eu a ouço suspirar.

– Acompanha-me – disse o rei – e serás bem pago.

Colocaram-se a caminho novamente e encontraram um terceiro homem, tão forte que era capaz de levantar os mais pesados portões sem fazer barulho, e o rei o contratou. Em seguida, passaram por uma quarta pessoa cujas visão, audição e força eram normais, mas a qual podia caminhar tão suavemente que até mesmo o homem com a audição particularmente sensível mal conseguia escutá-lo. Eles partiram juntos[29], e o Visão Penetrante lhes indicou o caminho mais curto. Quando chegaram à casa do Diabo já era noite. O segundo companheiro estendeu a orelha e declarou:

– O Diabo, nesse entretempo, voltou muito fatigado, foi deitar-se e está roncando, mas sua mulher está acordada e suspira.

O homem forte tirou o portão das suas dobradiças quase sem fazer barulho, mas ele fez um pouco de barulho.

---

28. Motivo F 641.3. Homem consegue ouvir uma pessoa dormindo, colocando os ouvidos no chão.

29. Motivo F 601. Companheiros extraordinários. Um grupo de homens com poderes extraordinários viajam juntos.

– Shh, shh – disse o Ouvido Sensível. – O Diabo ficou um pouco incomodado no seu sono e virou-se para o outro lado. – Bom – continuou alguns instantes mais tarde –, ele voltou a roncar e dorme profundamente.

Pé Leve foi buscar a princesa, e todos fugiram enquanto o Diabo, como o Ouvido Sensível verificava de tempos em tempos, dormia a noite inteira, roncando. Pela manhã, eles estavam de volta ao palácio.

Encantado, o rei manteve sua palavra e fez os quatro salvadores ricos e felizes para o resto de suas vidas.

Fonte: La sposa del diavolo. In: SCHNELLER, C. *Märchen und Sagen aus Wälschtirol*. Ein Beitrag zur deutschen Sagenkunde. Innsbruck: Wagner'sche Universitäts-Buchhandlung, 1867, p. 86-88.

BP 2, 79-96. MLex 317-321; 1081-1084. EM 8, 1407-1413.

2
A sogra do Diabo

Espanha

Em um lugar chamado Villagañanes vivia antigamente uma viúva idosa, tão feia quanto o sargento de Utrera, que era hediondo[30]: tão magra e seca quanto um torrão de alfa[31], tão velha quanto uma caminhada a pé e tão amarela quanto a febre de mesmo nome. Além disso, tinha uma personalidade tão insuportável que teria cansado até mesmo a paciência de Jó. Chamava-se Senhora Holofernes, e, quando saía à rua, todos os patifes fugiam. No entanto, ela era tão limpa quanto a água pura e tão laboriosa quanto uma formiga. É por essa razão que a preguiça e a indolência da sua filha Panfila a consternavam: a jovem era tão apática quanto seu padrinho, nem mesmo um terremoto conseguiria fazer com que ela se movesse, razão pela qual a Senhora Holofernes resmungava e grunhia todos os dias, do instante em que Deus espalhava a luz pelo mundo até a noite, quando Ele a tomava de volta.

---

30. Ignora-se a origem dessa comparação, que é utilizada por alguns autores, como Pedro Antonio de Alarcón (1882, cap. XIV). O estudo de Shirley Lease Arora (1977, p. 419 sqq.) não conseguiu elucidá-lo.

31. É uma planta herbácea vivaz que cresce nas regiões áridas.

– Tu tens um caráter tão mole quanto o tabaco holandês é doce – dizia ela à sua filha –, e para te fazer sair da cama seria necessária uma parelha de bois! Tu foges do trabalho como da peste, e teu único prazer é ficar sentada à janela como um macaco. Como o deus Cupido, o amor é a tua única preocupação, mas eu vou te ensinar a comportar-se, e com a ajuda de uma vara irás caminhar mais rápido do que o vento!

Quando Panfila ouviu esse sermão, levantou-se bocejando, espreguiçou-se e foi até a porta que dava para a rua[32] sem que sua mãe percebesse.

Enquanto isso, a Senhora Holofernes varria o quarto com diligência, estando cada esfregada da vassoura acompanhada por um solilóquio:

– No meu tempo as filhas trabalhavam como mulas – fritch frutch, fazia a vassoura – e viviam reclusas como freiras – fritch frutch. – Nos nossos dias, elas são loucas como o Inferno – fritch frutch –, preguiçosas – fritch frutch –, só pensam em homens galantes – fritch frutch –, todos esses inúteis! – fritch frutch.

Enquanto falava sozinha, percebeu sua filha na soleira da porta. Em um piscar de olhos, a vassoura acariciou vigorosamente as costas da jovem que, ó maravilha, saiu dali. A Senhora Holofernes chegou rapidamente perto da porta e, como de hábito, colocou todo mundo para correr, em particular a suspirante Panfila, que parecia ter asas nos pés.

---

32. *Se iha à la puerta de la calle.*

– Maldita donzela no cio! – gritou a Senhora Holofernes. – Vou quebrar os teus ossos![33] O que buscas com a tua conduta inconveniente?

– O casamento, mãe.

– O que dizes? Casar-te? Tu és louca de pedra![34] Enquanto eu estiver viva, jamais!

– Mas tu não és casada, assim como tua mãe e tua avó?

– Eu lamentei muito ter me casado. Se tivesse permanecido solteira não teria te colocado no mundo, filha desnaturada! E mesmo que tua mãe, tua avó e tua bisavó tenham se casado, não quero que faças a mesma coisa, nem as minhas netas, nem as minhas bisnetas. Compreendeu?

Mãe e filha passaram o dia tendo esse tipo de diálogo agridoce, que teve como única consequência a mãe ter ficado cada vez mais rude, e a filha cada vez mais insolente.

Um dia em que a Senhora Holofernes estava lavando roupa e a água fervia, ela pediu à filha para ajudá-la a derramar o caldeirão de água quente sobre a roupa. A jovem estava com a cabeça em outro lugar, pois escutava o homem por quem estava apaixonada cantar na rua:

> *Gostaria de ter o seu amor*
> *E tua mãe opõe-se a ele:*
> *Esse velho demônio*
> *Se mete em tudo*[35].

---

33. *Te he de romper cuantos huesos tienes en tu cuerpo*. Detalhe ausente da tradução alemã de Wilhelm Hosäus (1862, p. 157-174).

34. *Loca de atar*, omitido por Wilhelm Hosäus.

35. Versos ausentes nas traduções alemã e francesa (*Contes andalous*, publicados em *Les Grands Auteurs de toutes les littératures*, 2ª série, t. 3, 1888).

Esse belo discurso lhe oferecia perspectivas muito mais agradáveis do que o caldeirão de água fervente. Deixando sua mãe em alvoroço, ela foi até a porta. Vendo que a filha não vinha e que a espera se prolongava, a Senhora Holofernes decidiu derramar sozinha a água sobre a roupa. Mas como ela era pequena e não muito forte, o caldeirão escorregou e queimou um dos seus pés.

– Maldita filha, duplamente maldita! – gritou ela. – É perversa como um basilisco[36] e só pensa no seu apaixonado! Que Deus te dê o Diabo como marido!

Algum tempo depois, um pretendente como existem poucos se apresentou à Panfila: jovem, pele clara, louro, bem-educado e com a bolsa recheada. Não havia nada a reprovar, e nem mesmo a Senhora Holofernes conseguiu encontrar um único argumento que o desfavorecesse. Panfila estava louca de alegria. Começaram os preparativos para o casamento, que foram acompanhados pelos inevitáveis resmungos da futura sogra do noivo. Tudo correu bem, mas a *vox populi*, tão infalível quanto a consciência, expressou-se e fustigou o estrangeiro, embora ele fosse lisonjeiro, generoso e amigável, falasse bem e cantasse ainda melhor, apertando as mãos tisnadas e calosas dos camponeses entre as suas, finas e ornamentadas com anéis. Os camponeses não se sentiam nem um pouco honrados e menos ainda seduzidos pela sua afabilidade. Seus espíritos eram certamente incultos, mas eles tinham um sólido bom-senso, tão sólido quanto suas mãos.

---

36. Descrito em diversos bestiários medievais, o basilisco é uma criatura designada como o "rei das serpentes" e teria habilidades letais, podendo matar alguém com um simples olhar [N.T.].

– Devo confessar – disse o Padre Blas – que esse indivíduo, que me fala do Señor Deus como se eu fosse um bufão arrogante que também gostaria de ser chamado de senhor, me parece suspeito. O que achas?

– Ele veio até mim – disse o Padre Gilles – e estendeu-me sua pata como se fôssemos velhos amigos. Trata-me como um "cidadão", logo eu que nunca deixei minha aldeia.

Da mesma maneira, a Senhora Holofernes olhava seu futuro genro de maneira cada vez mais suspeita. Tinha a impressão de que sob seus inocentes cachos louros dissimulavam-se certas protuberâncias de mau augúrio; pensava angustiada na maldição que jogara sobre sua filha naquele dia de triste memória, no qual ela compreendera quanto uma queimadura provocada pela água quente pode fazer mal.

O dia das bodas chegou. A Senhora Holofernes tinha preparado bolos e feito algumas reflexões, os primeiros açucarados, as outras, amargas. Fez também uma grande *olla podrida*[37] para o almoço e um projeto maléfico para o jantar. Para acompanhar o todo, houve um generoso barril de vinho e uma ação que não foi nada generosa.

Quando os recém-casados quiseram ir para o seu quarto, a Senhora Holofernes chamou a filha e lhe disse:

– Quando tiveres entrado, fecha portas e janelas e veda todas as frestas. Em seguida, pega um ramo de oliveira abençoado e bata no seu marido com isso até ele pedir para parar. É uma cerimônia comum em

---

37. Ragu de carne e de legumes levemente fervidos.

todos os casamentos; significa que, no quarto, é a mulher quem decide. Além disso, essa cerimônia serve para estabelecer e confirmar seu reino.

A tola Panfila acreditou na sua mãe e a obedeceu pela primeira vez em sua vida, seguindo à risca os conselhos da velha ardilosa. Mal avistou o ramo de oliveira nas mãos de sua mulher, o jovem recém-casado tentou fugir. Mas para onde? Portas e janelas estavam trancadas, todas as frestas estavam vedadas. Só lhe restava o buraco da fechadura. Ele precipitou-se por ela como se o buraco fosse um portão aberto. Meus ouvintes já compreenderam, assim como a Senhora Holofernes, que o jovem noivo, belo, charmoso, louro e de pele branca, que sabia conversar tão bem, não era outro senão o Diabo em pessoa. Aos seus olhos, a maldição da Senhora Holofernes justificava que ele desfrutasse das delícias e dos divertimentos de um casamento, para em seguida carregar sua mulher para o Inferno, fazendo por si mesmo o que tantos maridos suplicaram que fizesse por eles.

Apesar de ser publicamente notório que esse senhor é particularmente ardiloso, o Diabo encontrou em sua sogra alguém mais ardiloso do que ele – e a Senhora Holofernes não é a única dessa espécie! Mal tinha conseguido escorregar para fora do buraco da fechadura, parabenizando-se por ter, como de hábito, encontrado um meio de escapar, ele encontrou-se prisioneiro em uma grande garrafa que sua prudente sogra tinha colado diante do buraco da fechadura. A velha fechou a garrafa hermeticamente, e, pelo menos naquele momento, não havia como sequer sonhar em escapar dali.

Usando as palavras mais doces, as súplicas mais humildes e os gestos mais patéticos, seu genro suplicou que ela lhe restituísse a liberdade. Observou que ela agia arbitrariamente, não respeitava o direito dos povos e, através do seu despotismo, violava a Constituição. Os discursos não a impressionaram, e as ilustres palavras não a sensibilizaram. A mulher pegou a garrafa e o seu conteúdo, subiu uma montanha, que ela galgou energicamente, e a depositou no topo; plantada ali sobre a montanha, a garrafa parecia a crista de um galo. Em seguida, a senhora partiu, mostrando o punho ao seu genro.

Sua Senhoria passou ali dez anos – e que anos, senhores! De repente, o mundo ficou tão calmo quanto um mar feito de óleo, e cada um ocupava-se dos seus afazeres, não se misturando com o que não lhes dizia respeito. Ninguém cobiçava o lugar, a mulher ou os bens do seu próximo. Roubar era uma palavra sem significado, as armas estavam enferrujando, a pólvora era usada para os fogos de artifício, os loucos não mais deliravam e sim se divertiam, as prisões estavam vazias. Esses dez anos foram uma verdadeira idade de ouro com um único acontecimento lamentável: não tendo mais causas a defender, os advogados morriam de fome.

Ora, isso não podia durar. Tudo tem um fim neste mundo, salvo os discursos eloquentes dos deputados. Eis como acabou esse feliz decênio. Um soldado chamado Briones recebera permissão para ir ao seu vilarejo. Seu caminho o fez passar pela montanha onde residia o genro da Senhora Holofernes. O Diabo passava seu tempo amaldiçoando todas as sogras, presentes, passadas e futuras, esse filhote de víbora que ele jurara exterminar abolindo o casamento – e escrevendo panfletos sobre a invenção do sabão em pó.

Quando Briones chegou ao pé da montanha não quis desviar dela e declarou aos tropeiros[38] que o acompanhavam:

– Se ela não se afastar do meu caminho, eu a escalarei apesar da sua altura, nem que eu tenha que ficar com um galo por ter batido a cabeça no céu.

O homem acabou chegando ao cume e ficou espantado por ali encontrar a garrafa. Ele a levantou, segurou-se diante da luz e, vendo no interior da garrafa o Diabo, que o jejum, a reclusão, a tristeza e o calor tinham secado como se fosse uma ameixa, gritou:

– Que tipo de besta, que tipo de monstro, que tipo de prodígio é este?

– Sou um Diabo honrado e de mérito, respondeu o outro com afabilidade e modéstia. A perversidade de uma sogra má e criminosa (se eu conseguisse colocar minhas mãos nela!) mantém-me cativo aqui. Liberta-me, valente guerreiro, e eu te darei tudo que quiseres.

– Então eu serei aposentado das minhas obrigações militares – respondeu Briones sem hesitar.

– Tu o serás, mas primeiro liberta-me rápido, pois é um erro monstruoso neste período revolucionário manter prisioneiro o chefe dos revolucionários.

Briones tirou a rolha, e ao mesmo tempo um vapor mefítico o envolveu e lhe subiu ao cérebro. Ele espirrou, vivamente arrolhou novamente a garrafa e

---

38. Omitido por Wilhelm Hosäus.

apertou a rolha tão forte que prendeu o Diabo, que gritou de dor.

– O que fazes, verme miserável? Mil vezes mais astuto do que minha sogra!

– Desejo acrescentar uma outra condição ao nosso acordo. Parece-me que o favor que eu vou te prestar fará com que eu ganhe muito dinheiro.

– Qual condição, seu malandro libertador?

– Eu peço quatro douros a cada dia enquanto eu viver. Reflete bem, tua única escolha é sair ou permanecer preso.

– Por Satã, Lúcifer e Belzebu! – gritou o Diabo furioso. – Miserável ganancioso, eu não tenho dinheiro!

– Veja só, que belo pretexto para um senhor tão poderoso. Essa resposta convém a um padre, mas é indigna de ti e fere meus ouvidos.

– Como não me acreditas, deixa-me sair para que eu te ajude a encontrar dinheiro, como já ajudei muitas outras pessoas; é tudo que posso fazer por ti. Deixa-me sair, deixa-me sair!

– Calma – respondeu Briones. – Nada nos apressa, e tu não fazes falta a ninguém. Eu vou te segurar firmemente pelo rabo e não te deixarei enquanto não tiveres cumprido a tua promessa.

– Não me fazes confiança? Insolente! – vociferou o Diabo.

– Não! – disse Briones.

– O que me pedes fere a minha dignidade – replicou o prisioneiro com toda a soberba que uma ameixa seca consegue demonstrar.

– Pois bem, vou embora – disse o soldado.

Vendo que ele se afastava, o Diabo contorceu-se furiosamente na garrafa e gritou "Volta, volta, querido amigo!", enquanto murmurava para si mesmo: "Que um touro de quatro anos te dê uma chifrada, seu canalha desprezível!" Em seguida, continuou em voz alta:

– Aproxima-te, aproxima-te, caridosa criatura, aproxima-te e liberta-me! Segura-me pelo rabo ou pelo nariz, pouco importa, valente guerreiro.

E acrescentou *in petto*[39]: "Não esquecerei de me vingar, soldado infame, e, se não conseguir fazer com que te cases com a filha da Senhora Holofernes, ao menos conseguirei fazer com que queimem lado a lado sobre a mesma fogueira!"

Briones deu meia-volta e abriu a garrafa, e o genro da Senhora Holofernes saiu dela como um pintinho saindo do ovo, primeiro a cabeça, em seguida os membros e, para terminar, o rabo, que o soldado segurou firmemente apesar de o Diabo ter tentado retraí-lo. O antigo cativo, todo paralisado, dolorido e curvado, sacudiu-se, espreguiçou-se, estendeu braços e pernas, e eles partiram em direção ao palácio do rei, o Diabo indo na frente, Briones atrás, segurando-o pelo rabo.

Tendo chegado na cidade, o Diabo disse a Briones:

– Eu vou escorregar para dentro do corpo da princesa, que é adorada pelo seu pai, e vou provocar nela tantas dores que nenhum médico conseguirá ali-

---

39. *En petto*: em caráter sigiloso, secretamente [N.T.].

viá-la. Apresenta-te ao palácio e propõe recolocá-la de pé, com a condição que te paguem quatro douros por dia durante toda a tua vida. Eu sairei do seu corpo, ela estará curada, e eu não te deverei mais nada.

O Diabo pensava ter tudo calculado e organizado, mas o que não havia previsto é que Briones continuaria segurando-o pelo rabo quando ele tentasse se afastar.

– Calminha, senhor – disse Briones. – Quatro douros são uma bagatela indigna de ti e de mim, levando em conta o serviço que eu lhe fiz. Encontra um meio de ser mais generoso! Aliás, verdade seja dita, isso seria algo à sua altura, pois, perdoai minha franqueza, o mundo não tem particularmente uma opinião muito elevada do senhor.

"Se eu pudesse levá-lo para o Inferno", disse para si mesmo o Diabo, "mas estou tão fraco e entorpecido que mal consigo ficar de pé. Devo me mostrar paciente, o que os homens consideram uma virtude. Compreendo agora por que tantas pessoas caíram em meu poder: elas não tiveram paciência. Que assim seja, maldito! Tu sairás do patíbulo diretamente para o meu caldeirão infernal. Iremos a Nápoles e encontraremos uma maneira idônea para satisfazer a sua cupidez e ganância."

Deitada em sua cama, a princesa se contorcia de dor. O soberano estava angustiado e aflito. Briones apresentou-se com a arrogância daqueles que sabem que são ajudados pelo Diabo. O rei aceitou sua oferta, mas sob a condição de que, caso não conseguisse curar a princesa no prazo de três dias, como havia prometido com tanta certeza, ele seria enforcado. Certo do seu sucesso, o soldado não fez nenhuma objeção. Infelizmente, o Diabo tudo escutara e saltou de alegria por ter surgido uma oportunidade tão boa para se vingar. Agitou-se tanto dentro do corpo da princesa que essa gritou de dor, pedindo que afastassem o doutor. No dia seguinte, a mesma coisa. Briones compreendeu que o Diabo estava jogando seu próprio jogo e que queria vê-lo enforcado, mas ele não era homem de perder a cabeça tão facilmente. No terceiro dia, quando o suposto médico chegou, o cadafalso já estava montado diante das portas do palácio. Ele entrou no quarto da princesa, cujas dores tinham se multiplicado, e, como nos dias anteriores, ela pediu que o charlatão fosse expulso.

– Ainda não tentei tudo – disse gravemente Briones. – Que Vossa Graça aguarde um instante.

Ele saiu e ordenou, em nome da princesa, que todos os sinos da cidade fossem tocados. Ao voltar para o quarto, o Diabo, que sentia uma angústia mortal, mas que estava ao mesmo tempo curioso para saber por que os sinos estavam tocando, perguntou-lhe o que estava sendo festejado.

– Eles soam em homenagem à sua sogra, a quem pedi para vir!

Imediatamente, o Maligno fugiu[40] de forma tão rápida que mesmo um raio de Sol não conseguiria alcançá-lo. Orgulhoso como um galo e muito feliz, Briones entoou um cocoricó vitorioso.

---

40. Motivo K 2325. O Diabo assustado com a ameaça de trazer a sogra.

Fonte: Primeira publicação por Fernan Caballero (pseudônimo de Cecilia Francisca Josefa Böhl de Faber, 1796-1877), em *Cuentos y poesías populares andaluzas* (CABALLERO, 1859, p. 148-163)[41]. Nós traduzimos o texto publicado em *Cuentos, adivinanzas y refranes populares: recopilación* (CABALLERO, 1921, p. 149-163).

ATU 1164 A.

---

41. *Contes andalous, parue dans Les Grands Auteurs de toutes les littératures*. 2ª série, tomo III, 1888.

3
O Diabo como cunhado

Suíça

Uma noite, um aprendiz que estava em viagem chegou a um albergue. Como caminhara muito nos dias anteriores, estava muito cansado e quis repousar por algum tempo, sem se dar conta de que o valor que trazia na bolsa não seria o suficiente para pagar as despesas. Quando o estalajadeiro percebeu que ele não tinha dinheiro, uma noite ele lhe disse:

– Meu amigo, não estás mais cansado agora, então sê gentil de sair daqui amanhã pela manhã. Eis a sua pequena nota.

O rapaz tremeu e pediu ao seu estalajadeiro para esperar ao menos o dia seguinte para que ele lhe pagasse.

– Isso significa apenas um dia a mais – acrescentou.

– Está bem, mas cuidado com o Albergue da Torre Negra, é para lá que levamos aqueles que comem e bebem mais do que o conteúdo de sua bolsa lhes permite.

Depois que o estalajadeiro partiu, o aprendiz jogou-se sobre sua cama, mas não conseguiu fechar os olhos durante a noite de tanto que o medo e as preocupações o atormentavam. De repente, uma silhueta sombria aproximou-se da sua cama e logo apresentou-se como sendo o Diabo.

– Nada temas, caro companheiro. Um serviço prestado chama por um outro. Se aceitares me ajudar em um determinado assunto, eu o tirarei deste embaraço.

– O que preciso fazer?

– Tu deverás simplesmente permanecer sete anos neste albergue – disse o Diabo. – Eu custearei tuas despesas, e terás uma bela vida e dinheiro à vontade. Em contrapartida, peço que não te laves nem te penteies e não cortes nem teus cabelos nem tuas unhas.

"Esse acordo bem vale a pena", pensou o aprendiz, que o aceitou.

No dia seguinte o estalajadeiro foi pago na íntegra e ainda recebeu adiantado pelos futuros gastos. Ano após ano, o rapaz permaneceu no albergue e gastava dinheiro sem fazer as contas. Mas ele se tornou sujo como um porco, e seu aspecto ficou repugnante.

Uma bela manhã, um comerciante que tinha três lindas filhas foi falar com o estalajadeiro, de quem era vizinho. Como ele fizera alguns maus negócios e não sabia mais para que santo rezar, fora ao encontro do gerente do albergue para conversar sobre seus infortúnios.

– Escuta – disse-lhe o gerente –, talvez haja uma maneira de ajudá-lo. Em um dos meus quartos vive há seis anos um estrangeiro, uma ave rara que jamais faz a barba, não corta nem cabelos nem unhas e é feio como os sete pecados capitais, mas tem dinheiro para tudo e um pouco mais e nunca recusa nada, veja só. Há muito tempo que percebi que ele olha com languidez para a sua casa. Quem sabe ele não está de olho em uma de suas filhas?

Esse conselho pareceu apropriado ao comerciante, que foi até o quarto do aprendiz e com ele fez um acordo: o rapaz o tiraria da situação difícil e teria a mão de uma de suas filhas. Mas, quando eles foram ao encontro das três filhas para contar-lhes sobre o acordo, a mais velha fugiu, rindo:

– Ora, pai! Que horror nos trazes? Prefiro me afogar a ter que desposá-lo!

A segunda não reagiu melhor e gritou:

– Puah, pai! Que monstro trouxeste para nós! Prefiro me enforcar a ter que desposá-lo!

Em compensação, a mais nova declarou:

– Se ele está disposto a salvá-lo, pai, deve ser um bom homem. Eu o aceito.

Ela mantinha os olhos abaixados, sem olhar para ele, mas ela lhe agradava muito, e a data do casamento foi marcada.

Os sete anos que o Diabo impusera ao rapaz tinham terminado. No dia das núpcias, uma esplêndida carruagem, brilhante de ouro e pedras preciosas, apresentou-se diante da casa do comerciante. O aprendiz, de agora em diante um jovem, rico e elegante senhor, desceu da carruagem. Sua noiva ficou aliviada, sem um grande peso nas costas, e gritos de alegria foram ouvidos. Em um longo cortejo, os noivos foram para a igreja, pois o comerciante e o estalajadeiro tinham convidado todos os seus parentes. Apenas as duas irmãs da feliz noiva estavam ausentes: de raiva, uma se enforcara e a outra se afogara. Ao sair da igreja, o noivo viu, pela primeira vez em sete anos, o Diabo empoleirado sobre um telhado, rindo com um ar satisfeito:

> *Cunhado, assim é:*
> *Tu tens uma, e eu tenho duas!*

Fonte: SUTERMEISTER, O. *Kinder- und Hausmärchen aus der Schweiz*. Aarau: H.R. Sauerländer, 1869, p. 80-83.

4
Como o Diabo tocou flauta

Alemanha

Um dia em que o Diabo estava entediado no Inferno, decidiu fazer uma viagem de férias na terra. Para não ficar sozinho, o que ele não gosta nem um pouco, pois adora ter companhia, levou seu filho mais novo, um moleque de cabelos escuros, muito curioso. Os dois saíram por uma gruta e foram passear em uma floresta, o que agradou muito ao diabinho; ele saltou de cima para baixo, subiu nas árvores, ficou pendurado pelo rabo como fazem os macaquinhos e agiu como se estivesse louco. Chegaram a um grande carvalho, onde dormia um homem vestido de verde. Uma algibeira estava pendurada nos galhos, de onde saíam todos os tipos de animais: lebres, galinhas d'Angola e patos selvagens; um fuzil estava colocado ao lado da sua algibeira. O diabinho chegou perto, examinando tudo de perto, pegou o fuzil e perguntou a seu pai o que era aquilo. Franzindo a testa, ele respondeu:

– Meu filho, é uma flauta. Quando os homens a tocam, a caça chega perto, e eles só têm que pegá-la.

– Quero ver isso – gritou o diabinho. – Toque uma música para mim!

– É preciso ser dois, filho, um que sopre e outro que mexa os dedos.

– Sopra, e eu mexo com os dedos – disse o garoto.

E seu pai teve que, a contragosto, colocar o cano do fuzil na boca, pois deixava seu filho fazer tudo. O velho Diabo soprou, e o garoto dedilhou, dedilhou, dedilhou, mas nenhum som saiu.

– Idiota, é preciso apertar as teclas! – gritou seu pai.

Seu filho apertou o gatilho, um tiro foi disparado, e o pai desmaiou, já que toda a carga entrou em sua garganta. Assustado, o diabinho afastou-se. O pai logo recuperou-se e correu atrás do seu filho, porque a detonação acordara o homem.

– Não foi um som bonito – disse o garoto.

– Você não apertou a tecla correta! Como a flauta estava coberta de poeira, todo o pó entrou na minha garganta.

Fonte: WOLF, J.W. *Deutsche Hausmärchen*. Gottingen; Lípsia: Dieterische Buchhandlung; Vogel, 1851, n. 53.

5
Meu padrinho, o Diabo

Suíça

Um pobre jornaleiro tinha o Diabo como padrinho, mas não sabia. Um dia, o Maligno veio ao seu encontro e lhe disse:

– Como és pobre! Pois bem, eu vou te oferecer um grande campo que tu cultivarás para nós dois, com a condição de que aquilo que crescer sob a terra me pertencerá, e aquilo que crescer acima dela será para ti.

O jornaleiro aceitou esse acordo, trabalhou o campo e semeou trigo. Muito trigo cresceu, que ele colheu no momento certo, e convidou seu padrinho para pegar aquilo que tinha crescido sob a terra. O Diabo só encontrou raízes e compreendeu que tinha sido enganado pelo seu afilhado. Ele declarou então:

– Nosso acordo caducou. Se quiseres continuar a cultivar, é preciso inverter: o que crescer sobre a terra será meu, e o que crescer abaixo dela te pertencerá.

O camponês aceitou e semeou todo o campo com batatas. A colheita foi magnífica, e ele chamou seu padrinho para vir colher o que tinha crescido sobre a terra, ou seja, apenas folhas, enquanto juntava e enchia suas cestas de batatas, que lhe trouxeram muito dinheiro. O Diabo compreendeu que continuava perdendo nesse jogo e quis se vingar.

– Tu me enganaste, canalha, mas eu não vou deixá-lo sair impune! Nós iremos lutar tendo nossas unhas como armas. Desta vez eu terei a vantagem.

O camponês sabia bem que o Maligno tinha garras terríveis, mas ele podia escolher as armas e aceitou, portanto. Voltou para casa sem saber como sairia incólume dessa história.

– Deixa-o vir – disse sua mulher –, eu cuidarei dele. No dia em que ele vier lutar, esconda-te, que falarei com ele.

No dia combinado, o Diabo, espumando de raiva, bateu à porta.

– Sou eu, venho para nós nos batermos.

– Entra, padrinho – respondeu a mulher –, e aguarda meu esposo. Ele saiu para afiar suas unhas. Olha o que ele me fez!

O Diabo viu, então, algo que o fez fugir de medo de ser coberto por semelhantes ferimentos[42] e não voltou nunca mais.

Fonte: SUTERMEISTER, O. *Kinder- und Hausmärchen aus der Schweiz*. Aarau: H.R. Sauerländer, 1869, p. 80-83.

---

42. Referência atrevida ao "cofrinho" das nádegas.

III

O Diabo enganado ou vencido

1
Os animais e o Diabo

Finlândia

Era uma vez um velho que tinha três animais: um gato, um galo e um boi. Uma noite, ao longo do jantar, ele disse ao seu criado:

– Amanhã pela manhã será preciso matar o gato.

Mas, depois da refeição, o criado aconselhou o felino:

– Foge, senão tu serás morto amanhã pela manhã!

O gato levou a sério a advertência. Quando quiseram abatê-lo na manhã seguinte, ele já havia partido sem deixar rastro.

Na noite seguinte, o dono da casa declarou:

– Amanhã de manhã será preciso matar o galo.

O criado transmitiu essa decisão ao galo, que deixou a fazenda às pressas. Depois a vez de fugir foi do boi, e todos os três se reencontraram na floresta. Eles caminharam sob as árvores frondosas e encontraram um lobo.

– Aonde vais? – perguntaram eles.

– Encontrar o rebanho. Vou ver se consigo colocar a boca em um cordeirinho.

– Não vá – advertiram os outros –, lá vão matá-lo. Vem conosco.

O lobo aceitou, e os quatro partiram juntos.

Um urso veio, então, ao seu encontro.

– Aonde vais? – interrogaram eles.

– Para lá, em direção ao vilarejo, para comer aveia.

– Não vá, alguma coisa ruim poderá te acontecer. Vem conosco.

O urso juntou-se a eles. Após os cinco terem caminhado um tempo juntos, encontraram uma lebre. Convenceram-na da mesma maneira, e ela passou a acompanhá-los. Todos chegaram a um vilarejo e decidiram ir para uma sauna. Diante desta, encontrava-se um cachorro, que os advertiu:

– Não entrem, há espíritos ruins lá dentro.

Mas os outros não levaram isso em conta. O urso deitou-se na soleira da porta, o lobo entre os batentes, o boi foi à procura de um estábulo, o galo saltou sobre o poleiro, o gato deitou-se sob o fogão aquecido, a lebre sob um banco, e o cachorro no meio do recinto.

Chegou o Diabo e abriu a porta. Em um piscar de olhos, o lobo mordeu sua panturrilha, o urso deixou sua pata cair sobre ele, o boi lhe deu uma chifrada, o galo começou a cantar e o gato a miar, a lebre agitou-se em todos os sentidos sob o banco, e o cachorro correu pelo recinto. Assustado com essa agitação, o Diabo caiu para trás. Assim que se recuperou e escapou das garras de seus inimigos, caminhou até a porta e voltou para a floresta, onde contou a história a seus companheiros da seguinte maneira:

– Nunca vão à sauna; estrangeiros estão ali instalados, e eles são particularmente violentos. Já na soleira da porta, um alfaiate me picou com sua agulha, um homem hirsuto me agarrou pelo braço, um sapateiro me bateu com sua forma de sapatos, e eu caí para trás. Sobre o fogão, um outro acendeu o fogo, e os aprendizes, com os olhos chamejantes, corriam em todos os sentidos, indo de um canto para o outro, e buscavam me agarrar para me bater, mas não tiveram sucesso. Quando eu fugi, um deles chegou a gritar aos outros: "Pegue-o, pegue-o!"

Fonte: MENAR, A.L. *Finnische und estnische Volksmärchen*. Jena: Eugen Diederichs, 1922, p. 141-143.

* Staufe 47; Gonzenbach 66; Schullerus 14.

ATU 0130.

2
João soluciona enigmas

Áustria

Três soldados que já tinham servido o suficiente deixaram um dia o exército em companhia de um quarto homem, chamado João, que haviam enganado prometendo mundos e fundos caso ele os seguisse. Como os quatro desertores deveriam passar despercebidos, viajavam quando estava escuro.

Uma noite, chegaram à orla de uma floresta, onde pararam para comer. Após terem engolido alguns nacos de pão, retomaram a estrada. De repente, perceberam ao longe uma luz em direção da qual eles se dirigiram. Encontraram uma casa e bateram na porta. Um homem velho, o Diabo, abriu-a e os fez entrar. Ao fim de três dias, ele lhes disse:

– Se amanhã não agirdes como esperado, pertencereis ao Maligno.

João, que era muito piedoso, afundou-se na floresta, ajoelhou-se e orou para Deus ajudá-lo, em seguida partiu para encontrar seus companheiros. De repente, ouviu um estranho zumbido nos ares. Ele levantou seus olhos e viu três corvos de aspecto diabólico[43] pousarem sobre uma árvore. Curioso, João fi-

---

43. Motivo G 303.3.3.3.1. O Diabo no formato de um corvo.

cou imóvel e os observou. Qual não foi a sua surpresa quando um deles começou a falar! Ele escutou com atenção e eis o que ele ouviu[44]:

– Amanhã meu grupo terá quatro homens a mais; há três dias tenho em casa quatro hóspedes a quem vou propor enigmas. Primeiro, será preciso que eles descubram que não devem sentar-se em uma bela poltrona dourada, que é na verdade um gato morto; aquele que se arriscar, pertencerá a mim. Em seguida, não deverão beber de um cálice de ouro, pois é a cabeça de um gato; aquele que o fizer, pertencerá a mim. Por último, mostrarei o casco de um cavalo que terá a forma de uma espada. Quem o tocar pertencerá a mim. Não foi bem escolhido?

– Maravilhoso! – responderam os outros dois. – Nós te desejamos boa sorte.

Mas um deles perguntou:

– Por que estás tão triste, amigo corvo?

– Minha pobre princesa está passando tão mal que está de cama; ela tem uma ama implacável que a faz passar fome. Um dia, sem a ama saber, a princesa pegou um pedaço de pão. Quando a ama entrou no quarto, a princesa o jogou no chão e o esmagou. Um sapo que acabara de entrar comeu o pão e se escondeu sob o limiar da porta. Desde então, o estado da princesa não parou de se agravar. Aquele que quiser salvá-la deve pegar o sapo e esmagá-lo com seus pés; o animal expulsará o pão, que será preciso reduzir a

---

44. Motivo N 451.1. Segredos de animais (demônios) acidentalmente ouvidos da árvore.

pó e dá-lo de comer à princesa. De início, seu estado piorará, mas em seguida ela ficará curada.

E os corvos levantaram voo.

João agradeceu a Deus pela maneira como Ele o ajudara e partiu para encontrar seus companheiros, que o aguardavam com impaciência. No entanto, não lhes contou nada sobre os acontecimentos para poder executar seu plano.

À noite, os quatro companheiros foram se deitar. Pela manhã, o Diabo veio colocá-los à prova com o primeiro objeto, a poltrona[45]. O soldado mais velho, um preguiçoso, quis sentar-se na poltrona, mas João gritou a tempo dizendo-lhe para nada fazer, pois a poltrona era um gato. O Diabo logo voltou com um cálice que o segundo soldado, um ébrio, quis logo utilizar.

– O que vais fazer? – disse João. – É a cabeça de um gato velho.

O Maligno voltou, então, com uma espada, que o terceiro companheiro quis experimentar, mas João o advertiu:

– Estarás perdido se tocares neste casco de cavalo!

De repente, ouviu-se um estrondoso trovão, e nossos homens se encontraram sentados sobre um tronco de árvore[46]. Foi então que João lhes contou sua aventura na floresta e propôs irem até a cidade onde vivia a princesa doente. Eles aceitaram, e logo todos se colocaram alegremente a caminho.

---

45. Motivo H 523. Teste: adivinhando a natureza das possessões do Diabo.
46. Motivo H 543. Escapando do Diabo ao responder aos seus enigmas.

Após vagarem durante muito tempo, chegaram à cidade enlutada e toda vestida de negro. Deixando ali seus companheiros, João pediu para ser conduzido ao palácio real, o que lhe foi concedido após longas hesitações. Levaram-no primeiro ao monarca, e este ordenou que ele curasse sua filha. Jurou que iria eliminá-lo se João a matasse; em compensação, ele a desposaria se a salvasse. Sem se deixar intimidar, João começou a trabalhar. Após ter desenterrado o sapo e preparado o pó, deu-o à princesa, como aprendera com o corvo, e afastou-se. Voltou após algumas horas e encontrou a jovem totalmente curada. Ele a desposou, e seus companheiros entraram a serviço do rei.

> *A história acabou,*
> *Um camundongo corre!*[47]

Fonte: VERNALEKEN, T. *Kinder- und Hausmärchen in den Alpenländern.* Viena: W. Braumüller, 1863, p. 164-168.

* Haltrich 33.

ATU 0812, BP III, 12; EM 11, 259-267.

---

47. Encontramos este final em "Hänsel e Gretel" (Joãozinho e Maria), e a comparação nos permite ver que está truncado aqui; deveríamos ler: "Meu conto acabou; um camundongo corre, aquele que o pegar poderá fazer para si uma peliça muito, muito grande" (*Mein Märchen ist aus, dort läuft eine Maus, wer sie fängt, darf sich eine grosse grosse Pelzkappe daraus machen*).

3
O companheiro e o Diabo

Noruega

Era uma vez um companheiro que seguia seu caminho quebrando nozes. Ele achou uma que estava estragada e, nesse momento, encontrou o Diabo.

– É verdade – perguntou o rapaz – que podes ficar tão pequeno quanto quiseres e que consegues até mesmo esgueirar-te pelo buraco de uma agulha?

– Com certeza! – respondeu o Diabo.

– Deixa-me ver e entra nesta noz.

E o Diabo o fez. Assim que ele entrou no interior da noz pelo buraco, o companheiro enfiou ali uma moeda, e exclamou "Agora eu te peguei!" e colocou a noz em seu bolso.

Após ter caminhado algum tempo, ele chegou a uma forja e pediu ao ferreiro para abrir a noz. "Isso é muito fácil", respondeu o homem, que pegou seu menor martelo, colocou a noz sobre a bigorna e bateu nela, mas ela recusou-se a abrir. O ferreiro tentou, então, com um martelo maior, mas este ainda não era pesado o bastante. Ele pegou um maior ainda, mas nada aconteceu. O ferreiro encolerizou-se e pegou o maior de todos os seus martelos. "Eu vou acabar te abrindo", disse ele, batendo com toda a força que foi capaz. A noz explodiu, o teto voou, e ouviu-se um grande estrondo, como se a forja fosse desmoronar.

– Até parece que o Diabo estava na noz! – gritou o ferreiro.

– É bem possível – riu o companheiro.

Fonte: ASBJØRNSEN, P.C.; MOE, J. *Norske Folkeeventyr*. Christiania: Johan Dahl, 1852, p. 167-168.

ATU 0330 B + 0331, 2, 414. EM 12, col. 111-120.

4
Cucendron, o gigante e o Diabo

Lapônia norueguesa

Um homem tinha três filhos. O mais velho teve que partir para procurar trabalho, então fez algumas provisões para a viagem e partiu. Após ter caminhado um tempo, sentou-se para almoçar. Enquanto comia, um machado, uma pua, uma plaina e todo tipo de utensílios voaram até ele. Todos pediram um pouco de comida, mas ele não lhes deu nem uma migalha. Saciado, retomou o caminho e chegou a um castelo.

– Aonde vais? – perguntou o rei.

– Procuro um emprego – respondeu.

– Posso oferecer-lhe – disse o soberano. – Em meu jardim cresce uma árvore coberta de folhas de ouro. Se fores capaz de passar uma única noite vigiando-a, terás minha filha e a metade do meu reino.

– Vou tentar.

Quando a noite chegou, ele foi até o jardim, sentou-se ao lado da árvore e observou as folhas abrirem-se e crescerem. Elas já tinham quase terminado de crescer quando um profundo sono tomou conta dele; o rapaz foi incapaz de resistir e acabou adormecendo. Ao despertar, as folhas de ouro tinham desaparecido. Pela manhã, quando o rei lhe perguntou se havia vigiado a árvore, ele só conseguiu responder:

– Não, não fui capaz.

O monarca ordenou, então, sua execução.

O outro filho decidiu partir, e seu pai concordou a contragosto. O rapaz preparou provisões para a viagem e se colocou a caminho, mas lhe aconteceu a mesma aventura: ele pegou no sono e foi punido da mesma maneira.

O caçula, que seus irmãos chamavam de Tinhoso[48] ou Cucendron[49], quis partir quando chegou a sua vez. O pai tentou opor-se, pois achava que o seu destino seria ainda pior se ele partisse; o rapaz persistiu em sua intenção, e o pai acabou cedendo, mas lhe deu poucas provisões. O rapaz pegou seu bornal em uma mão, levou uma luva grande na outra e partiu.

Após ter caminhado algum tempo, sentou-se para almoçar. De repente, um machado, uma pua, uma plaina e todo tipo de objeto vieram mendigar um pouco de comida, e o homem deu a cada um algumas migalhas do pouco que tinha. Depois se levantou, seguiu seu caminho e chegou ao castelo real.

– Aonde vais? – inquiriu o soberano.

– Busco entrar a serviço de quem quiser o meu trabalho – respondeu.

– Posso empregá-lo.

– O que devo fazer?

– No meu jardim ergue-se uma árvore com folhas de ouro. Se fores capaz de vigiá-la uma única noite, terás minha filha e a metade do meu reino.

---

48. Knöbba.
49. Gudnavirus.

– Vou tentar a minha sorte.

Quando escureceu, ele foi conduzido até a árvore e, como era pequeno, sentou-se sobre um dos galhos mais baixos. Ao cair da noite, as folhas começaram a crescer, mas quanto mais elas cresciam mais o rapaz tinha sono. Ele lutou bravamente com a sonolência e conseguiu permanecer acordado; finalmente, quando o sono parecia ameaçar levá-lo, ouviu um horrível barulho nos ares, e o medo o despertou completamente. Nesse momento, ele viu chegar em uma tempestade dois fortões muito feios; um era um gigante, o outro era o Diabo, mas eles só tinham um único olho para os dois.

– Verifique se alguém está vigiando a árvore – disse o gigante ao Diabo que tinha o olho.

– Veja só! – exclamou o Diabo. – Nós pegaremos as folhas. Com vigilantes ou não, nós jamais tivemos problemas para colhê-las.

– Bem, suba na árvore – disse o gigante.

– Não, és tu que deves subir, eu te darei o olho.

O gigante subiu e pediu o olho. O Diabo lhe deu, mas nesse instante o rapaz o pegou e o colocou em sua luva.

– Dá-me o olho – pediu o gigante.

– Mas tu o tens, seu idiota!

De raiva, o gigante saltou sobre o Diabo e agarrou-o, e lutaram até que os dois morreram.

Quando o dia se levantou, o rapaz foi ao encontro do soberano.

– Como foi? Vigiaste? – perguntou o monarca.

– É claro – respondeu o rapaz.

O rei mandou seus servos irem verificar, e estes perceberam que o rapaz tinha dito a verdade: a árvore estava coberta das mais belas folhas de ouro.

– Vou me casar com a sua filha? – interrogou o rapaz.

– Ainda não.

– O que devo fazer para obter a sua mão?

– Se construíres um barco em uma noite e o trouxeres até mim, terás minha filha.

– Isso é impossível! Como eu poderia construir um barco em uma única noite e trazê-lo aqui? No entanto, eu vou tentar.

Quando a noite caiu, ele partiu com seu martelo e, tendo chegado à floresta, deu um golpe numa árvore, declarando:

– Agora, ferramentas que eu alimentei, correi até aqui e construí um barco que colocareis diante da porta do rei!

Em seguida, ocorreu uma intensa atividade: de todos os lados, ouvia-se o som de batidas, das marteladas e da plaina; todas as ferramentas agitavam-se. O rapaz sentou-se e observou-as: em pouquíssimo tempo, apareceu um navio, que cresceu e cresceu até estar inteiramente terminado. Ele logo subiu a bordo e partiu.

No caminho, encontrou um homem que roía alguns ossos. Passando perto dele, interrogou-o:

– O que fazes?

– Roí ossos durante toda minha vida – respondeu o homem – sem conseguir me saciar.

– Suba em meu barco. Tu terás ossos até a medula!

O outro o obedeceu, e foi assim que o rapaz fez um amigo.

Um pouco mais tarde, passou perto de um homem que chupava um pedaço de gelo.

– O que fazes? – perguntou o rapaz.

– Eu chupei gelo a vida inteira, mas a minha sede nunca foi aplacada.

– Embarca, e ela será satisfeita!

Foi assim que ele ganhou mais um novo companheiro.

Ele colocou-se a caminho novamente e notou um outro homem que levantava ora uma perna, ora a outra, sem conseguir avançar.

– O que fazes?

– Durante toda a minha vida eu tentei me colocar a caminho, mas continuo no mesmo lugar.

– Sobe e enfim conseguirás avançar! – disse o rapaz, que tinha agora três companheiros.

Ele seguiu o seu caminho e viu alguém fazendo pontaria sem atirar.

– O que fazes? – questionou ele.

– Durante toda a minha vida eu fiz pontaria, mas nunca consegui ir mais longe.

– Embarca, e conseguirás!

O outro aceitou, e o rapaz teve, dali em diante, uma equipe à sua disposição.

Ele seguiu o seu caminho. Pela manhã, chegou ao palácio e foi se encontrar com o rei.

– Pois bem, o barco foi terminado? – interrogou este último.

– É claro!

O monarca saiu para verificar e o encontrou pronto para navegar.

– Me darás agora a tua filha em casamento?

– Ainda não.

– Por quê?

– Esta noite, vai buscar o cálice de ouro do rei, meu vizinho, e coloca-o sobre a minha mesa, então terás a minha filha.

– É impossível! Como poderei, em uma única noite, ir até lá e estar de volta amanhã pela manhã?

– Isso é problema seu!

– Vou tentar – respondeu o rapaz.

Ele foi ao encontro daquele que dava largos passos e lhe disse:

– Sê intrépido, companheiro! Se nunca conseguiste dar um passo antes, agora é a hora. Caminha até o palácio do rei vizinho, pega seu cálice de ouro e o traz aqui até amanhã pela manhã.

O homem partiu, mas, quando a aurora começou a surgir no céu, ele ainda não tinha voltado.

– Sê intrépido, atirador! – disse o rapaz. – Atira na planta do pé daquele que caminha para que ele se apresse!

Ao longo do caminho, aquele que caminha havia encontrado uma jovem e tinha parado. Mas, quando o atirador interveio, ele se lembrou da sua missão, partiu e chegou antes do dia levantar-se completamente. O rapaz levou o cálice até o rei e o colocou sobre a mesa.

– Terei tua filha agora?

– Sim – respondeu o rei, e o casamento foi celebrado.

Já eu segui meu próprio caminho.

Fonte: POESTION, J.C. *Lappländische Märchen, Volkssagen, Räthsel und Sprich- wörter*. Viena: Carl Gerolds Sohn, 1886, p. 104-110.

ATU 0513 B.

5
O capitão e o Velho Erik

Noruega

Era uma vez um capitão cujos empreendimentos eram sempre bem-sucedidos de uma maneira incompreensível. A mais ninguém foram encarregadas as cargas que lhe foram confiadas e mais ninguém ganhou tanto dinheiro, porque sobre o capitão choviam pedidos vindos de todos os lados. Ninguém era talentoso como ele para fazer viagens como as que ele fazia, pois, aonde quer que fosse, o vento estava a seu favor. Dizia-se que o capitão, simplesmente virando seu chapéu, conseguia orientar o vento na direção que queria.

Ao longo de muito tempo, viajou, fazendo, durante três anos, o comércio de madeira com a China e juntando dinheiro como se estivesse colhendo capim. Um dia, voltou para casa pelo Mar do Norte com todas as velas desfraldadas, como se tivesse roubado barco e mercadorias. Mas aquele que queria alcançá-lo ia ainda mais rápido. Era Gamle-Erik[50], com o qual ele tinha feito um contrato, como podemos imaginar, e aquele era o dia em que o contrato chegava

---

50. Um dos nomes do Diabo na Noruega: o Velho Erik; variantes: Gammelerik, Gamle Eirik. Na Inglaterra é chamado de Old Nick ou o Velho Nick...

ao fim. Era de se esperar que a qualquer momento Gamle-Erik viesse buscá-lo pessoalmente.

Bom! O capitão saiu do camarote, subiu na ponte de comando, em seguida chamou o carpinteiro e outros membros da equipe e ordenou-lhes que descessem ao porão do navio para fazer dois buracos no fundo do barco. Quando isso tivesse sido feito, as bombas teriam que ser desengatadas de seus suportes e hermeticamente seladas sobre os buracos para que a água do mar pudesse subir até elas.

Os membros da tripulação ficaram surpresos. Acharam que era muito trabalho, mas obedeceram ao capitão: o carpinteiro fez dois furos no fundo do casco e fixou as bombas tão bem que nenhuma gota d'água conseguiu penetrar no fundo. Mas, nas bombas, a água chegava a sete pés.

A tripulação acabara de jogar as lascas de madeira ao mar por cima da amurada quando Gamle-Erik subiu a bordo em um turbilhão de vento e agarrou o capitão pela garganta.

– Não tão rápido assim! Não há necessidade de pressa – disse o capitão, defendendo-se e, com a ajuda de um alicate de entrançar[51], afrouxou as garras que o Diabo colocara sobre ele.

– Não tínhamos feito um acordo para que você mantivesse o barco seco e à prova d'água? – perguntou o capitão. – Pois bem, meça a água das bombas: está chegando a sete pés. Bombeia, Diabo que tu és,

---

51. Em português, pode ser chamado de "passador", "espicha" ou ser conhecido por seu nome em inglês, "*splicer*" [N.T.].

e esvazia a água do barco. Em seguida, poderás me levar se quiseres.

O Diabo era estúpido demais para não se deixar enganar. Ele bombeou e sofreu; uma torrente de suor correu ao longo de sua coluna vertebral, e era tanto suor que poderia fazer girar um moinho na base das suas costas. Bombeou a água no porão do navio, fazendo-a voltar para o Mar do Norte, mas ela voltava a entrar. Finalmente, esgotado por esse trabalho e de muito mau humor, foi descansar na casa da sua avó. Quanto ao capitão, o Diabo o deixou navegar tanto tempo quanto quisesse. Se ele não estiver morto, talvez esteja ainda navegando, virando o vento na direção desejada graças ao seu chapéu.

Ilustração de Nils Wiwel (1857-1914) para o conto
"Skipperen og Gamle-Erik", de Asbjørnsen

Fonte: ASBJØRNSEN, P.C.; MOE, J. *Eventyr*. Oslo: Gyldendal Norsk, 1928, n. 81.

6
O astuto mestre-escola e o Diabo

Transilvânia

Um dia, um mestre-escola foi fazer feno para o pastor com uma grande forquilha – como é o hábito aqui e ali –, levando consigo um pedaço de pão e um pequeno queijo como refeição. Seu caminho atravessava a campina do Diabo, e de repente ele o avistou carregando sobre suas costas um cantil, que queria encher de água, feito em pele de búfalo.

– Para! – gritou ao mestre-escola. – Eu vou prendê-lo!

O Diabo jogou seu cantil no chão e quis agarrá-lo, mas o mestre-escola pegou seu queijo, amassou-o até a água sair e o jogou ao Diabo:

– Olhe! Eu te esmagarei como fiz com essa pedra até que o seu sangue escorra se tu ousares apenas me tocar!

Aterrorizado, o Diabo correu diretamente de volta para o Inferno, abandonando seu cantil, e lá vociferou:

– Encontrei um homem tão forte que fez sair água de uma pedra apenas esmagando-a!

Os outros demônios o enviaram a fim de empregar o homem no carregamento de água. O Diabo voltou, portanto, à campina e propôs emprego ao mestre-escola. Nosso homem aceitou, pois isso lhe daria uma oportunidade para visitar o Inferno. Assim que chegou, recebeu ordem para encher de água uma grande ânfora, a qual, entretanto, era tão pesada que, mesmo vazia, ele não conseguia levantá-la. Pensou, então, em uma artimanha: pegou uma pá e uma picareta e fingiu sair.

– Aonde vais com essas ferramentas?

– Vou desenterrar a fonte e trazê-la para cá, de modo que não serei obrigado a sempre ficar indo para lá.

Temendo que o Inferno fosse inundado e o seu fogo apagado, os diabos ficaram com medo.

– Deixe, nós mesmos iremos buscar a água – disseram eles.

Em seguida, quiseram enviá-lo para a floresta, a fim de que arrancasse um carvalho e o trouxesse para eles. O mestre-escola pensou: "É isso que vamos ver!" Imaginou um novo estratagema: pegou uma grande corda e se colocou a caminho.

– O que vais fazer com essa corda? – interrogaram os diabos.

– Prender todas as árvores juntas, arrancá-las e trazê-las para cá, de modo que eu não tenha que ficar voltando para a floresta.

Aterrorizados pela força monstruosa do homem, eles tiveram medo de que, caso ele trouxesse toda a floresta, o Inferno queimasse de uma só vez, e em seguida eles morressem de frio.

– Não falemos mais nisso, nós mesmos iremos buscar a madeira.

Eles decidiram então se livrar desse homem perigoso e lhe disseram:

– Estamos prontos a depositar o seu salário com a condição de que vás embora.

O mestre-escola aceitou, mas exigiu que um dos diabos levasse ele próprio o saco de ouro para a sua casa. Ninguém quis correr esse risco, no entanto finalmente um deles aceitou. Quando chegaram perto da escola, os filhos do mestre-escola estavam olhando pela janela. Seu pai lhes fez um sinal, e eles começaram a gritar em uníssono:

– Eu também quero comer um Diabo, eu também quero comer um Diabo!

Ao ouvir essas palavras, o Diabo jogou o saco no chão e foi correndo numa linha reta até chegar ao Inferno, sem olhar para trás.

Mas um dos filhos do Diabo, vigoroso e fanfarrão, que acabara de voltar do estrangeiro, declarou que estava pronto a medir forças sem medo com qualquer homem. Seu pai e seus auxiliares lhe pediram para ir à casa do mestre-escola e trazer o saco de ouro. Tão logo ficou pronto, ele fez isso e, à sua chegada, declarou:

– Ou me dás o saco ou será preciso medir forças comigo!

Às gargalhadas, o mestre-escola respondeu:

– Sempre podes correr! Mas não me desagradaria bater-me contigo. Pelo que começaremos?

– Pela luta – respondeu o Diabo.

– Haha, eu terei medo de moer os teus ossos! Mas tenho aqui um avô idoso que ainda é forte o suficiente para vencê-lo.

E ele soltou um urso, que se jogou em cima do Diabo, pegou-o entre suas patas e o apertou tão forte que ele gritou:

– Ai, ai, ai, pare!

Zombeteiro, o mestre-escola disse:

– Talvez a luta não seja o teu forte. Escolhe outra coisa.

– Vamos apostar uma corrida!

– Eu seria desonrado se aceitasse esse desafio, mas tenho aqui um neto que o vencerá.

E ele soltou uma lebre que, rápida como uma flecha, logo estava fora de vista. O Diabo não demorou a voltar sem fôlego e meio morto.

– Tu não corres muito bem – ralhou o mestre-escola. – Talvez sejas melhor em alguma outra disciplina?

– Agora, nós vamos ver quem consegue jogar mais alto – respondeu o Diabo, enfurecido.

Ele pegou um enorme martelo de ferreiro de cabo longo e o lançou tão para o alto que foram necessárias sete horas para que o objeto voltasse a cair. O Diabo o estendeu ao mestre-escola, dizendo:

– Agora mostre-nos o que sabes fazer.

Vendo que não conseguia sequer levantá-lo, respondeu:

– Se eu o lançar, ele não vai mais voltar, pois tenho um cunhado no céu que é ferreiro e pegará o martelo para fazer pregos de carpinteiro enquanto ficamos aqui, esperando em vão. Vou buscar uma pedra que irei lançar.

Ele tirou um tentilhão da sua gaiola e o soltou. Feliz por estar livre, o pássaro levantou voo. O mestre-escola colocara o Diabo diante do Sol tão bem que ele não percebeu que o tentilhão desaparecera nos ares.

– Serão necessários sete dias para que a pedra volte a cair. Queres aguardar tanto tempo assim? – interrogou o mestre-escola.

– Oh, não – redarguiu o Diabo, que, meio cego pelo Sol, já tinha visto o bastante.

– Haha – zombou o mestre-escola –, vós, diabos, não sois muito talentosos; não sabeis nem lutar, nem correr, nem lançar objetos no ar. Em que sois bons?

– Vamos nos medir no estalar do chicote – respondeu o outro, furioso e ressentido.

Ele pegou um chicote e o estalou de uma maneira tão terrível a ponto de fazer um talho na barriga do mestre-escola, que quase desmaiou. No entanto, o homem se recompôs e declarou:

– Eu me preocupo bastante contigo: deixa-me vendá-lo, pois vou estalar meu chicote com tanta força que soarão trovões nos céus e raios cairão sobre a terra, o que poderá cegá-lo.

Ele pegou sua faca de cortar pão[52] e bateu com toda sua força nos olhos do Diabo, chegando a fazer este acreditar que os tinha perdido.

---

52. *Paluckesklüppel*. *Palukes* é uma palavra valáquia de origem húngara.

– Pare! – gemeu.

– Fico me perguntando se há alguma disciplina na qual te destacas!

Fervendo de raiva, o demônio replicou:

– Vamos lutar com um bastão!

– Tudo bem!

O mestre-escola deu ao Diabo uma longa barra de ferro, enquanto pegava uma curta para si próprio. O mestre aproximou-se o máximo que podia do seu adversário e lhe infligiu diversos golpes, até que o outro ficou coberto de manchas roxas. Em desvantagem pelo comprimento da sua arma, o Diabo não conseguia contra-atacar.

– Vamos, então, mudar de armas! – disse este último.

– Como queiras, mas tu és tão digno de pena que te concederei uma vantagem. Entre no chiqueiro onde estarás protegido. Eu ficarei do lado de fora para combatê-lo.

O Diabo aceitou, pegou a barra curta e entrou no chiqueiro. Com a sua longa barra de ferro, o mestre-escola o bateu tão impiedosamente que perfurou o seu peito; por sua vez, o Diabo não conseguia tocá-lo com sua barra curta.

– Chega, chega! – gritou ele, vendo que seu sangue jorrava por todo lado.

– Que não venham me dizer que um Diabo é superior ao homem mais miserável! Não está provado agora que sois incapazes, a menos que queiras tentar mais alguma coisa?

Gritando de dor e de raiva, o Diabo berrou:

– Sim, sim, vamos fazer um concurso de arranhões! – e ele arranhou o mestre-escola até os ossos, fazendo o seu sangue escorrer.

– Aguarde até eu trazer minhas unhas – disse o mestre-escola. – Eu sempre as tiro quando não preciso delas.

Ele voltou com um pente de cardagem e trabalhou a pele do seu adversário tão impiedosamente que este, gritando de sofrimento, implorou:

– Pare! Tu estás me machucando profundamente demais!

– Eu teria realmente vergonha de continuar lutando contigo – disse o mestre-escola. – E acho que este é o fim da sua gabolice.

Espumando de raiva, o demônio respondeu:

– Para a última prova, façamos um concurso de flatulências.

O Diabo soltou um pum tão poderoso que o mestre-escola foi parar colado no teto.

– O que fazes aí em cima? – interrogou o Diabo.

– Estou fechando as fendas e os buracos para que não possas sair quando eu soltar um vento. Tu te despedaçarás contra o teto.

De medo, os cabelos do Diabo ficaram em pé. Sem esperar mais, ele deu com o pé na tábua e correu em uma direção reta até o Inferno.

Desde então, os diabos deixaram o mestre-escola em paz, mas os malandros sem dúvida lhe roubaram o saco de ouro, pois atualmente ele é pobre como Jó. Alguns dizem que seria João o Forte ou o alfaiate Zwirn[53] que teriam vencido o Diabo nas sete artes[54], no entanto isso é falso, porque o próprio mestre-escola contou a história várias vezes, então deve ser realmente ele.

Fonte: HALTRICH, J. *Deutsche Volksmärchen aus dem Sachsenlande in Siebenbürgen*. Viena: Carl Graeser/Julius Springer, 1856, p. 161-167.

ATU 1045, 1060, 1071, 1083, 1095.

---

53. Nomes de dois heróis de contos muito populares.
54. Alusão às sete artes liberais (*die sieben freien Künste*).

7
O filho do rei e a filha do Diabo

Transilvânia, Romênia

Era uma vez um rei que, durante uma guerra, perdera todas as batalhas, uma após a outra. Seus exércitos tinham sido aniquilados, e ele estava tão desesperado que pensou em tirar sua própria vida. De repente, um homem surgiu e lhe disse:

– Conheço teu problema; coragem, eu vou ajudá-lo se me prometeres o recém-chegado da tua casa. Ao fim de três vezes sete anos, eu voltarei para buscar o que me é devido.

O rei não compreendeu o que estava acontecendo e pensou que o estrangeiro falava de uma nova corda, pois *en noa sîl*, "uma nova alma", tem a mesma pronúncia em saxão que "uma nova corda". Aceitou sem hesitar um preço tão modesto. "Tens muitas em tua despensa!", pensou ele.

O soberano permanecera longo tempo sem descendência, no entanto, enquanto guerreava, um filho nascera, embora ele ignorasse isso; já o estrangeiro sabia, uma vez que era o Diabo supremo. A partir do momento em que o monarca aceitou o acordo, o Diabo se afastou um pouco, pegou um chicote de ferro de quatro caudas e o estalou na direção dos quatro ventos. Vejam o que aconteceu! Imediatamente, guerreiros afluíram de todos os lados em grande número, e, encabeçando-os, o soberano logo começou a ganhar uma batalha atrás da outra, tão rápido que em pouco tempo seu inimigo pediu a paz.

Ele recuperou o seu reino, e sua alegria pela vitória era sem limites quando soube que um filho e sucessor tinha nascido. Acreditou ser o mais feliz dos homens, porque, por um lado, era um rei poderoso, temido e amado pelos seus pares; por outro, tinha um filho perfeito em tudo, que logo estava crescendo em força e beleza.

Três vezes sete anos quase tinham passado desde a grande guerra, e o soberano havia esquecido completamente sua promessa quando, um dia, surgiu de repente o estrangeiro, vestido como da outra vez, para reclamar, segundo o contrato, *en noa sîl*. Querendo mostrar-se particularmente grato, o monarca mandou trazer a corda nova mais longa que possuía, porém o estrangeiro a recusou, sorrindo com desdém, e gritou:

– O que eu pedi foi uma nova alma, teu filho que nascera naquele momento. Agora, ele me pertence e deve me seguir em meu reino sob a terra!

Horrorizado, o rei arrancou seus cabelos, rasgou suas roupas, mordeu suas mãos, quase dilacerado de dor, mas tudo foi em vão. Então seu filho, de coração puro e inocente, consolou-o:

– Não se preocupe, pai, esse horrível príncipe do Inferno nada poderá contra mim!

Furiosamente, o Diabo exclamou:

– Espera para ver, modelo de virtude, tu me pagarás!

Ele o pegou e o carregou consigo pelos ares até chegar ao Inferno.

Todo o reino ficou de luto, todas as casas penduraram crepe negro nas portas e janelas. O rei, encastelado em sua dor e seu pesar, fechou-se em seu palácio, um morto entre os vivos.

Tendo chegado ao seu reino com o filho do rei, o príncipe do Inferno designou-lhe a fornalha infernal, dizendo que agora iriam esquentá-la sete vezes mais forte e que ele seria jogado nesse braseiro pela manhã se, ao longo da noite, não conseguisse executar a sua ordem.

Perto dali havia um tanque de dimensões monstruosas. O Diabo ordenou que o príncipe o secasse durante a noite, transformando-o em um grande prado que teria que ser ceifado para fazer feno; com o feno, palheiros que pudessem ser trazidos no dia seguinte. O Diabo prendeu o jovem e o deixou só em um recinto. Triste e acabrunhado, ele preparava-se para morrer, pois era impensável ter sucesso em tal tarefa. De repente, a porta se abriu, e a filha do Diabo entrou trazendo-lhe seu almoço. À vista do belo rapaz que chorava, algo tocou seu coração. Ela teve pena dele e lhe disse:

– Come, bebe e mantém a tua coragem, eu vou dar um jeito para que se realize tudo que o meu pai te ordenou. Mostra um rosto sereno amanhã pela manhã.

Em seguida, ela saiu, mas o príncipe continuava triste. Ao longo da noite, enquanto todos dormiam, a filha do Diabo levantou-se suavemente, foi até a cama do seu pai, tapou seus ouvidos, pegou seu chicote de quatro caudas, saiu e o estalou na direção dos quatro pontos cardeais, despertando mil ecos e abalando todo o império infernal. Os ares farfalharam e, de todos os lados, acorreram espíritos infernais que perguntaram:

– O que ordenas?

E a princesa lhes descreveu sua tarefa. Durante algum tempo, foi ouvida uma violenta movimentação, como uma tempestade furiosa, assim como alguns golpes raivosos, em seguida a calma voltou. Quando, bem cedo pela manhã, o príncipe olhou pela janela, para sua grande surpresa e para sua imensa alegria, viu vários montes de feno no lugar do lago. Ele retomou sua coragem e acalmou-se.

Assim que tudo acabou, a filha do Diabo destampou os ouvidos do pai e devolveu o chicote ao seu lugar. Ao acordar, o Diabo alegrou-se, na sua maldade, antevendo o príncipe queimar. Qual não foi a sua surpresa quando, ao sair, percebeu que a tarefa tinha sido completada. Ainda mais furioso, foi ao encontro do jovem e lhe disse:

– Desta vez, tiveste sucesso, mas amanhã experimentarás a minha fornalha! Olha esta vasta floresta sobre a montanha! Deverás abatê-la durante a noite e empilhar a madeira cortada para que possamos trazê-la amanhã pela manhã. No lugar da floresta, tu deverás fazer crescer vinhedos, e as uvas deverão estar maduras o suficiente para que possam ser colhidas.

Ele voltou a fechar a porta, e o príncipe abandonou-se novamente ao desespero, pensando que a tarefa era impossível. A filha do Diabo entrou então com sua refeição, informou-se sobre a nova ordem do pai e o consolou. Tranquilizado, ele recuperou sua coragem. Ao longo da noite, a filha do Diabo agiu como na véspera. Pela manhã, o Diabo, curioso em saber se o estúpido mortal obtivera sucesso, constatou, para sua grande surpresa, que fora exatamente isso que acontecera. Sua fúria chegou ao auge!

– Tiveste sucesso mais esta vez. Durante a noite, deverás construir uma igreja de areia com domo e cruz, que seja sólida e resistente.

Em seguida, o Diabo voltou a fechar a porta e se foi, enquanto o príncipe, aflito, sentia o abatimento tomar conta dele.

Quando a filha do Diabo lhe trouxe sua refeição, ele contou a ela o seu infortúnio e anunciou qual seria sua nova tarefa.

– É uma coisa difícil – disse ela –, e temo não obter sucesso, mas vou tentar. Não feche o olho durante a noite para me ouvir quando eu te chamar.

À meia-noite, após ter tampado os ouvidos do seu pai, a filha do Diabo usou seu chicote. Logo se apresentaram os servos atarefados, que perguntaram quais eram as ordens. Quando ela lhes explicou, tomados pelo medo, eles exclamaram:

– Construir uma igreja! Nem agora, nem mais tarde! Nem em pedra, nem em ferro, muito menos de areia!

Mas a filha do Diabo lhes ordenou duramente para se colocaram a trabalho. Eles afastaram-se, deram início à obra e logo estavam cobertos de suor, pois a areia lhes escorria pelos dedos e o trabalho não avançava. Muitas vezes, construíram a igreja até a metade, e a obra desmoronou. Uma vez, ela estava quase terminada, o domo tinha sido instalado, só faltava a cruz, mas assim que os diabos quiseram instalá-la tudo cedeu. Quando a filha do Diabo viu que o trabalho era em vão e que o prazo já estava chegando ao fim, dispensou os diabos e correu até a janela do príncipe, gritando:

– De pé, de pé! Há ainda tempo para que eu te salve se quiseres ser salvo. Eu vou me transformar em um cavalo branco; monta-o, e eu te levarei daqui.

Logo quando disse essas palavras, transformou-se em um cavalo, e os dois fugiram em rápidos galopes.

Quando o Diabo despertou, tudo lhe parecia muito silencioso. Quis pegar seu chicote para acordar os outros, mas o objeto não estava no lugar. Abriu a boca e o Inferno ressoou com seus gritos. Suas orelhas destaparam-se, e deu-se conta de que toda a casa já estava trabalhando. Pensou no príncipe e foi até o quarto, onde viu a porta aberta e notou o jovem ausente. Procurou, então, seu chicote, que encontrou finalmente em um canto, e o estalou aos quatro ventos. Todos os diabos do seu reino apareceram.

– O que nos ordena? Trabalhamos a noite toda, não podes nos deixar repousar um pouco?

– Quem deu as ordens?

– Tua filha.

– Minha filha! – gritou o príncipe do Inferno, horrorizado. – Ela se mostrou compassiva, tudo está claro agora. Tapou meus ouvidos, fez com que o trabalho fosse realizado utilizando meu poder por amor a este miserável e agora partiu com ele. Esperem para ver, rapidamente os alcançarei!

Em seguida, levantou voo em busca dos fugitivos e logo percebeu o cavalo branco e seu cavaleiro. Mergulhando em direção ao chão, interpelou seus diabos:

– Apressem-se e tragam de volta para mim o cavalo branco e seu cavaleiro, mortos ou vivos!

A revoada dos demônios logo escureceu o céu. Ouvindo de longe o zumbido, o cavalo disse ao seu cavaleiro:

– O que vês atrás de nós?

– Uma nuvem negra.

– É a tropa do meu pai que nos persegue. Estaremos perdidos se não fizeres exatamente o que eu te disser. Vou metamorfosear eu mesma em igreja e tu em padre. Coloca-te diante do altar e canta ininterruptamente, mesmo se fores interrogado.

O príncipe prometeu obedecer. Ao aproximarem-se, os demônios ficaram espantados ao ver a grande igreja. Todas as portas estavam abertas, no entanto, eles não conseguiram atravessar o pórtico apesar das suas tentativas. O príncipe transformado em padre mantinha-se perto do altar e cantava: "Senhor, sede conosco, Senhor, protegei-nos!" Os diabos escutaram durante um longo momento esse estranho canto. Como o oficiante não parava de cantar, perguntaram-lhe se ele não tinha visto um cavalo branco e seu cavaleiro, e mesmo assim o padre não interrompeu a música. Todos retomaram seu caminho até os limites do reino infernal sem ver nem cavaleiro nem montaria. À noite, quando voltaram de mãos abanando, o velho Diabo cuspiu chamas de cólera.

Ele levantou voo em busca dos fugitivos no dia seguinte. Percebeu ao longe a igreja e ouviu o murmúrio do canto, que o fez estremecer.

– São eles – disse para si. – Esperai e vede, não conseguirão me enganar!

O Diabo reuniu uma tropa ainda mais vigorosa do que a da primeira vez e bradou:

– Avancem para dentro da igreja, destruam-na do teto ao chão e tragam-me uma pedra assim como o padre, morto ou vivo!

Os demônios levantaram voo em um piscar de olhos, mas, enquanto isso, a filha do Diabo e o príncipe já tinham voltado à sua forma primeira e partiam. Pouco depois, ouviram atrás deles um zumbido e um assobio.

– O que vês? – interrogou o cavalo.

– Uma nuvem negra ainda maior e mais assustadora do que a primeira!

– É a nova tropa do meu pai; faz exatamente o que eu te disser ou estaremos perdidos. Vou me transformar em um amieiro, e tu em um pequeno pássaro dourado. Nunca pares de cantar, sem te deixares perturbar nem assustar.

A tropa infernal já tinha quase chegado, a setecentas léguas do lugar onde antes havia estado a igreja, mas não encontraram nenhum sinal nem da igreja nem do padre, do cavalo branco ou do príncipe. Quando chegaram ao pé do amieiro, surpresos, eles pararam, contemplando a árvore e o pássaro dourado que cantava ininterruptamente: "Não tende medo de mim, não tende medo de mim".

– Se pelo menos esse pássaro ficasse quieto – disseram os diabos – para que nós pudéssemos perguntar sobre a igreja, o padre, o cavalo e o príncipe...

Mas o pássaro não parava de cantar. O bando demoníaco foi até a extremidade do reino infernal e voltou à noite com mais um fracasso. O velho Diabo vomitou torrentes de chamas de cólera e, pela manhã, lançou-se na perseguição aos fugitivos. Ele percebeu o amieiro e o pássaro, cujo canto fez com que ele estremecesse. "Haha, não conseguireis escapar!" À imensa tropa que reunira, declarou:

– Apressem-se, derrubem o amieiro que encontrareis, tragam-me suas aparas, prendam o pássaro e tragam-no morto ou vivo!

Os diabos logo levantaram voo, entretanto o amieiro e o pássaro já tinham voltado a ser cavalo e cavaleiro e já tinha percorrido setecentas léguas. Ao escutar um zumbido, o cavalo branco perguntou:

– O que vês atrás de ti?

– Uma nuvem negra ainda mais assustadora do que as anteriores.

– É a tropa do meu pai. Faz exatamente o que eu te disser ou estaremos perdidos. Eu vou me metamorfosear em arrozal, e tu em codorniz. Percorre o campo em todos os sentidos sem parar de cantar e não deixes que nenhuma questão te interrompa.

O príncipe prometeu. O exército infernal aproximou-se, olhando em todas as direções sem ver nem igreja nem padre, muito menos amieiro ou pássaro, sem falar de um cavalo e de seu cavaleiro. Quando avistaram o arrozal, surpresos, eles pararam, contemplando as idas e vindas da codorniz e escutando seu canto maravilhoso: "Deus esteja conosco, que Ele esteja conosco".

– Se pelo menos esse pássaro parasse de cantar para que nós o interrogássemos!

Mas ele continuava, e tiveram que voltar de mãos abanando. O Diabo ferveu de fúria. Levantou voo, avistou o arrozal e o pássaro e exclamou:

– Estais em meu poder! Apressem-se para fazer desaparecer esse arrozal e prendam a codorniz – disse ele a seus servos. – Esperem! Dessa vez, eu mesmo vou persegui-los, pois, se eles percorrerem quatro vezes setecentas léguas, não terei mais poder, e possivelmente zombarão de mim.

A filha do Diabo e o príncipe já tinham percorrido uma boa distância, faltavam apenas sete léguas para saírem do Inferno. Foi então que ouviram atrás de si uma impressionante algazarra. O cavalo perguntou a seu cavaleiro:

– O que vês atrás de nós?

– Um ponto negro no céu, mais negro do que a noite, de onde saem relâmpagos de fogo.

– Que desgraça, é o meu pai! Estaremos perdidos se não obedeceres à risca. Eu me transformarei em um grande tanque de leite, e tu em pato. Nada sempre no centro da lagoa sem mostrar a cabeça, que ninguém possa te ludibriar! Não tires a cabeça do leite e não nades até a borda.

E o príncipe prometeu.

Logo o Diabo chegou até a borda da lagoa, mas nada pôde fazer contra eles enquanto o pato não estivesse em seu poder, pois este nadava no meio da lagoa e estava longe demais para que pudesse ser alcançado. Não era possível nadar até a ave, pois os diabos se afogam no leite puro. Só havia uma única solução: atrair o pato com uma isca.

– Patinho, por que nadas sempre no meio da lagoa? Olha à tua volta. Como é bonito o lugar onde estou!

O patinho não olhava e não escutava, no entanto sentiu o desejo de tirar a cabeça do leite ao menos uma vez. Como o Tentador continuava seu truque, o patinho lançou um olhar rápido em torno, e imediatamente o Maligno o privou da visão, deixando-o cego. A lagoa de leite ficou perturbada e começou a fermentar, e uma voz queixosa chegou até o pato:

– Desgraçado, o que fizeste?

A filha do Diabo prometeu a si mesma jamais se deixar seduzir, enquanto seu pai dançava de alegria perversa às margens da lagoa, clamando:

– Haha, eu logo os terei!

E ele tentou nadar até o pato para agarrá-lo. Como começou a afundar, rapidamente deu meia-volta. Durante longo tempo, o Diabo tentou atrair o pato até a margem, mas este manteve-se tranquilo, a cabeça mergulhada no leite, escarnecendo do Maligno. Furioso e pisando com impaciência, o Diabo se transformou de repente em um pelicano e engoliu a lagoa de leite com o pato e, cambaleante, deu meia-volta. Uma voz que saía do leite disse ao pato:

– Tudo está bem agora.

E o leite começou a fermentar e a ferver. O Diabo sentia-se cada vez mais pesado e, oprimido, movia-se com dificuldade. "Se eu pudesse estar em casa", suspirava ele, mas isso de nada adiantava enquanto o leite fervente o fazia inchar. Ele vacilou e, de repente, ouviu-se um enorme estrondo: o Diabo explodiu e morreu. O príncipe e a filha do Diabo apareceram em todo seu esplendor de beleza juvenil.

O príncipe conduziu a filha do Diabo até o reino, aonde chegaram sete dias após o rapto do jovem. Gritos de alegria foram ouvidos em todos os lugares, as cores fúnebres foram retiradas, jogaram arroz e flores sobre os caminhos, e o velho soberano foi ao encontro dos recém-chegados enquanto soavam trombetas e troavam tambores. Bodas esplêndidas foram celebradas, e o rei entregou o poder ao seu filho, que reinou de forma sábia e justa como seu pai. Se ele não tiver morrido, reina ainda hoje em dia.

Fonte: HALTRICH, J. *Deutsche Volksmärchen aus dem Sachsenlande in Siebenbürgen*. Viena: Carl Graeser/Julius Springer, 1856, p. 151-183.

No conto tipo ATU 313 C encontra-se uma variante; cf. ESPINOSA, A. *Cuentos populares de Castilla y León*. Madri: Consejo Superior de Investigaciones Cientificas (CSIC), 1987, v. 1, p. 143-147.

ATU 313 A, EM 9, col. 13-19; Mlex 62-66.

8
O homem e o Diabo

Rússia

Um homem foi caçar na floresta. O Diabo o viu e o interrogou:

– Meu amigo, o que fazes?

– Eu vim caçar – respondeu o homem.

– Não pegaste nada?

– Nada!

– Vem, vamos caçar renas. Segue este caminho, e eu seguirei o outro.

E eles saíram.

Após terem caminhado um momento, o caçador encontrou um chifre de rena e o prendeu na cintura. O Diabo matou a rena, jogou-a sobre seus ombros, foi encontrar-se com o homem e lhe perguntou:

– Meu amigo, nada pegaste?

– Matei uma rena que prendi na minha cintura, mas ela desamarrou e caiu. Não prestei atenção, só o chifre sobrou.

– Muito bem, meu amigo, uma única rena é o suficiente para nós dois.

E ele levou o animal e o homem até sua casa.

Eles a cozinharam, a comeram, depois foram dormir. O Maligno convidou o homem a ocupar a cama perto da janela, cama sobre a qual estava pendurada uma pedra de amolar. O homem colocou suas roupas sobre a cama e foi dormir diante do fogão. O Diabo deixou cair a pedra de amolar sobre aquilo que ele acreditava ser seu hóspede. Pela manhã, ele entrou e indagou:

– Meu amigo, dormiste bem?

– Sem problemas!

Na noite seguinte, o Diabo lhe propôs a mesma cama, mas nosso homem ali colocou uma folha de cânhamo, em seguida saiu e foi se colocar diante da janela para observar. O Borgne, ou seja, o Diabo, entrou, a mastigou, cratch cratch, e em seguida a jogou fora. Então o homem voltou ao seu lugar. Pela manhã, o Maligno entrou e perguntou:

– Meu amigo, dormiste bem?

– Parece que fui picado por piolhos ou pulgas – respondeu ele.

O Diabo foi ao encontro da sua mãe e lhe disse:

– É prodigioso, mamãe: eu realmente o mastiguei, e ele afirma que foram apenas piolhos ou pulgas que o picaram.

Pela terceira vez, o Diabo lhe designou o mesmo lugar para ficar. Nosso homem levantou-se e encheu sua cama de telhas, ele mesmo indo dormir diante do fogão. O Borgne entrou, começou a mastigar as telhas, criss criss, e até mesmo quebrou um dente. Disse à sua mãe:

– Magnífico, mamãe, ele deve estar morto agora!

Pela manhã, o Diabo entrou e interrogou o homem:

– Meu amigo, dormiste bem?

– Não sei se fui picado por piolhos ou pulgas – respondeu ele.

Diante disso, o Maligno ordenou ao outro que voltasse para a sua casa. "De modo algum!", respondeu este último. O Diabo o enviou para casa após ter lhe dado um cofre repleto de dinheiro. Como o homem foi incapaz de carregá-lo, o próprio Diabo o colocou sobre seus ombros e o carregou até a sua casa. Dizem que esse sujeito ficou muito rico.

Fonte: WICHMANN, Y. *Wodtjackische[55] Sprachproben*: Sprichwörter, Rätsel, Märchen, Sagen und Erzählungen. Helsingfors, 1893-1901, v. 2, p. 62-65.

---

55. O *votjak oudmourte* é falado na Rússia e faz parte das línguas faladas no Ural.

9
A escola negra

Dinamarca

No mesmo vilarejo viviam um homem rico que tinha dois filhos e um homem pobre que tinha um filho único. Os três meninos iam à escola juntos e eram muito bons amigos. O pobre era o mais vivo e o mais aplicado e sempre ajudava os outros a aprenderem suas lições para que não ficassem atrasados. Os meninos cresceram, e, no momento da sua confirmação, os filhos do rico pediram a seus pais para comprar para seu amigo a mesma roupa que a deles; o pedido foi aceito. Quando chegou o momento em que ele deveria aprender um ofício, enquanto seus amigos seguiriam seus estudos, os filhos do rico disseram a seus pais:

– Nós não conseguiremos ter sucesso se ele não estiver conosco, pois não conseguimos ficar sem a sua ajuda.

E assim os pais permitiram ao rapaz estudar com seus filhos.

Os três amigos continuaram a se instruir juntos, como de hábito, e sua amizade era estreita. Como o pobre mostrou as melhores aptidões e uma grande aplicação, continuou a ajudar seus dois amigos. Tornaram-se estudantes juntos e moraram juntos, e os dois filhos do rico compartilhavam seu dinheiro para que seu amigo pudesse seguir seus estudos em troca do seu apoio. Ao fim de três anos, eles tinham aprendido tudo que havia a aprender na universidade que eles frequentavam...

No entanto, havia ainda muitas outras coisas a serem descobertas. Os três entraram em acordo para permanecerem juntos e dedicarem-se àquilo que ainda ignoravam, e foi assim que quiseram estudar na escola negra. Apesar do conselho do seu pai, como lhes restava ainda um pouco de dinheiro, eles o desobedeceram e, junto com seu amigo, foram até um vilarejo onde estavam os mestres em ciências ocultas. Informaram-se para encontrar o mestre mais erudito e o visitaram para saber se ele gostaria de aceitá-los como alunos.

– É possível – respondeu o mestre. – Podeis morar comigo, e em um ano eu terei ensinado tudo. Mas nós devemos firmar um pacto: quando o ano tiver acabado, eu perguntarei três questões. Se me derdes as respostas corretas, estareis livres de qualquer obrigação e não terão nada a me pagar. Mas aquele que não souber responder à questão que será colocada me pertencerá e será meu servo por toda a vida, e eu poderei dispor dele como quiser.

Acreditando já serem bastante instruídos e considerando que teriam um ano inteiro pela frente para se aperfeiçoar, os três estudantes pensaram que poderiam responder às questões e assinaram, portanto, um acordo. Instalaram-se, então, na casa do mestre, um homem surpreendente: era pequeno, estava sempre vestido de cinza, o nariz parecia um bico de águia, e os dois pequenos olhos vermelhos eram profundamente penetrantes; tinha uma boca larga com um sorriso permanente e duas orelhas que eram como chifres de bode. Ele mancava porque tinha um pé torto, sem dúvida era por isso que nunca ninguém jamais o via sair. Os três estudantes foram bem tratados, uma velha cuidava deles e da casa. Parecia ser surda, e, entre si, eles a chamavam de bisavó do Diabo, o que era bem evidente.

O mestre lhes dava aula todos os dias e entregara a eles um livro estranho para lerem; como de hábito, o filho do pobre estudava da manhã à noite, enquanto seus amigos se cansavam com facilidade. Como havia uma grande cidade ali perto, com diversas diversões e muitas atrações, eles passavam a maior parte do tempo do lado de fora da escola, levando uma vida de dissipação. Quando seu dinheiro acabou, fizeram empréstimos em todos os lugares onde podiam, só se preocupando em passar seus dias da forma mais rápida e mais agradável possível.

O tempo passou, e o ano de aprendizagem chegou ao fim. Eles começaram a pensar naquilo que tinham concluído e assinado relativo às questões às quais deveriam responder se não quisessem pertencer ao homem durante toda sua vida. Quanto mais o viam, menos queriam estar sob o seu controle, mas compreenderam que lhe seria fácil fazer questões às quais eles seriam incapazes de responder. O filho do pobre, que, no entanto, trabalhara o melhor possível, estava muito longe de estar tranquilo e sereno; para seus amigos, que na maior parte das vezes haviam contemplado mais o fundo dos seus copos do que os seus livros, era pior ainda.

Na véspera do último dia, o estudante pobre foi até a igreja como sempre tinha feito. Estava tão preocupado que não conseguiu ouvir quase nada do sermão e dos cânticos. Ao sair, encontrou uma bela senhora que lhe pediu uma esmola. Ele mergulhou a mão no bolso, onde só havia alguns trocados[56], mas deu a ela tudo que tinha.

– Pegue tudo, eu não preciso mais – disse ele.

– Estou vendo que alguma coisa o preocupa – respondeu ela. – Conta para mim a tua preocupação, talvez eu possa te dar um bom conselho.

No início, ele se recusou a fazê-lo.

– De que servirá eu revelar o segredo?

– É possível que eu possa aconselhá-lo. Eu já ajudei mais de um que confiou em mim.

Então o estudante lhe contou tudo: como ele e seus dois amigos tinham estudado com um certo mestre; como, no dia seguinte, deveriam responder a suas três questões ou lhe pertenceriam para sempre; e como isso os angustiava terrivelmente.

– Tendes razão para estardes ansiosos – respondeu a mulher –, pois estudastes na casa do Diabo em pessoa. Eu te darei um bom conselho que servirá a todos. Tarde da noite, tu pegarás uma pá, irás ao cemitério e cortarás um torrão de grama de uma vara de comprimento, que levarás até a colina situada no norte da cidade, onde se encontra uma forca; sobre a face sul da colina tu cavarás um buraco do tamanho da superfície do torrão, suficientemente profundo para

---

56. *Skillinger*, o que corresponde ao centavo (*sous*) francês.

caberes ali dentro. Em seguida, tu entrarás no buraco e colocarás o torrão sobre ti. Deverás ter terminado tudo antes da meia-noite. Aguarda tranquilamente uma hora, então aprenderás o que queres saber.

O estudante seguiu essas sugestões e, antes da meia-noite, já estava escondido em seu buraco. Chegaram então do Leste e do Oeste gralhas que começaram a tagarelar, e havia agora conhecimento suficiente para compreender sua linguagem.

– Onde ele está? Onde ele está? – disseram elas.

Finalmente, uma gralha chegou do Sul e juntou-se às outras. Elas tagarelaram, discutiram, guincharam, gritaram. A que tinha chegado por último era, na verdade, o seu mestre, que tinha um encontro ali com um grupo de semelhantes. O rapaz os ouviu dizer:

– Amanhã, os três estudantes serão nossos.

– Quais questões perguntarás? – indagou uma voz.

O mestre revelou aos outros as três questões às quais os infelizes estudantes deveriam responder, mas tinha tanta certeza de que seria naturalmente impossível para eles responderem que estava convicto de que possuiria todos. As gralhas escarneceram, riram, gritaram, guincharam e partiram, cada uma para o seu lado.

Quando elas estavam longe o suficiente, o rapaz voltou para casa, deitou-se e dormiu como não havia feito a semana inteira. Pela manhã, após se consultarem mutuamente em segredo, todos os três foram tomar café da manhã com o seu mestre. A refeição era mais lauta do que o normal, pois eles deveriam fazer o seu exame e o momento tão aguardado pelo seu mestre havia enfim chegado. Sobre a mesa via-se uma toalha escarlate sobre a qual estavam colocados um tecido de linho de uma brancura radiante, taças de cristal talhado e uma bandeja de prata finamente cinzelada. Após a refeição, o mestre voltou-se para o filho mais velho do homem rico e lhe disse:

– Com tudo aquilo que estudaste e aprendeste, não é demais perguntar do que é feita a toalha que vês sobre esta mesa.

– Trata-se de uma velha pele de cavalo que tiraste do esfolamento[57] – respondeu ele.

Logo todos viram que essa era a resposta correta. Os pequenos olhos vermelhos do mestre se estreitaram ainda mais em sua órbita, e seu olhar ficou abominavelmente ainda mais vesgo. No entanto, ele disse calmamente:

– Assim seja!

Voltando-se para o mais novo, perguntou:

– De que são feitas as taças nas quais bebeste?

– Elas nada mais são do que cacos de potes antigos – respondeu o segundo.

Todos viram que era verdade. Incapaz de ficar no lugar por mais tempo, o mestre claudicou até o filho do homem pobre, pegou-o pelo braço tão violentamente que esse ficou coberto de manchas roxas, e lhe perguntou com uma voz trêmula:

– Do que achas que é feita a bandeja colocada no meio da mesa?

---

57. O Diabo utiliza aqui seus artifícios para criar ilusões.

– É um velho crânio de cavalo – respondeu o estudante.

Em seguida, todos viram o mestre encarando-os com suas órbitas vazias.

– Para fora! – gritou o mestre. – Eu marcarei o último a sair de tal maneira que ele jamais se esquecerá de mim!

O estudante pobre empurrou os dois outros na frente, e eles saíram porta afora; seguindo-os, ele desatou a liga da sua perna direita e lhe deu uma aparência humana, então saltou até a porta. O mestre virou sua cabeça ao contrário tão bem que o seu nariz olhava para a sua nuca, mas era apenas a liga que ele tratara dessa maneira; do lado de fora da porta, o aluno estava ileso. A partir daí, ele nunca mais ousou usar uma liga em sua perna direita novamente.

Os três estudantes estavam agora livres do seu mestre. No entanto, os dois filhos do homem rico, que haviam vivido a crédito durante tanto tempo, não podiam deixar a cidade sem terem antes pagado todas as suas dívidas. Foram presos até pagarem tudo que deviam. O filho do homem pobre era, de agora em diante, mais rico do que eles, pois não estava endividado e era livre para se movimentar. Contudo, recusava-se a abandonar seus amigos e ia vê-los na prisão para conversar com eles. Achava que os dois poderiam escrever ao pai, pedindo que os tirasse dessa situação.

– Nós nada faremos – disseram. – Sabemos bem que seria inútil, pois não receberíamos nada. Mas tu és tão inteligente que poderias se esforçar para ganhar dinheiro. Tu és o homem que pode enganar o Diabo em pessoa se for necessário.

O rapaz não tinha nenhuma vontade disso, mas deveria tentar salvá-los, pois os dois sempre se mostraram bons para com ele. Prometeu ver o que poderia fazer.

Não tinha estudado em vão na escola negra. Nós vimos quando o estudante transformou uma liga em homem, e o jovem sabia como convocar o Velho Erik[58]. Naquela mesma noite, o rapaz foi ao cemitério; deu três vezes a volta na igreja andando para trás e, a cada vez que passava diante do pórtico de entrada, assobiava pelo buraco da fechadura, recitando fórmulas mágicas. No final da sua terceira volta apareceu o Velho Erik, que não era outro senão o pequeno mestre cinzento de pé torto na casa de quem ele tinha estudado.

– O que queres? – inquiriu ele amigavelmente, pensando que era preferível usar de doçura para que o jovem caísse em seu poder.

– Preciso de dinheiro – respondeu o estudante –, e peço que me emprestes uma medida[59].

– Bem, tu terás um recipiente de medida plano, e eu me contentarei em recuperar esse recipiente ao fim de três anos, mas, se não puderes me reembolsar, tu me pertencerás de corpo e alma.

Ele estava convencido que os dois amigos do rapaz gastariam rapidamente o dinheiro, a ponto de, ao

---

58. Gamle Erik: nome do Diabo na Dinamarca.
59. No original em francês: *"je vous prie de m'en prêter un boisseau"*. "Boisseau" é um recipiente de forma cilíndrica usado para medir materiais secos, de capacidade variável segundo a época e o lugar [N.T.].

fim de três anos, não poderem lhe devolver o total, nem mesmo a metade, do seu empréstimo.

– Essas são condições muito modestas – respondeu o estudante. – Eu peço autorização para pagar a dívida antes do final do prazo, se isso for possível.

O Velho Erik aceitou sem barganhar e, um instante depois, voltou com uma medida cheia de moedas de prata brilhantes. O estudante tirou um lenço, que ele colocou sobre o recipiente de medida, pegou seu bastão, derrubou o recipiente e o raspou[60] para que todo o dinheiro caísse no lenço. Em seguida, disse ao Diabo:

– Mil vezes obrigado pelo empréstimo! Devolvo o recipiente de medida plano, assim estamos quites.

Não podendo fazer nenhuma objeção, o Velho Erik retomou seu recipiente e deixou o dinheiro com o estudante. Tendo perdido as estribeiras, o Diabo foi embora, deixando atrás de si um horrível odor de enxofre. Após ter pagado suas dívidas, os dois irmãos foram libertados, e seu amigo decidiu que eles deixariam a cidade para viajar e conhecer o mundo. Ambos os estudantes estavam de acordo, mas, insensatos, recomeçaram suas extravagâncias: como não faltava dinheiro, gastaram-no até o último centavo. Prometeram percorrer o mundo com seu amigo se ele lhes fornecesse o dinheiro para a viagem.

– Sabemos que consegues – disseram.

---

60. O texto brinca com as palavras *Top-Skjæppe* ("recipiente de medida – *boisseau* – pleno, plano") e *strøgen skjæppe* ("recipiente de medida raspado").

– É uma empreitada perigosa – respondeu –, e dessa vez eu não quero ter a responsabilidade sozinho. Deveis jurar seguir-me no que quer que aconteça. Se eu conseguir arranjar dinheiro, será preciso me obedecer em tudo.

Os irmãos concordaram e prometeram solenemente. Naquela mesma noite, ele os levou até o cemitério e convocou o Velho Erik mais uma vez.

– Tu novamente! – exclamou este último. – Muito obrigado pelo que fizeste da última vez! Tu me enganaste, mas pode-se dizer que não consegues ficar longe de mim. O que queres agora?

– Meus amigos e eu gostaríamos de viajar, mas não temos dinheiro. Farias a gentileza de obtê-lo para nós?

– Tenho uma boa natureza – respondeu o Velho Erik –, mas minha divisa é dando, dando. Já que somos velhos conhecidos, vou ajudá-lo sem exigir reembolso e te dar uma bolsa inesgotável, que poderás conservar durante três anos ao longo dos quais ireis visitar o mundo. Em contrapartida, eu vos peço o seguinte: a partir de amanhã e até o final dos três anos, devereis pronunciar uma única fórmula: um dirá "nós três", o segundo "pelo dinheiro", e o terceiro "é justo". Se um dentre vós disser outra coisa, todos os três me pertencerão.

Eles aceitaram, o estudante esperto recebeu a bolsa, e todos voltaram ao albergue.

Ao longo da noite, combinaram o seguinte: o filho do homem pobre guardaria a bolsa e pagaria todas as despesas, e prometeram-se em voz alta e sonora que nenhum dentre eles pronunciaria qualquer outra palavra além daquelas que lhes tinham sido impostas. O que quer que pudesse acontecer, nada poderia ser pior do que cair nas mãos do Diabo, todos eles tinham certeza disso. Viajaram de país em país, viram todas as maravilhas do mundo e conseguiram sempre se livrar dos problemas pronunciando as três fórmulas. É verdade que em todo lugar eles eram tidos como pessoas de mente fraca, mas, como pagavam bem, os estalajadeiros estavam satisfeitos. Três dias antes do prazo expirar, chegaram a uma cidade desconhecida e foram a um bom albergue. Estavam bem vestidos e bem equipados, e o estalajadeiro saiu para recebê-los e perguntou o que desejavam.

– Nós três – disse um.

– Esses três cavalheiros querem ficar alojados – disse o homem. – Isso é possível.

– Por dinheiro – disse o segundo.

– É evidente – replicou o estalajadeiro –, é preciso viver.

– É justo – disse o terceiro.

Seu anfitrião estava de acordo e ainda não havia percebido nada de anormal neles. Não eram de falar muito e talvez não fossem muito espertos, porém muitas vezes as pessoas distintas são assim, ele estava acostumado. Nossos três companheiros chegaram à sala de jantar, sempre mudos. Após um momento, o estalajadeiro veio perguntar sobre seus desejos.

– Nós três – disse um.

– Por dinheiro – disse o outro.

– É justo – disse o último.

O estalajadeiro achou isso um pouco singular, mas fez com que a mesa fosse colocada onde eles se instalaram para comer a refeição. Perguntou-lhes o que gostariam de beber e obteve as mesmas respostas. Quando um estrangeiro que estava presente tentou participar da conversa, querendo saber se eles já tinham ido àquela cidade, e obteve as mesmas respostas, ele se calou, e o gerente do albergue ficou convencido de que eram realmente fracos de espírito.

Ora, um outro viajante estava hospedado naquele albergue, e o hoteleiro tinha percebido que o sujeito possuía uma grande soma de dinheiro. Ele confiou à sua esposa que esta seria uma boa oportunidade para ficar rico com toda tranquilidade se matassem o viajante abastado e acusassem os três simplórios pelo assassinato. Sua esposa não era melhor do que ele: a mulher o ajudara frequentemente a roubar a bagagem dos viajantes e estava pronta para participar dessa empreitada. Ao longo da noite, quando todos os três estavam mergulhados em um sono profundo, o casal se esgueirou para dentro do quarto do viajante, o degolou, pegou todo seu dinheiro e colocou a faca ensanguentada em um alforje pertencente a um dos três indivíduos.

No dia seguinte, cedo pela manhã, o estalajadeiro foi rapidamente buscar as autoridades para declarar que um viajante tinha sido morto em sua cama no albergue.

– Estou desesperado, ignoro quem seja o culpado – disse ele.

Esses senhores do tribunal colocaram-se a caminho e foram até o albergue. Procuraram e acabaram achando a faca. Os três amigos tiveram que se levantar e foram logo interrogados. O juiz perguntou:

– Qual dentre vós matou o viajante?

– Nós três – respondeu o primeiro.

– Não duvido que os três tenham participado do assassinato – respondeu o juiz –, mas por que o fizeram?

– Pelo dinheiro – respondeu o segundo.

– Compreendo que o tenham feito para roubar seu dinheiro.

– É justo – acrescentou o terceiro.

– Deus nos livre de um tal direito![61] Ireis pagar por vosso crime!

Como haviam confessado e tudo depunha contra eles, o julgamento logo acabou: todos seriam enforcados no dia seguinte, era inútil esperar. Os três anos durante os quais eles não podiam pronunciar nada além das três fórmulas chegavam ao fim no dia seguinte, mas eles resistiram, preferindo morrer na forca a pertencer ao Maligno, o que não convinha a este último. Certo, ele tinha empurrado o estalajadeiro ao assassinato, pensando que dessa maneira reaveria os estudantes; mas, se eles aceitavam ser enforcados mesmo sendo inocentes, seus esforços não seriam recompensados.

No dia seguinte pela manhã, os três pobres rapazes foram levados em uma charrete até o local da execução. A multidão se aglomerava no local, pois o

---

61. Jogo de palavras entre os dois sentidos da palavra dinamarquesa *ret*, "justiça, direito, razão"; *Recht* em alemão.

homicídio havia causado muita comoção. Um padre estava ali para incitá-los ao arrependimento antes de sofrerem o castigo, mas mesmo ele foi incapaz de arrancar-lhes qualquer outra palavra senão "nós três", "por dinheiro" e "é justo".

– Que Deus nos proteja – gritou ele – se isso for verdade.

E ele continuou a exortá-los ao arrependimento.

– Coloquemos um fim nisto, que a justiça seja feita!

O padre disse ainda algumas palavras e em seguida concluiu, e os três condenados foram conduzidos até o cadafalso, onde passaram a corda pelos seus pescoços.

Nesse instante, chegou uma carruagem puxada por quatro cavalos, e um lenço branco foi agitado pela janela. Os carrascos se detiveram, pensando que se tratava de um mensageiro do rei trazendo a graça. A carruagem parou bem ao lado da forca, e um homem vestido de negro desceu dela e deu aos estudantes uma folha de papel, seu contrato.

– Agora, podeis falar livremente.

Isso ele lhes disse antes de se voltar para o juiz e declarar:

– Prendam o estalajadeiro! Sua mulher e ele cometeram esse assassinato. Eles colocaram o dinheiro em seu porão, onde também esconderam as roupas sujas de sangue.

O estrangeiro voltou a subir na sua carruagem e partiu, sem que se soubesse para onde. O hoteleiro foi logo detido; os objetos roubados foram encontrados, assim como as roupas ensanguentadas, e sua mulher e ele confessaram o crime. Ambos foram condenados e enforcados no dia seguinte.

Agora, os três estudantes estavam livres como o ar, mas a bolsa tinha desaparecido, pois o prazo tinha expirado, e eles não tinham mais nenhum dinheiro. Venderam suas bagagens por alguns centavos e retomaram a estrada. A carruagem do Maligno passou por eles, e este, mostrando a cabeça pela janela, gritou:

– Consegui dois!

A saber, falava ele do estalajadeiro e de sua mulher, com os quais o Velho Erik teve que se contentar por ora.

Os estudantes seguiram seu caminho. Tinham estudado e viajado, tinham arriscado corpo e alma, e agora suspiravam por um lar, entretanto isso não era algo fácil de ser conquistado, porque estavam muito longe de casa e não tinham tido a possibilidade, como havia sido a sua intenção, de pegar a bolsa de dinheiro para a viagem de volta antes do seu desaparecimento. O encarceramento os impedira. Seus poucos centavos foram logo gastos, e tiveram que mendigar, mas o pouco que obtiveram era suficiente apenas para mantê-los vivos. Os filhos do homem rico não suportaram essa vida durante muito tempo: caíram doentes, incapazes de colocar um pé diante do outro. O filho do homem pobre não tinha um coração que fosse deixar morrer de fome seus dois amigos em um país estrangeiro, apesar de ele não ter a menor vontade de abrir caminho novamente para pedir favores ao perigoso Maligno; no entanto, não via outras possibilidades.

Uma noite, o rapaz conjurou o Diabo e lhe perguntou sob quais condições ele aceitaria emprestar um pouco de dinheiro[62].

– Tu me mistificaste tão frequentemente que agora não tenho mais a menor vontade de fazer comércio contigo.

Na realidade, o Diabo estava ávido para reatar as relações com o estudante, pensando que acabaria conseguindo agarrá-lo. Portanto, continuou:

– Pouco importa, eu vou ajudá-lo mais uma vez. Tu terás a bolsa durante sete anos e poderás falar o quanto quiseres, mas durante esse tempo tu não deverás vestir nem uma camisa limpa, nem te lavar, te pentear, te barbear, cortar os cabelos, a barba e as unhas. Se não aguentares até o final, tu me pertencerás após a tua morte; no entanto, tu poderás conservar a bolsa tua vida inteira se aguentares até o fim. Estás de acordo? Senão, tu não terás nem um centavo.

Aceitar era difícil, mas o estudante queria e devia ajudar seus amigos. Assinou, portanto, o pacto e recebeu a bolsa.

Cuidou dos seus dois amigos até eles reencontrarem suas forças, em seguida deu-lhes dinheiro para a viagem, apenas o suficiente para voltarem para casa, e lhes disse adeus.

– Não posso acompanhá-los – explicou ele –, pois fiz um voto que terei que cumprir de agora em diante.

---

62. Os dinamarqueses utilizam aqui a palavra *penge*, o que corresponde ao inglês *penny* e ao alemão *pfennig*.

Não disse mais nada. Profundamente aflitos por serem obrigados a deixá-lo, os irmãos o agradeceram calorosamente por tudo que o outro havia feito e voltaram para casa. Não ouviremos mais falar deles.

O rapaz estava agora sozinho e deveria passar os próximos sete anos respeitando as duras condições que lhe tinham sido impostas. Foi então até um estalajadeiro em quem tinha uma grande confiança, uma vez que já tinha se hospedado outrora na casa dele.

– Eu fiz voto de me fechar durante longo tempo – disse – e de não ter nenhuma relação com os homens.

Ele alugou um quarto por um bom preço e lá viveu, ano após ano, sob as duras restrições que o Maligno lhe havia imposto, pensando que com o tempo o estudante acabaria certamente por abandoná-las. O jovem fez vir todos os livros que pôde e leu, leu, leu tanto que em pouco tempo absorvera toda a erudição do mundo. Cada semana, ele fazia distribuir, através do seu hospedeiro, uma grande soma aos pobres, o que deixava o Diabo louco de raiva. Quando seis anos já tinham se passado sem que o estudante tivesse transgredido nenhuma das proibições, o Maligno começou a transpirar de angústia, temendo que fosse enganado novamente.

O aspecto do rapaz era horrível: parecia mais um animal do que um homem, coberto de sujeira, com cabelos longos e garras nas mãos e nos pés. Recusava-se a se mostrar a quem quer que fosse e mandava que suas refeições fossem trazidas para o quarto enquanto ele ficava em outro. Tinha arrumado as janelas de tal maneira que ninguém podia vê-lo dentro do quarto, o que não o impedia de observar o exterior. Para passar o tempo, observava amiúde o ir e vir dos homens, ricos e pobres, cada um dedicando-se às suas ocupações, afinal era ele quem estava enterrado vivo. Agora que já residia ali havia seis anos, um carro que passava frequentemente sob suas janelas atraiu sua atenção. Não foi tanto o carro em si que o interessou, mas sim as pessoas dentro dele: uma mulher distinta, com suas três filhas, todas jovens e belas, mas ele estava de olho especialmente na caçula, que não apenas era extremamente bela como também parecia ser a beleza e a piedade encarnadas. Seu anfitrião lhe informou que se tratava da esposa e das filhas de um proprietário de terras da região, e o pobre recluso não podia deixar de espiá-las pela sua janela, tentando captar o mínimo reflexo da bela senhorita.

O pai das três belas donzelas era tido como rico, pois de fato o havia sido, mas sucumbira às atrações do jogo e assim perdera pouco a pouco toda a sua fortuna. Chegou o dia em que suas dívidas representavam mais do que o valor da sua fazenda e dos seus bens. Ninguém queria emprestar-lhe nem um centavo sequer, e ele logo seria obrigado a mendigar, com um bastão na mão, se ninguém o ajudasse rapidamente. Lembrou-se então que vivia no albergue do estalajadeiro que ele conhecia bem uma pessoa excêntrica nunca vista fora da estalagem, mas que era muito rica e que distribuía grandes somas aos pobres. Foi ao encontro do estalajadeiro e perguntou-lhe se não poderia conversar com esse estranho personagem.

– Não creio – o outro respondeu –, mas vou perguntar-lhe.

Quando o estudante compreendeu que o pai das três jovens donzelas queria conversar com ele, deixou-o subir. Ao avistar aquele espantalho, o fazendeiro logo quis dar meia-volta, mas o rapaz pediu-lhe para não sentir medo.

– Sou um homem como tu, nem animal, nem demônio.

O outro retomou sua coragem e apresentou seu pedido:

– O senhor poderia emprestar-me dinheiro? É uma grande soma: três toneladas de ouro.

– Posso facilmente fornecer esse dinheiro – respondeu o estudante placidamente – se me deres uma de suas filhas como esposa.

– Combinado, se uma delas aceitar desposá-lo. Farei o meu possível.

– Eu não desejo que ela aceite por imposição. Quero que ela conheça de antemão a aparência do seu pretendente.

O estudante mandou um pintor fazer seu retrato fiel, e o fazendeiro o levou consigo.

O fazendeiro foi ao encontro da sua filha mais velha e lhe explicou a situação:

– Eu não possuo mais nada e terei que partir se uma dentre vós não prometer desposar esse homem cujo retrato vou mostrar.

Quando ela viu suas unhas que pareciam garras de urubu e seus cabelos e sua barba que recobriam todo seu corpo, cuspiu sobre o retrato e respondeu:

– Não, obrigada! Prefiro me casar com o adestrador de cães a me casar com um tal pretendente.

O homem foi ao encontro da sua segunda filha e lhe colocou a mesma questão.

– Prefiro mendigar de casa em casa – respondeu ela – do que aceitar como marido um tal monstro!

Então, ele fez a pergunta à sua filha caçula, que contraiu o sobrolho quando viu o retrato, mas que também queria evitar a miséria dos seus pais e das suas irmãs. Por isso ela declarou que o desposaria e enviou ao homem um anel de noivado como prova do seu compromisso.

Quando o estudante recebeu sua promessa e o anel, sacudiu sua bolsa até que derrubar as três toneladas de ouro de que o fazendeiro precisava. Sacudiu-a até um pouquinho mais para comprar presentes à sua noiva: colares e anéis em ouro e pedras preciosas. A moça mal os olhou, guardando-os em um pequeno cofre que ela nunca abria.

Nesse meio-tempo, o rapaz mandou um marceneiro fabricar doze grandes caixas com pregos que continham, cada uma, três cadeados.

– Eu precisarei delas para meus livros – explicou ele – quando partir.

A cada dia, o estudante passava algumas horas sacudindo a sua bolsa sobre as caixas até que elas estivessem todas cheias de dinheiro. Quando terminou seus preparativos, os sete anos tinham se passado. Sem perder um minuto, ele mergulhou em um banho, cortou seus cabelos e suas unhas, raspou a barba e vestiu roupas novas que mandara confeccionar anteriormente. Uma bela carruagem puxada por quatro cavalos, que tinha sido comprada para ele, parou diante da porta, assim como três charretes para seus livros e suas caixas, e o rapaz foi até a fazenda do seu sogro. É claro que ninguém o reconheceu, mas todos o acharam um jovem muito belo, e as duas filhas mais velhas do proprietário ficaram convencidas de que esse era um pretendente para uma delas, no entanto ele dirigiu-se ao fazendeiro para lhe pedir a mão da sua filha caçula.

– Ela está noiva – respondeu seu pai –, mas tenho duas outras filhas.

– Contudo, eu gostaria de ver sua filha caçula – respondeu o estrangeiro.

O pai não fez nenhuma objeção, e o estrangeiro foi conduzido a um recinto onde estavam todas as três. Elas se levantaram e lhe estenderam a mão. O rapaz passou então para o dedo da caçula o anel que ela lhe tinha enviado e declarou:

– Este anel me foi oferecido, e eu peço que ele me seja devolvido se for isso que ditar seu coração.

A moça compreendeu que ele era seu noivo e lhe devolveu o anel, dessa vez com alegria. O belo jovem instalou-se na fazenda e a cada dia agradava mais à sua noiva e a toda a casa. Um mês mais tarde, bodas esplêndidas foram celebradas com toda alegria. As duas irmãs acharam que iam morrer de ciúme quando pensavam que elas próprias o tinham desdenhado e escolheram não viver durante muito tempo. Enquanto dançavam no grande salão, uma desceu até o jardim e enforcou-se, e a outra foi até a lagoa e afogou-se. Quando o recém-casado saiu para a varanda, o Diabo passou a cabeça por cima do corrimão e disse:

– Sim, tu tens uma, mas eu tenho duas!

Os recém-casados viveram muito tempo felizes, fazendo a alegria de todos aqueles que os conheceram.

Fonte: GRUNDTVIG, S. *Danske folkeæventyr, fundne i folkemunde og gjenfortalte*. Copenhague: Reitzels, 1878, p. 213-235.

ATU 0360.

Trata-se aqui de um conto literalizado: a comparação com outros contos do mesmo tipo o mostra de maneira muito clara. Em Svartiskóli, texto recolhido por Jón Árnason[63], Sæmundur Sigfússon o Erudito (1056-1133) teria feito seus estudos em Paris na escola negra, nome que era dado à Sorbonne! Outros testemunhos situam essa escola diabólica em Toledo. O tema encontra-se também nas terras além do Reno e na França.

---

63. ÁRNASON, J. *Íslenzkar þjóðsögur og aevintýri*. Lípsia: 1862-1864. t. 1. p. 485 *sqq*.

10
O soldado e os diabos

Lituânia

Um dia, um soldado liberto das suas obrigações entrou em um albergue enquanto voltava para casa. Ali encontrou um bêbado, que pediu para ele lhe pagar uma aguardente, pois não tinha mais dinheiro.

– Não tenho grande coisa – respondeu o soldado. – Minhas economias são de apenas três centavos.

– Pois bem, compre a aguardente por três centavos.

E foi o que o soldado fez.

Para agradecê-lo, o bêbado lhe ofereceu um alforje e um bastão: se o alforje fosse tocado com o bastão, tudo que ele desejasse seria encontrado. O soldado retomou o caminho e, atravessando uma cidade, teve vontade de fumar um cachimbo. Tocou no alforje com o seu bastão e logo ficou cheio de tabaco. Mais tarde, teve vontade de comer: tocou o alforje com o seu bastão, e logo o alforje ficou cheio de pão.

Sem demora, a noite caiu; ele chegou a uma fazenda que pertencia a um homem afortunado e desejou passar a noite ali. Foi até a cozinha interrogar o cozinheiro:

– Seria possível que seu senhor pudesse me oferecer hospitalidade?

– Não dormimos aqui à noite – respondeu o mestre cozinheiro –, sempre passamos a noite em outro lugar. Mas pergunta tu mesmo ao meu senhor.

À pergunta do soldado, a resposta foi esta:

– Tu podes passar a noite aqui se quiseres. Se não fores despedaçado enquanto dormes, a casa vai agradar-lhe.

Em seguida, o homem ordenou a seu cocheiro que atrelasse os cavalos à sua carruagem e a conduzisse diante da casa. Depois disso, ele mesmo e seus empregados ocuparam um lugar na carruagem e partiram. O soldado permaneceu na fazenda e foi dormir em um dos quartos. Ao longo da noite, um grupo de diabos entrou no aposento e começou a dançar. Um dos demônios exclamou:

– Sinto cheiro de carne humana!

O Diabo encontrou o soldado e o jogou para fora da cama, mas ele ficou de pé e voltou a se deitar. Um segundo fez a mesma coisa, porém, quando um terceiro quis imitá-lo, o soldado pegou seu bastão e o encostou em seu alforje, dizendo:

– Todos os diabos, para dentro da sacola!

Todos ali entraram[64], e o soldado ficou tranquilo pelo resto da noite. Pela manhã, seu anfitrião voltou e perguntou:

– Pois bem, o que viste?

Ele lhe contou, depois o interrogou:

---

64. Motivo D 1412.1. Sacola mágica atrai pessoas para dentro.

– Tens muitos batedores de celeiros[65]?

– Tenho seis.

O soldado levou os diabos para o pátio e ordenou aos batedores que batessem com toda a força no alforje. Assim o fizeram, e todos os demônios começaram a gemer. Quando o soldado achou que eles já tinham apanhado o suficiente, levou o alforje até uma lagoa próxima da fazenda e o esvaziou na água, em seguida voltou para a fazenda. Seu anfitrião lhe perguntou:

– As assombrações diabólicas na minha casa vão parar de agora em diante?

– Certamente – respondeu o soldado.

– Para agradecê-lo, eu te dou a mão da minha filha e a metade dos meus campos!

E as bodas foram celebradas.

Um dia, o soldado foi inspecionar os campos com a sua mulher, e os dois chegaram à lagoa na qual ele tinha jogado os diabos. Teve vontade de tomar banho, então tirou sua camisa e mergulhou, mas um dos diabos, que conseguira escapar, pegou-o e gritou:

– Eu te peguei, assassino! Tu vais morrer.

– Deixa-me dizer adeus à minha mulher – respondeu o soldado.

O demônio o deixou sair da água, e o homem foi ao encontro da sua mulher, pegou-a no colo e a carregou para longe dali. O Diabo esperou e esperou que o soldado voltasse, mas em vão. Por fim, ele foi até a

---

65. Aqueles que debulham o trigo no pátio.

margem e viu que o soldado tinha novamente uma espécie de alforje (era sua mulher) e disse:

– Haha, tu queres me bater até que eu morra! Está bem, vou poupá-lo.

E foi-se embora.

Fonte: LESKIEN, A.; BRUGMAN, K. *Litauische Volkslieder und Märchen*. Estrasburgo: Trübner, 1882, p. 410-412.

ATU 0330 B, BP 2, 157-163; MLex 1033-1036; EM 12, 111-120.

11
Cathy e o Diabo

Boêmia

Em um vilarejo vivia uma camponesa chamada Cathy. Ela possuía uma casinha, um jardim e um pouco de dinheiro. Mas mesmo que nadasse na opulência, não teria encontrado nenhum marido, mesmo o mais pobre; era má como o Diabo e, para completar, tinha a língua venenosa. Morava com sua mãe idosa e tinha por vezes necessidade de ajuda. Mesmo que ela tivesse pagado com ducados, ninguém teria vindo ajudá-la. Implicava pelas menores coisas e gritava tão alto que podia ser ouvida a dez léguas de distância. Para completar, era horrível e, aos quarenta anos, nunca tinha tido um pretendente.

Como é costume em diversos vilarejos, ali se tocava música todos os domingos à tarde; quando a gaita de foles era ouvida na taverna, a sala se enchia rapidamente de rapazes, enquanto as jovens ficavam na frente do edifício. Cathy era a primeira da fila, e as crianças ficavam à janela. Os rapazes faziam um sinal para as moças que então entravam e juntavam-se a eles. Cathy jamais tivera essa sorte, embora pudesse ter subornado o tocador da gaita de foles. Apesar de tudo, ela não deixava passar nenhum domingo. Um dia, quando estava a caminho, disse a si mesma:

– Na minha idade, jamais dancei com nenhum rapaz, é humilhante! Pela minha fé, hoje eu dançarei, nem que seja com o Diabo.

Furibunda, entrou na taverna, sentou-se perto do aquecedor e observou os rapazes convidando as moças. De repente, um homem vestido de caçador sentou-se não muito longe dela e pediu algo para beber. O estalajadeiro trouxe-lhe uma caneca de cerveja, e o homem a pegou e convidou Cathy para fazer um brinde. Ela se surpreendeu um pouco pela honra que ele lhe fizera, recusou em um primeiro momento, mas acabou bebendo e ficou até mesmo de bom humor! O sujeito colocou a caneca sobre a mesa, tirou um ducado que ele jogou ao tocador de gaita e pediu que este tocasse uma música. Os rapazes se afastaram, e o homem convidou Cathy para dançar.

"Quem diabos é este?" sussurraram os mais velhos. Os rapazes fizeram uma careta, as moças se colocaram umas atrás das outras e esconderam seu rosto com o avental para que Cathy não visse que zombavam dela. Mas esta não percebeu nada, feliz por estar dançando, e não teria se preocupado mesmo que o mundo inteiro tivesse zombado dela. O cavalheiro dançou toda a tarde e toda a noite, exclusivamente com Cathy, comprou-lhe pães de especiarias e Rosoglio[66] e, quando chegou a hora de voltar para casa, acompanhou-a pelo vilarejo.

– Se apenas eu pudesse, como hoje, dançar com o senhor até a minha morte! – disse Cathy no momento de se despedir.

---

66. Aguardente açucarada com perfume de rosas.

– Por que não? Vem comigo.

– Onde moras?

– Segura o meu pescoço, eu te direi.

Ele parou na entrada e bateu na porta, e seus acólitos vieram abri-la. Vendo que ele estava suando, quiseram colocar Cathy no chão para aliviá-lo, mas ela se prendia ao seu pescoço com tanta energia que foi impossível soltá-la. De bom grado ou não, ele teve que ir ao encontro de Lúcifer com Cathy pendurada no seu pescoço.

– Quem carregas aí? – perguntou este último.

– Fui para a terra – respondeu ele – e ouvi Cathy lamentar-se por não encontrar ninguém que quisesse dançar com ela. Para consolá-la, convidei-a para uma dança e quis mostrar-lhe o Inferno. Não imaginei – concluiu ele – que ela não iria querer me largar.

– Se prestasses atenção às minhas palavras, três vezes idiota! – latiu o velho Lúcifer. – Antes de entrar em relação com alguém, tu deves conhecer seu estado de espírito. Se tivesses pensado nisso ao acompanhá-la, tu jamais a teria trazido aqui. Agora, saia do caminho e livra-te dela!

Extremamente contrariado, o Diabo voltou para a terra com a senhora Catherine. Prometeu-lhe mundos e fundos se ela o largasse, depois a amaldiçoou, em vão. Cansado e furioso, chegou a um campo com o seu fardo; um jovem pastor, coberto por uma gigantesca pele, guardava seus carneiros. O Diabo transformou-se em um homem comum, e o pastor não o reconheceu.

– Amigo, o que trazes aí? – perguntou ele amavelmente.

– Ah, meu amigo, estou completamente sem fôlego. Imagine só: estava caminhando calmamente, sem pensar em nada, quando essa mulher se pendurou no meu pescoço e, por nada desse mundo, aceita me largar. Quis levá-la até o vilarejo mais próximo para me libertar, mas nem sequer sou capaz de fazer isso, minhas pernas estão bambas.

– Espere, vou ajudá-lo, mas não por muito tempo, pois tenho que apascentar meu rebanho. Vou carregá-la por mais ou menos a metade do caminho.

– Alegro-me muito com isso!

Dirigindo-se à Cathy, o pastor disse:

– Apoie-se no meu pescoço!

Logo abandonando o Diabo, ela se agarrou ao pastor vestido com a gigantesca pele que ele havia pedido emprestado ao administrador naquela manhã mesmo. Em pouco tempo, o homem também já não aguentava mais e pensou em como se livrar de Cathy. Tendo chegado a uma lagoa, perguntou a si mesmo se não poderia jogá-la ali dentro, mas como? Seria possível tirar a pele na qual ela se agarrava? Como essa pele era muito grande e larga, ele a tirou pouco a pouco: tirou uma mão (ela não percebeu nada), tirou a outra, abriu o primeiro botão, depois o segundo, em seguida o terceiro e pluf! Cathy encontrava-se dentro da lagoa junto com a pele.

O Diabo não seguira o pastor e estava apascentando os carneiros, sentado no chão, aguardando a sua volta. Não teve que esperar muito tempo: o pastor, com a pele encharcada sobre seus ombros, apressava-se em voltar ao seu rebanho, pois pensava que o estrangeiro talvez já tivesse chegado ao vilarejo e os animais estivessem sozinhos. Quando notaram a presença um do outro, entreolharam-se: o Diabo viu que o pastor voltava sem Cathy, e o pastor notou que o senhor ainda estava ali. Quando eles se explicaram, o Diabo declarou ao pastor:

– Muito obrigado! Tu me fizeste um imenso favor, senão eu teria que arrastar a Catherine até o Julgamento Final. Jamais esquecerei o que fizeste e te recompensarei amplamente um dia. Para que conheças quem tiraste de uma situação embaraçosa, saiba que eu sou o Diabo.

E desapareceu. O pastor ficou um momento tomado pelo estupor, depois disse a si mesmo:

– Se todos forem tolos como esse aí, está tudo bem!

Um jovem príncipe reinava no país onde nosso pastor parou. Era imensamente rico e, como era o senhor, gozava de tudo de maneira ilimitada. Passava seus dias distraindo-se de todas as maneiras possíveis. Quando a noite caía, ouvia-se sair dos apartamentos principescos cantos desenfreados de seus companheiros de bebedeira. Seus dois governadores, que não valiam mais do que ele, comandavam o país. Eles guardavam para si o que o príncipe não tinha desperdiçado, e seus pobres cidadãos viviam na miséria. Um dia em que o príncipe não sabia mais o que inventar, chamou um astrólogo e ordenou-lhe que adivinhasse seu futuro assim como o dos dois governadores. Obediente, o astrólogo interrogou as estrelas para conhecer o destino desses três homens.

– Perdão, ó príncipe – disse ele ao terminar –, mas um tal perigo ameaça todos os três que não ouso revelá-lo.

– O que quer que seja, diz! Mas deverás residir aqui. Caso a sua predição não se cumpra, isso custará a sua cabeça.

– Obedeço à vossa ordem. Escuta! Antes da lua cheia, o Diabo virá buscar teus dois governadores e, quando a lua estiver cheia, virá pegá-lo também, ó príncipe, e levará todos os três vivos para o Inferno.

– Atirem esse miserável mentiroso na masmorra! – ordenou o príncipe, e os servos obedeceram.

Mas, no âmago, o príncipe não se sentia tão corajoso como gostaria. As palavras do astrólogo o tinham impressionado. Pela primeira vez em sua vida, sua consciência despertou. Os dois governadores foram reconduzidos até sua casa meio mortos de medo. Nenhum dos dois conseguiu engolir o que quer que fosse naquela noite. Para terminar, juntaram todos os seus bens, selaram seus cavalos, voltaram ao seu castelo e mandaram levantar barricadas de todos os lados para que o Diabo não pudesse ali entrar. O príncipe passou a viver no caminho reto, austera e silenciosamente, cuidando ele mesmo do seu reino, na esperança de modificar seu destino.

O pastor ignorava tudo isso, apenas apascentava seu rebanho sem se preocupar com o que acontecia no mundo. Um dia, o Diabo surgiu diante dele e declarou:

– Pastor, eu vim lhe prestar o serviço que lhe devo. Devo conduzir ao Inferno os antigos governadores de vosso príncipe, pois eles têm sido maus conselheiros e têm roubado os pobres. No dia certo, vá ao primeiro castelo, onde uma multidão numerosa estará reunida. Assim que ouvires gritos vindos da casa, os criados abrirem o portão, e eu tirar o dono da casa, vem até mim e diz: "Vai embora ou irás sofrer!" Eu obedecerei e me afastarei, mas reclama dois sacos de ouro ao dono do castelo. Se ele recusar, ameace chamar-me. Depois vai ao segundo castelo, faz a mesma coisa e reclama o mesmo pagamento. Utiliza esse dinheiro para fazer o bem. Na Lua cheia, eu virei buscar o príncipe em pessoa, mas não o aconselho a tentar libertá-lo, pois pagarás com a tua própria vida.

Em seguida, ele se foi.

O pastor guardou cada palavra. Na Lua crescente, deixou seu trabalho e foi até o castelo do primeiro governador. Chegou na hora certa: uma multidão se aglomerava na frente do castelo, esperando que o Diabo o levasse. Um grito desesperado saiu de lá, as portas se abriram, e o Diabo surgiu carregando o senhor, branco como um lençol e parecendo já estar mais morto do que vivo. O pastor aproximou-se, pegou o homem pela mão e empurrou o Diabo, gritando:

– Vá embora ou irás sofrer!

O demônio fugiu imediatamente. Transbordando de alegria, o governador beijou as duas mãos do pastor, perguntando-lhe o que ele desejava como recompensa.

– Dois sacos de ouro! – respondeu.

O governador ordenou que lhe fossem entregues imediatamente.

Muito satisfeito, o pastor foi até o segundo castelo, onde tudo se passou muito bem. É claro que logo o príncipe ouviu falar do pastor, já que sempre perguntava por notícias sobre os dois governadores. Após ter sido avisado, enviou uma carruagem para buscar o homem e, quando este chegou, pediu-lhe imediatamente para também ter piedade dele e arrancá-lo das garras do Diabo.

– Meu mestre e senhor – respondeu o pequeno pastor –, não posso prometer-lhe, pois minha vida está em jogo, vós sois um grande pecador. Mas se quiseres vos emendar, ser justo e governar com sabedoria e clemência, como convém a um príncipe, eu tentarei, mesmo que tenha que ir ao Inferno em seu lugar.

O príncipe jurou corrigir seu comportamento, e o pastor se foi, prometendo voltar quando a hora tivesse chegado.

Todos aguardaram a Lua cheia com medo e ansiedade. Quaisquer que tenham sido os sentimentos desses sujeitos para com o soberano, ele agora lhes dava pena, porque, a partir do momento em que mudara, só puderam desejar o melhor ao príncipe. Os dias passaram, na alegria para alguns, na angústia para outros, e antes que o príncipe percebesse chegou o dia em que ele deveria separar-se de tudo que amava. Vestido de negro, como para um enterro, sentado, o príncipe aguardava o pastor ou o Diabo. De repente, a porta se abriu, o Diabo postou-se à sua frente e ordenou:

– Prepara-te, é chegada a hora. Venho buscá-lo!

Sem dizer uma palavra, o príncipe se levantou e seguiu o Maligno até o pátio, que estava apinhado de gente. Suando, o pastor conseguiu abrir passagem pela multidão e, precipitando-se em direção ao Diabo, rugiu:

– Corre, corre, senão te acontecerá uma desgraça!

– Como ousas deter-me? Esqueceste o que murmurei à tua orelha?

– Idiota, não é com o príncipe que estou preocupado, mas contigo! Cathy ainda está viva e te reclama.

Ao ouvir este nome, o Maligno desapareceu como se tivesse sido levado pelo vento e deixou o príncipe em paz. O pastor riu dele em silêncio, feliz por ter salvado o outro graças à sua astúcia. O monarca fez dele o primeiro fidalgo da corte, amando-o como a um irmão, e agiu bem, pois o pastor mostrou-se fiel conselheiro e leal servidor. Ele não guardou nem um centavo dos quatro sacos de ouro, porém os usou para recompensar aqueles que os governadores tinham espoliado.

Fonte: WENZIG, J. *Westslawischer Märchenschatz*. Lípsia: Lorck, 1857, p. 165-174.

12
A velha que era mais astuta do que o Diabo

Lituânia

Em um vilarejo vivia um jovem agricultor que se casara com uma bela mulher, e eles se amavam tanto que jamais brigavam; falavam-se sempre com amor e se beijavam continuamente. Um dia, o Diabo, que estava em viagem, foi visitá-los. Ficou surpreso ao ver esse relacionamento extraordinário e quis perturbá-lo, mas nada acontecia, não importava o que ele fizesse. Após diversas tentativas, ébrio de cólera, ele retomou seu caminho destilando fel.

No percurso, encontrou uma velha mendiga, que lhe perguntou:

– Compadre, por que estás arrotando dessa maneira?

– Por que eu lhe diria? – retorquiu o Diabo, furioso. – De toda maneira, não podes me ajudar.

– Por que não? – disse a velha. – Ignoras que nós, as mulheres idosas, sabemos e compreendemos muitas coisas? Diz-me apenas qual é o teu problema, talvez eu possa ajudá-lo, como já fiz várias vezes por outros.

O Diabo pensou: "Ora, a velha talvez seja muito astuta", e lhe contou o motivo da sua raiva:

– Imagina que passei quase seis meses no vilarejo desses recém-casados; eles se dão tão bem que não consegui semear a discórdia entre eles. Eu fracassei, como então não estar furioso por ter perdido tanto tempo por nada?!

– Para mim, isso é brincadeira de criança – respondeu a velha. – Vou devolver tua honra.

O Diabo se alegrou e lhe perguntou o que ela queria em troca.

– Um par de sapatos de ráfia e um par de sapatos de couro à moda de Salzburgo – respondeu ela.

O Maligno prometeu dar-lhe sapatos soberbos. Uma vez concluído o acordo, eles se separaram. Ao partir, a velha recomendou ao Diabo que não se afastasse demais, pois ela tinha a intenção de agir naquele mesmo dia.

A mulher foi até o vilarejo e encontrou a jovem recém-casada sozinha em sua casa, enquanto seu marido estava trabalhando os campos. Entrou pedindo esmola e, após ter recebido, começou a tagarelar sobre várias coisas para cair em sua boa graça.

– Meu querido coraçãozinho, tu és bela e respeitável; teu maridinho pode realmente ficar feliz por ter te desposado. Eu sei muito bem que tu e ele viveis na concórdia mais perfeita, como nenhum outro casal no mundo. Minha florzinha, minha filhinha, eu vou ensiná-la a estreitar vossos laços para que jamais uma palavra desagradável perturbe vosso belo relacionamento.

– Ensina-me – disse a jovem mulher –, e eu te recompensarei largamente.

– Sobre a cabeça do teu esposo, quando estiver prestes a dormir, há um cabelo branco que deverás cortar bem rente à cabeça sem que ele se dê conta. A partir desse momento, vivereis um amor ainda maior por toda sua vida.

A jovem mulher acreditou e lhe perguntou como agir sem que o marido percebesse.

– Ao levares seu almoço, propõe-lhe tirar uma pequena soneca, colocando a cabeça dele sobre seus joelhos. Quando seu marido adormecer, pega a lâmina de barbear e corta o cabelo branco.

Tudo isso se adequava à jovem, que dispensou a mulher idosa após agradecer-lhe do fundo do coração e ter lhe dado uma bela soma.

Em seguida, a velha foi ao encontro do marido, que trabalhava seus campos.

– Bom dia, bom dia, meu querido!

– Obrigado, querida senhora!

Após terem se cumprimentado, a velha pediu que ele parasse um pouco, e os bois poderiam aproveitar a pausa para recuperar o fôlego também. O homem interrompeu o trabalho e perguntou:

– Que queres?

– Pois bem, meu caro rapaz, meu coraçãozinho, eu mal ouso dizer, estou tão perturbada – e começou a gritar e chorar horrivelmente.

– Mas o que aconteceu? Diz logo!

Soluçando, a velha respondeu:

– Eu sei que tu e tua mulherzinha vos entendeis maravilhosamente bem, mas que Deus o proteja! Ela pretende matá-lo para casar-se com um outro, bem mais rico do que tu. Eu estive com ela há pouco e soube desse horror.

Essas palavras aterrorizaram o rapaz, que questionou se ela sabia quando e como sua mulher iria agir.

– Esta tarde, quando ela trouxer teu almoço, terá uma lâmina de barbear em seu bolso. Sua mulher te convidará para colocar a cabeça em seu regaço para que tires uma pequena soneca após tua refeição. Quando tiveres adormecido, ela cortará a tua garganta.

Ele a agradeceu vivamente por essa informação e prometeu recompensá-la um pouco mais tarde. A velha foi se esconder em um campo de trigo para observar como o casal iria cair em seu truque.

Perto da hora de levar o almoço, a mulher pegou a lâmina de barbear do seu marido e a colocou em seu bolso. Muito agitado, o homem aguardou o meio-dia para saber se a velha havia dito a verdade. Quando sua mulher foi ao seu encontro, eles se abraçaram e se beijaram como tinham o costume de fazer, e o homem sentou-se para almoçar. Ao terminar, ela disse:

– Tu deves estar cansado. Vem tirar um cochilo, coloca a cabeça sobre meus joelhos.

Ele fez o que a jovem sugeriu e depois de um tempo fingiu estar dormindo, pois podia ver que a velha mulher não havia mentido.

Quando ela pensou que ele tinha adormecido, sua mulher gentilmente tirou a lâmina de barbear do bolso para cortar seu cabelo grisalho, mas ele notou, saltou e, rápido como um relâmpago, agarrou a cabeça dela, arrancou seu lenço, segurou-a pelos cabelos e a surrou.

– Monstro, assassina, animal selvagem, facínora, tu me testemunhaste bondade e fingiste me amar para melhor me matar! Eu te darei uma lição que fará passar a vontade de recomeçar essa diabrura.

Ela suplicou, mas isso de nada serviu; ele a maltratou até cair de cansaço.

O Diabo estava de vigia, sentado sobre uma pedra não muito longe dali, aplaudindo esse espetáculo e rindo às gargalhadas. Entretanto, até mesmo ele, horrorizado por essa infâmia e enojado pela perfídia da velha, logo pensou: "Ela é pior do que eu. As pessoas sempre culpam o Diabo por tudo que vai mal, no entanto, vê só do que as mulheres são capazes!" Ele lhe deu os sapatos prometidos, presos na ponta de um longo bastão, afirmando:

– Não quero aproximar-me de ti, pois serias bem capaz de me enfeitiçar para enganar-me também. Tu és pior e mais desonesta do que eu.

Quando ela pegou os sapatos, o Diabo jogou o bastão longe e fugiu como uma flecha. Pelo seu lado, a velha retomou seu caminho, feliz por ter sido mais astuciosa do que o Diabo e por tê-lo assustado a tal ponto que ele fugiu.

Fonte: SCHLEICHER, A. *Litauische Märchen, Sprichworte, Rätsel und Lieder*. Veimar: Böhlau, 1857, p. 50-53.

13
O Diabo enganado

Suíça

Um camponês coberto de dívidas, cuja última vaca tinha morrido de fome, saiu do estábulo desesperado, atravessou o vilarejo e correu para a estrada principal. Na véspera do Dia de São Martinho era necessário pagar o aluguel, apesar de ele ter gastado o último centavo para comprar pão! Ruminando pensamentos sombrios, vagando pela estrada, o céu azul e as faces inquebrantáveis das rochas o faziam sentir-se melhor, e ele se acalmou. Tinha a impressão de que havia algo no ar, como se um milagre fosse aparecer, alguma coisa grande e rara, pois às vezes acontece na face da terra uma sorte inesperada surgir para um pobre pastor.

Imediatamente após a última residência, na encruzilhada do caminho, um homem como jamais vira o cumprimentou amigavelmente, perguntando para onde ele ia. O camponês teve a impressão de que era puxado para trás para voltar ao vilarejo. Com suas últimas energias, lutou contra essa força invisível e comunicou sua angústia ao estrangeiro:

– A adega e o celeiro estão vazios, e se eu não pagar meu aluguel serei jogado na rua.

– Isso vem bem a calhar – falou o homem, com voz fanhosa. – A ti falta dinheiro, e a mim falta uma alma que eu honestamente ganhei! Se me confiares uma tarefa que eu possa realizar em um único dia, tua alma me pertencerá; se eu não conseguir, essa bolsa será tua. Pega-a e prende-a à cintura. Joga fora teus trapos e comporta-te como senhor. Quem tem dinheiro, tem poder e dá ordens, e os pobres obedecem.

Sua conversa fiada convenceu o bom homem, que, subjugado pelo olhar diabólico e o tilintar das moedas, não refletiu por muito tempo, apesar de ter adivinhado que se tratava do Tentador, com seu pé torto e seu hálito mefítico.

– Passa-me a bolsa! Vou propor-lhe, então, uma tarefa. Se a realizares em um dia, serei o teu criado.

No frio da madrugada, eles deixaram o vilarejo e foram para um imenso deserto, que, desde que o rio secara, tornara-se um lugar selvagem: as únicas coisas que se podiam ver eram lagoas, tufos de espinheiro e amieiro, arbustos de amora e trepadeiras, até onde a vista alcançava. Ninguém teria sido capaz de limpar e arar esse deserto em um ano, imagine em um único dia!

– Ara esse terreno – exigiu ele, colocando ali o Maligno.

Por volta do meio-dia, o pastor partiu para verificar o avanço do trabalho. Horrorizado, a garganta apertada, os olhos arregalados, contemplou a bela e fumegante terra arável. O que foi feito dos tocos de madeira, dos bosques de bétula e amieiro, das piscinas escuras, do emaranhado de arbustos de espinhos e de amoras silvestres? Os sulcos se alinhavam lado a lado, e bandos de corvos bicavam e arranhavam o chão, fazendo muita algazarra. Ao longe, no final do deserto, havia um pequeno pedaço de terra ainda não cultivada, um pequeno pedaço que o Chifrudo terminou em um piscar de olhos. Deslumbrado, o camponês se arrastou de volta à aldeia, limpando o suor de sua testa.

– Qual é o teu problema? – perguntou uma velha que ele nunca havia visto antes. – Engoliste espinhos?

– Teria sido melhor se eu os tivesse engolido em vez do ouro – respondeu ele com raiva.

Porém, como supunha que a mulherzinha talvez pudesse tirá-lo desse mau passo, confiou-lhe seu problema.

– Volta tranquilamente para casa para jantar. Se o Diabo acabou de preparar o campo, vai querer fazer uma pausa, e tu ordenarás, então, que ele branqueie lã negra, que mergulhe suas garras em uma pia batismal, depois que arranque um fio de cabelo e que o segure tão aprumado como se segura um círio. Qualquer uma dessas três tarefas lhe trará dificuldades. Tu verás como ele limpará a garganta e se contorcerá de vergonha. Segue meus conselhos, tu não te arrependerás!

Após ter comido, a velha saiu arrastando os pés. "Essa mulher não é digna de confiança, talvez ela mesma tenha origem diabólica", pensou. O homem tremia, embora as abelhas zumbissem, os telhados reverberassem com o calor e os riachos fluíssem escassamente.

Quando chegou meio-dia, o Diabo entrou, apertando os olhos e cuspindo fagulhas verdes.

– O terreno foi arado – disse ele com voz fanhosa. – Vá até lá para constatar a qualidade do meu trabalho.

– Tira uma hora de repouso – disse o camponês. – Esse é o costume entre nós!

O pastor inclinou-se sobre seus sapatos para esconder sua angústia. Quando o Maligno se afastou, ele abriu a janela para respirar antes de sair e atravessar os campos. Torcendo as mãos de desespero e levantando os braços ao céu, ele implorou:

– Não poderia eu obter um bom conselho, uma iluminação qualquer que me permitiria impor uma tarefa a esse inimigo astuto, uma tarefa que o manteria ocupado até a noite?

Nesse instante, ele encontrou sua prima:

– Chegaste em boa hora – exclamou, retomando o controle sobre si. – Coloca teu fardo no chão, escuta e ajuda-me. Eis aqui uma moeda de ouro. – Ele fez com que ela compreendesse indiretamente em que apuros estava metido. – Se não conseguir encontrar uma tarefa para o Diabo, estarei perdido.

A prima cuspiu sobre a moeda de ouro, jogou-a na rua e logo desapareceu.

Como se tivesse recebido um soco na cabeça, o camponês voltou para casa titubeante, atirou-se sobre um banco e pensou: "Não tenho lã negra, a pia batismal está vazia, só me resta tentar o fio de cabelo". Cansado e resignado, levantou-se quando bateram à porta; fez suas preces a Deus e decidiu usar o fio de cabelo, acontecesse o que acontecesse! Disse ele ao Diabo:

– Eis algo com que te ocupar: segura de maneira aprumada esse fio de cabelo, que ele fique reto como um i, sem parti-lo. Se tiveres sucesso, eu pertencerei a ti.

Sorrindo à vontade, Satã instalou-se, pegou o fio de cabelo entre o polegar e o dedo indicador, como se quisesse enfiar um fio em uma agulha, cuspiu nas mãos, o alisou, o acariciou, enquanto praguejava e fazia caretas; quanto mais ele tentava cumprir o desafio, mais os cabelos retos se torciam, voltavam-se sobre si mesmos e acabavam se partindo.

De pé à sua frente, o camponês fez um grande alarido sobre as tentativas vãs do Maligno: sorriu, estalou a língua e curvou-se de tanto dar gargalhadas. O Diabo enganado o amaldiçoou e vociferou:

– Enfia este fio de cabelo pela garganta abaixo da bruxa que lhe deu este conselho!

O Maligno, então, fugiu, deixando atrás de si um fedor tão pestilento que o camponês quase entregou sua alma.

Fonte: JEGERLEHNER, J. *Walliser Sagen*. Lípsia: H. Haessel, 1922, p. 89-91.

14
O ferreiro de Rumpelbach

Tirol austríaco

O ferreiro de Rumpelbach sempre tinha sido um homem corajoso, muito ativo; no entanto, teve a infelicidade de dever dinheiro a indivíduos que estavam relutantes em puxar as cordas e abrir suas bolsas muito cheias. Como ele não tinha nada para comer apesar do seu trabalho árduo, ficava cada dia mais sombrio. Uma noite, pensou se não existiria alguma erva medicinal a poucos metros de profundidade que pudesse curar a ganância de seus credores, mas ignorava como poderia encontrar o médico que a traria para si. Todos sabem que o Diabo é um senhor que não demora a responder e aparecer. No dia seguinte, preocupado, o ferreiro foi até a sua forja e pegou um martelo, fazendo cara feia. E vejam só! Um pequeno senhor elegante, vestido com um fraque verde, punhal embainhado, fuzil nas costas, apresentou-se à porta.

– Como vais, ferreiro de Rumpelbach? – perguntou cordialmente o sujeito.

– Oh, mais ou menos: tenho trabalho, mas não tenho dinheiro.

– Labutar sem ganhar dinheiro é como semear sem colher!

Pouco inclinado à conversa, o ferreiro interpelou rudemente o fidalgote provinciano:

– Não são as belas palavras que me ajudarão!

– Imaginas que eu seja incapaz de ajudá-lo? – escarneceu o outro, erguendo levemente seu chapéu para que o ferreiro pudesse vislumbrar um pequeno chifre torcido.

– Ah, pois sois realmente vós – retrucou educadamente o outro, tirando seu boné imundo. – Deveríamos conseguir fazer negócio.

– Por que não? Saiba, no entanto, que por todos os serviços prestados eu não reclamarei nada menos do que a tua alma e virei buscá-la daqui a sete anos.

Essas palavras congelaram o sangue do nosso homem, que permaneceu mudo por um momento, buscando uma escapatória, sem ter coragem de contradizer o Diabo. Este olhava o poltrão com ironia e fingiu que iria partir, mas o outro o reteve:

– Tentemos! Eis o que desejo em troca da minha alma: um banco diante da minha casa. Quem se sentar neste banco não poderá se levantar sem o meu consentimento.

– Fácil! – interrompeu vivamente o Diabo. – Vamos, assina!

– Calma! Um instante! – respondeu o ferreiro. – Não é tão simples assim, minha alma vale mais do que um simples banco. Preciso também de uma cerejeira: quem nela subir não poderá descer sem minha boa vontade. E como não há dois sem três, dá-me também um saco: quem entrar nele não poderá sair sem a minha autorização. Assim minha alma vos pertencerá.

O demônio aceitou com alegria. Tirou do seu bolso um grande livro de registros, onde o contrato foi firmado, e o ferreiro teve que assinar com seu sangue. O Diabo partiu para logo em seguida voltar trazendo o saco, o banco e a árvore. Alguém poderia ficar surpreendido ao vê-lo carregando tudo isso, mas do que o Diabo não é capaz? O saco foi para o fundo da forja, o banco para a frente da casa, e a árvore para o jardim. O Diabo honestamente colocou as mãos à obra e, quando o trabalho acabou, exclamou:

– Até daqui a sete anos!

E partiu.

Mal o Diabo tinha partido, passou uma camponesa corpulenta cujo marido havia frequentemente carregado um pedaço de ferro da forja sem abrir a mão para pagar o que devia.

– Sede bem-vinda! – disse o ferreiro. – Não tenhas pressa! Quais são as novas no vilarejo? Vem sentar perto de mim neste banco e conta-me tudo.

A camponesa, ignorando o litigioso entre seu homem e o ferreiro, sentou-se no banco, pois do que ela realmente gostava era mexericar. E ela contou tudo, de A a Z. Quando ia começar a contar tudo de novo desde o início, a Lua subiu por trás das montanhas mais próximas. A mulher se deu conta de que tinha tagarelado por muito tempo e quis se levantar para voltar para casa. No entanto, qual não foi o seu medo quando tentou em vão levantar-se e o ferreiro, dando uma gargalhada incontrolável, esbravejou:

– Estás presa! Não poderás escapar de mim enquanto seu marido não pagar o que me deve.

Ele então entrou para jantar e deitar-se.

No dia seguinte pela manhã, já ao raiar do dia, ouviu batidas violentas na sua porta. Desceu para ver quem estava batendo e encontrou o marido da camponesa, que lhe ofereceu o triplo do que lhe devia se ele libertasse a sua Úrsula. Satisfeito, o ferreiro aceitou, e o outro, mortificado, foi embora com sua mulher.

Mal tinham desaparecido quando chegou um rapazinho correndo, cujo pai não deixara uma boa lembrança ao ferreiro.

– Diz, pequeno – interpelou ele –, não gostarias de comer cerejas?

– Por que eu não gostaria? Dá-me algumas!

– Sobe na árvore, ali atrás, no jardim, e come à vontade!

O rapazinho não precisou que lhe dissessem duas vezes. Em menos tempo do que foi necessário para falar, o garoto foi até a cerejeira atrás da casa, e vê-lo comer era um espetáculo que alegrava os olhos. Mas que lástima! Quando ele quis descer, todos os seus esforços foram em vão. A impressão do menino era de estar solidamente amarrado, e ele, querendo ou não, teve que ficar empoleirado na árvore. O ferreiro logo veio contemplar sua nova presa. Choramingando, o rapazinho lhe pediu para libertá-lo da sua prisão aérea, sem sucesso.

– Tu não descerás até que o teu pai tenha me pagado – respondeu o ferreiro.

Foi apenas por volta do meio-dia que o pai da criança passou atrás da casa buscando seu filho. Ao vê-lo sobre a cerejeira, gritou furiosamente:

– Por que não desces, seu porco comilão!

– Não consigo – gemeu o rapaz, mostrando ao seu pai que todos os seus esforços para descer eram vãos.

Nesse momento, chegou o ferreiro rindo às gargalhadas.

– Que bela presa é esse pássaro! Agora paga-me rápido, senão teu filho ficará ali pela eternidade!

O camponês logo compreendeu do que se tratava. Abrindo de imediato a sua bolsa, pagou ao ferreiro três vezes o que devia. O rapazinho teve a impressão de estar sendo desamarrado e apressou-se em voltar para casa com seu pai humilhado.

Contente consigo mesmo, o ferreiro embolsou o dinheiro. Ele pensava qual seria a melhor maneira de utilizar o seu saco quando passou uma senhorita rebolando como um cachorrinho, pois logo deveria se casar. Ora, seu noivo era um desses maus pagadores para quem o ferreiro havia pedido um banco, uma cerejeira e um saco ao Diabo. Margot disse de forma cordial:

– Boa tarde, mestre ferreiro! Como vais?

– Como podes me perguntar isso? Vamos bem quando temos dinheiro. Mas aproxima-te, Margot, e vem ver a novidade ali na forja. Nunca, em toda tua vida, viste algo parecido com esse saco.

Entraram, e o homem tirou de um canto o enorme saco diabólico.

– Nossa! – riu a moça. – Há espaço suficiente aí dentro para que eu possa valsar com o meu Pierrot.

– Dança, então! – zombou o ferreiro, jogando sobre a sua cabeça o saco, que a cobriu inteiramente, apesar das suas orações e das suas súplicas.

A mulher teve que ficar nessa sombria habitação até que o seu noivo viesse libertá-la. Haviam anunciado um baile para aquela noite no Albergue do Urso Pardo. Pierrot, que iria ao baile, procurou sua Margot durante todo o dia, sem resultado. Em sua impaciência, passou em frente à forja, onde a ouviu suplicar e chorar.

– Onde estás? Por que choras? – espantou-se ele.

Foi então que o ferreiro apareceu por lá e o interpelou sem amenidade:

– Agora é questão que tu me pagues, senão não voltarás a vê-la antes do dia do Juízo Final!

Pierrot ficou surpreso, apesar de saber muito bem do que se tratava. Quando encontrou sua Margot dentro do saco, apressou-se em pagar três vezes o que devia e foi embora com sua querida.

O ferreiro tomou gosto em fazer seus truques e, em pouco tempo, enriqueceu. Os anos passaram, e o sétimo ano acabou chegando ao seu término; aproximava-se o dia em que o Maligno viria buscá-lo, mas o ferreiro continuava sereno. No primeiro dia do oitavo ano, o pequeno fidalgote provinciano vestido de verde entrou na forja e convidou educadamente o ferreiro a segui-lo.

– Logo estarei pronto – respondeu o outro. – Eu gostaria apenas de terminar de forjar uma ferradura para cavalo. Enquanto espera, sente-se um momento no banco lá fora, pois estais certamente fatigado.

O Diabo não viu nisso nenhuma malícia e sentou-se, mas logo se deu conta de que se levantar era uma outra história! Começou a pedir ao ferreiro para libertá-lo, ao que o outro respondeu:

– Se tu me deres mais sete anos aqui embaixo, eu te deixarei partir.

O Diabo acabou aceitando e, desapontado, ganhou a rua.

Durante os sete anos seguintes o ferreiro não se esqueceu de utilizar o banco, a cerejeira e o saco com conhecimento de causa. Mas o tempo voou, e o primeiro dia do oitavo ano chegou muito rápido. O pequeno fidalgote provinciano vestido de verde apresentou-se cedo pela manhã à forja e mostrou-se ainda mais amável.

– Pois bem, mestre, vamos, então, nos colocar a caminho?

– Só mais uns quinze minutos enquanto termino essa corrente. Tenho uma bela cerejeira no jardim, cheia de cerejas deliciosamente doces. Aproveita, pois certamente estás cansado e com sede. Eu vou montar a escada.

Tão logo dito, tão logo feito. Um minuto mais tarde, o Diabo estava em cima da árvore, quando se deu conta de que tinha caído em uma armadilha. Teve que prometer ao ferreiro que só voltaria para buscá-lo dali a sete anos. Fora feito de tolo novamente e precisou voltar sozinho.

Durante os sete anos seguintes, banco, árvore e saco puderam ser usados para o fim que tinham sido feitos. Logo chegou o momento em que mais ninguém tinha dívidas para com o ferreiro, que tinha uma reputação sulfurosa, porque todos temiam seus maus truques. Nosso homem, agora o mais rico da região, perguntava-se com inquietude se conseguiria enrolar o Diabo uma terceira vez. Chegou o dia tão temido. O Maligno surgiu em suas mais belas roupas.

– Pois bem, senhor ferreiro, os sete anos passaram! Hoje nós vamos para a casa da minha avó.

A princípio desconcertado, nosso homem recompôs-se rapidamente:

– Meu querido senhor, tenha paciência! Prometi ao meu vizinho que iria ferrar seu cavalo e serei o pior dos velhacos se não mantiver a minha palavra. Vou rápido buscar seu cavalo. Para ganhar tempo, teríeis a amabilidade de pegar trinta e dois pregos que estão no saco ali atrás?

O ferreiro partiu, e esse estúpido Diabo entrou no saco para buscar os pregos que estavam no fundo. Quando o homem voltou com o animal, o Diabo dentro do saco gritou com todas as suas forças:

– Ei, ei, eu jamais conseguirei sair daqui! Liberta-me! Eu serei tudo que quiseres.

O coração do ferreiro palpitou de alegria ao ver que a sua astúcia tinha tido sucesso, e começou:

– Se jurares abandonar todos os direitos que tens sobre mim, eu te deixarei partir. Caso contrário, permanecerás no saco pela eternidade e, além disso, serás copiosamente espancado todas as manhãs.

– De acordo, de acordo! – gritou o Diabo, furioso. – Deixa-me sair! Eu não pedirei nada de ti.

O Diabo encontrou-se livre e voou para longe com seu verdadeiro aspecto, em um terrível tumulto e um horrível fedor. O ferreiro viveu ainda muito tempo, muito tempo, cada vez mais rico e sem se preocupar com a morte, mas sua hora acabou chegando. Após ter morrido, partiu para o Inferno em um passo alegre, assobiando e cantarolando, pois, pensava ele, era mais divertido lá embaixo do que no Céu. Ao chegar à enorme porta do Inferno, bateu tão violentamente com o martelo (que carregara consigo como lembrança deste mundo) que quase a quebrou. A avó do Diabo, sozinha em casa e engolindo sua sopa matinal, colocou sua tigela sobre a mesa e, carrancuda, foi mancando até a porta:

– Quem está aí?

– O ferreiro de Rumpelbach!

– Vejam só! Só agora chegas, engraçadinho! Acreditas que podes enganar os diabos! De modo algum! Não há lugar para ti aqui.

Enquanto falava, a mulher colocava sofregamente alguns caldeirões por trás da porta para impedir nosso homem de forçar a entrada.

– Isso não me deterá! Já que recusam minha entrada aqui, irei para o Céu.

O ferreiro deu meia-volta e começou a galgar um longo caminho íngreme. Assim que chegou à porta do Céu, bateu muito educadamente, pois percebera que sendo rude nada se consegue.

– Quem está aí? – perguntou São Pedro, o porteiro celeste.

– O ferreiro de Rumpelbach!

– Achas que aqui precisamos de canalhas que fazem pactos com o Diabo? Volta!

– Que coisa mais aborrecida. Jamais teria acreditado ser ao mesmo tempo ruim demais para o Inferno e ruim demais para o Céu! – murmurou nosso homem, sentindo a raiva crescer dentro de si, e voltou a descer.

De volta, quando se apresentou à porta do Inferno, todos os diabos que estavam em casa, grandes e pequenos, gritaram em uma só voz:

– Que ele fique do lado de fora! Que ele fique do lado de fora! Senão ele poderá nos prejudicar e causar algum dano!

O pobre ferreiro teve que voltar a partir para tentar sua sorte uma segunda vez no Céu. Bateu educadamente à porta e pediu que o deixassem entrar, mas São Pedro o rejeitou com palavras ainda mais duras que da primeira vez.

– Deixa-me apenas dar uma olhadinha no Céu! – suplicou ele.

– Está bem, assim nós nos livraremos de ti – grunhiu o porteiro celeste, que entreabriu a porta de ouro.

Quando a porta foi entreaberta, o ferreiro jogou seu velho chapéu no Céu. São Pedro quis devolvê-lo, mas ele respondeu:

– Eu mesmo posso ir pegá-lo.

Foi então autorizado a entrar para recuperá-lo. Mas, mal tinha entrado, sentou-se sobre seu chapéu e gritou de alegria:

– Agora, estou sobre a minha propriedade!

E ninguém conseguiu desalojá-lo.

Então, onde está hoje em dia o ferreiro de Rumpelbach? No Céu, sentado sobre seu chapéu, escutando a música dos anjos.

Fonte: VINZENZ, I.; ZINGERLE, J. *Kinder- und Hausmärchen aus Tirol*. Innsbruck: Schwick, 1911.

* Bechstein 50; Sklarek 44; Róna-Sklarek 30; Haltrich 19.

ATU 0330, BP 2, 163-189; EM 12, col. 111-120; Mlex 1033-1036; CPF 1, 346-364.

15
O Diabo na torneira do tonel de vinho

Transilvânia, Romênia

Uma princesa, filha de um rei muito poderoso, chegara à idade de se casar, e seu pai desejava vê-la tomar um marido. Diversos príncipes e outros fidalgos se apresentaram à corte para competir pela mão da adorável donzela. Mas como ela era uma dançarina apaixonada, só queria ter um marido que fosse capaz de dançar mais tempo do que ela. A moça dançava tão bem, mas ao mesmo tempo tão rápido, que nenhum daqueles que ousaram se igualar a ela conseguiram vencê-la. Vários príncipes caíram mortos no salão de baile, mais de um deixou a corte com os pulmões pegando fogo, e diversos nobres senhores se retiraram discretamente quando constataram de que terrível maneira a bela jovem dançava.

Os meses se passaram. O rei, vendo que sua filha adorada continuava sem se casar, fez proclamar em todo o país que aquele que fosse capaz de ganhar da sua filha na dança deveria se manifestar e que o primeiro que dançasse mais do que ela a desposaria, quaisquer que fossem as condições. Então, na corte se reuniram novamente grandes senhores e todo tipo de pessoas, da alta e da baixa sociedade, todos propondo vencer a bela princesa na dança. O monarca organizou uma festa esplêndida que deveria durar vários dias e ao longo da qual se dançaria todas as noites à luz de milhares de velas e candelabros.

A dança tinha adoecido e cansado mais de um pretendente, alguns tinham até morrido, e a princesa continuava sem encontrar alguém que a igualasse. De repente, um desconhecido abriu passagem dentre os convidados e pediu para dançar com ela. Desde o instante em que o viu, ficou horrorizada e recusou seu pedido, mas, por espírito de justiça, seu pai a contradisse. Viram a princesa e seu cavalheiro turbilhonando tão loucamente pela sala que logo perceberam que a entusiasta dançarina encontrara seu par. De fato, após alguns instantes, quase morta de cansaço, pediu ao seu dançarino que parasse, no entanto ele não queria deixá-la. O soberano levantou-se e ordenou ao estrangeiro que parasse, mas este não o levou em consideração e continuou a girar sua dançarina por toda a sala, até que, sem fôlego, suas pernas falharam. O sujeito jogou a donzela desmaiada aos pés do rei sentado sobre seu trono e disse, troçando:

– Pega a tua filha! Eu teria o direito de levá-la, mas não sou alguém que saia pegando uma noiva tão deplorável. Tu és o único responsável por essa desgraça, velho louco! Por que não colocaste nenhum limite aos caprichos da tua criança? Após essa ruidosa agitação, de agora em diante o silêncio reinará em teu palácio pela eternidade. Tu, tua filha e tua corte, teu palácio, toda a cidade e tudo que vive, sereis petrificados. Esse sortilégio pesará sobre vós enquanto ninguém conseguir me vencer.

As palavras do Diabo, pois realmente tratava-se dele, provocaram um tal pavor entre o rei e a sua corte que todos sentiram seu sangue congelar e ficaram paralisados. A própria princesa fora transformada em estátua aos pés do trono, diante do seu pai. O sortilégio recaiu sobre todo o palácio e toda a população da cidade, tão bem que ninguém mais se mexia.

Mil anos mais tarde, um jovem radiante passou por acaso na região onde, no meio da natureza selvagem, encontrava-se a cidade petrificada e seu esplêndido palácio. Tudo parecia morto; o número de estátuas que ele encontrou o deixou estupefato. Entre as casas, alguns densos bosques substituíam os agradáveis jardins, e miríades de corvos, gralhas e aves de rapina haviam feito seu ninho. Sem se deixar perturbar, nosso homem foi diretamente ao palácio, atravessou impávido as salas e os corredores, abrindo todas as portas, mas sem encontrar uma alma viva. Finalmente chegou à cozinha, onde descobriu um assado em um espeto e um monte de cinzas por baixo. Examinando mais de perto, constatou que, apesar da sua cor enganadora, o assado também era de pedra. Semidivertido, semicontrariado, o homem quebrou seu bastão e fez fogo sob o espeto, dizendo:

– Talvez eu possa, com a ajuda de Deus, amolecer o assado...

As primeiras nuvens de fumaça elevaram-se pela chaminé. Foi quando caiu uma perna humana de grande magreza, que o rapaz impassível empurrou para o lado sem mais delongas. Mas, quando viu que a carne, em vez de amolecer, apenas ficava mais escura, ele a jogou no chão e atravessou com o espeto a perna que caíra da chaminé. Pouco depois, uma outra perna, tão magra quanto a primeira, seguiu o mesmo caminho.

– Por Deus – exclamou ele –, que maneira estranha de comer eles têm nesse castelo! No entanto, eu achava que para defumar escolheriam pedaços de presunto mais gordurosos!

Ele mal acabara de falar quando um par de braços, também muito magros, em seguida um tronco ao qual estava ligado um rosto que tinha um semblante repulsivo, caíram da chaminé. O tronco se dirigiu aos braços, fixou-os aos seus ombros, pegou uma perna e a colocou no lugar, em seguida tirou a outra do espeto, e foi assim que um homem inteiro ficou de pé na frente dele. Sem estar minimamente assustado, nosso amigo perguntou:

– Quem és tu? Responde, senão, eu pegarei de volta tua perna metade tostada.

– Permita-me, senhor fanfarrão, essas pernas me pertencem. Eu as suspendi na chaminé porque elas estavam fatigadas da longa corrida que fiz.

– Ninguém diria! – zombou o gozador. – Elas deveriam estar penduradas há muito tempo.

– Isso não te diz respeito – replicou o personagem inquietante. – Cuida das tuas pernas e não das dos outros. Tu tens a língua comprida demais, cuidado! Saiba que eu sou o Diabo e o senhor deste castelo; se quiseres ser o meu hóspede, será preciso me enfrentar.

– Bem – respondeu nosso herói –, nós nos bateremos amanhã. Hoje eu peço para me tratar como teu convidado neste castelo inóspito e me oferecer um jantar, pois essa longa viagem me deixou faminto e com sede.

O Maligno aceitou e o conduziu às imensas adegas do palácio. O rapaz abriu a torneira[67] de um tonel, de onde correu o vinho mais delicioso, e bebeu à vontade. Quando fechou a torneira, o *sommelier* riu dele:

– Se amanhã tu não lutares melhor do que bebeste hoje, será inútil vires aqui.

– Se queres realmente saber quanto eu posso beber, vamos fazer uma aposta para ver qual de nós dois consegue secar melhor um barril.

– Ah, isso me convém! Deita-te sob esse tonel, eu farei o mesmo com o outro; eles contêm a mesma coisa, quase a mesma quantidade de gotas. Se estiveres de acordo, senhor fanfarrão, a luta até a morte pode começar, assim evitaremos o duelo de amanhã.

– Essa proposta é bem conveniente para mim. Que assim seja!

Cada um foi se instalar sob seu tonel: em um, o estrangeiro despreocupado e sereno; em outro, o Diabo observando seu adversário de esguelha com um olhar astuto. O homem mal abriu a torneira para que o vinho só pudesse escorrer gota a gota, dando a impressão de que estava engolindo grandes goles; ao ver isso, o Diabo deu um sorriso astuto, interrompeu-o e gritou:

– Beba, idiota! Não conseguirás esvaziar o tonel até a última gota, pois ela permanecerá na torneira.

---

67. No original em francês: *cannelle*, torneira de um tonel ou barril de vinho.

Quanto a mim, estou me comprometendo a não deixar nenhuma: eu vou escorregar para dentro da torneira e assim poderei secar o tonel.

Ele começou, então, a encolher até poder entrar facilmente na estreita entrada da torneira, e nosso radiante rapaz só ouviu o barulho de seus enormes goles. Sem hesitar, deu um salto e fechou a torneira na qual o Diabo tinha entrado, vociferando:

– Estás acabado, estúpido Diabo!

O Maligno começou então a chorar e gemer de uma maneira horrível, mas, sem ligar para ele, o rapaz deixou a adega para acalmar a sua fome, pois, é claro, não tinha mais sede! Qual não foi a sua surpresa quando, ao atravessar as salas do palácio, descobriu-as animadas de uma vida intensa. As incontáveis estátuas que tanto o tinham surpreendido antes estavam agora vivas e corriam em todos os sentidos em uma alegre desordem. Lá onde antes ficavam os bosques que tinham abrigado todos os tipos de pássaros, agora se podiam ver magníficos jardins, cujas abundantes flores alegravam a vista. Viu também criados em belas roupas, trazendo delícias refinadas que perfumavam o ar. Buquês de flores enfeitavam quase todas as peças pelas quais ele passava, e a sala de recepção na qual chegara estava resplandecente. O local estava mergulhado em uma música suave, ao som da qual pessoas suntuosamente vestidas dançavam alegremente.

No fundo do salão, o rei e a rainha estavam sentados no trono sob um dossel. Aos seus pés, o jovem percebeu a princesa, meio sentada, meio ajoelhada, sobre os degraus que levavam ao trono. Sua cabeça repousava sobre os joelhos da sua mãe, e seus olhos estavam cheios de lágrimas; parecia estar acordando de um sonho ruim, no qual teria ofendido seus pais. Enquanto isso, seus olhos queimados pelas lágrimas acentuavam mais ainda o charme da donzela de beleza incomparável, tão bem que o visitante, sem prestar atenção nas outras coisas que o cercavam e pela surpresa provocada pela sua estranha vestimenta, só pensava em aproximar-se do trono. Quando o soberano o notou, chamou-o e perguntou-lhe quem era, de onde vinha e como tinha chegado ali.

– Senhor – respondeu o rapaz –, sou incapaz de explicar como cheguei aqui e ignoro se estou sonhando ou se estou acordado. Permita-me contar o que sei da minha história.

Com um sinal, o monarca fez a assembleia se calar, e nosso amigo contou tudo que sabia, terminando com a aventura ao longo da qual ele prendera o Diabo em uma torneira do tonel de vinho, o que provocou a hilaridade do rei e lhe valeu aplausos de toda a corte. Muito curioso em verificar a história, o monarca logo foi até a adega com o rapaz que contara a história e alguns membros da sua casa: os insultos e as invectivas do Diabo prisioneiro o convenceram de que o jovem não tinha mentido.

De volta à sala do trono, o rei pediu silêncio novamente e declarou:

– Vós todos que estais presentes, vós vos lembrais certamente que proclamei nesta cidade e em todo país que eu daria minha filha bem-amada, a princesa, a quem dançasse mais tempo do que ela. Mais de um pretendente já havia perdido a vida quando um personagem estranho venceu a prova, para finalmente rejeitar minha filha com desprezo e lançar uma medonha maldição sobre todos nós. Depois, o estrangeiro que aqui apareceu venceu o inimigo e nos libertou. É justo que ele despose minha filha e que, quando eu morrer, ele herde o cetro e a coroa. Eu vos convido a prestar-lhe homenagem imediatamente.

Em seguida, o velho rei bondoso conduziu o amável rapaz diante da rainha, o qual recebeu dela a mão da princesa. Esta não precisou de muito tempo para achar seus traços mil vezes mais atraentes do que o dos cortesãos ali presentes.

A festa prosseguiu, o casamento foi celebrado, e nosso herói viveu dali em diante com a bela princesa, que renunciara à sua paixão pela dança. O recém-casado nunca se preocupou por ter deixado sua época para voltar mil anos no tempo.

Fonte: SCHOTT, A.; SCHOTT, A. *Walachische Mährchen*. Stuttgart: J.G. Cotta, 1854, p. 115-121.

16
Como o fogo entrou na pedra

Ucrânia

Aprendam como o fogo entrou na pedra! Um dia, o Diabo foi ao encontro de Deus e lhe disse:

– Senhor, não é surpreendente que os homens O obedeçam e orem ao Senhor, uma vez que Tu os enches de todo tipo de favores. Permita-me reger o mundo durante oito dias, e veremos se eles não O esquecerão.

– De acordo – respondeu Nosso Senhor, e o Diabo colocou mãos à obra.

Infligiu aos homens todo o mal que conseguiu imaginar, mas sem resultado, pois eles continuaram a dirigir orações fervorosas ao Criador. "Aguardem", pensou o Diabo. "Se eu vos privar do fogo, vós vos inclinareis diante de mim." Reuniu tudo que era combustível em uma pilha gigantesca que ele acendeu; cuidou do fogo de perto para protegê-lo e afastar aqueles que poderiam ter a intenção de ali acender seu cachimbo. Os homens se lamentaram e, torcendo as mãos em desespero, oraram a Deus para que Ele colocasse fim à sua aflição.

Nosso Senhor chamou Pedro e lhe disse:

– Meu caro Pedro, não poderíeis roubar um pouco de fogo do Diabo?

– Por que não, mas como? – respondeu Pedro.

– Meu caro Pedro, de que serve ter fundado minha Igreja sobre ti e feito de ti um santo se tu não sabes sequer como enganar o Diabo? Vá procurar um ferreiro, pede que ele faça uma barra de ferro, esquenta-a até ela ficar incandescente no fogo do Diabo, e tudo aquilo que tocares com ela pegará fogo. Vai, meu amigo, não hesita mais tempo, pois os homens estão chorando.

– Se não há outra solução, eu vou – disse Pedro, e colocou-se a caminho.

Após ter procurado uma barra de ferro, ele foi ao encontro do Diabo, cumprimentou-o e começou a conversar enquanto atiçava o fogo de tempos em tempos com sua barra, como se quisesse ajudar o Maligno; finalmente, fingindo ter sido tomado pelo calor da discussão, deixou a barra na fornalha para esquentá-la até ela ficar vermelha. Quando constatou que o ferro começava a esbranquiçar, disse ao Diabo:

– Pois bem, até logo, compadre, é hora de partir.

– Adeus e boa viagem – respondeu o Maligno. – Espera, para aí! O que sujou a ponta do teu bastão?

Apanhado desprevenido, Pedro permaneceu em silêncio e fugiu. Adivinhando a verdade, o Diabo o perseguiu. Quase o tinha apanhado, quando Deus, do Céu, viu Pedro. Temendo que o ferro esfriasse, Ele gritou:

– Apressa-te para bater em uma pedra!

Pedro obedeceu. A partir daí, o fogo passou a sair da pedra quando nela se batia com um pedaço de ferro.

Fonte: DÄHNHARD, O. *Naturgeschichtliche Volksmärchen*. Lípsia: 1907-1912, v. 1, p. 142.

IV

A serviço do Diabo

1
O Diabo e o seu aprendiz

Sérvia

Era uma vez um camponês que tinha um filho único. Um dia este disse ao seu pai:

– Pai, o que acontecerá conosco? Não podemos mais viver assim; eu vou partir para aprender uma profissão qualquer. Tu vês o que acontece nos nossos dias: aquele que exerce o trabalho mais insignificante vive sempre melhor do que um trabalhador braçal.

Seu pai procurou fazê-lo mudar de ideia durante muito tempo, mostrando que um artesão também tem suas preocupações e suas dificuldades e que ele não deveria deixá-lo. Mas, como nada conseguiu dissuadi-lo, finalmente deu o seu consentimento, e seu filho partiu para procurar trabalho.

Enquanto caminhava alegremente, o rapaz chegou às margens de um riacho. Ao longo da margem, encontrou um homem vestido de verde[68], que lhe perguntou aonde ia.

– Estou à procura de um mestre para me ensinar uma profissão – respondeu ele.

---

68. Variante do motivo G 303.3.1.6. O Diabo como o homem preto.

– Eu sou aquele de quem necessitas – declarou o homem vestido de verde. – Acompanha-me, eu te ensinarei uma profissão se o teu coração o desejar realmente[69].

Sem esperar, o rapaz partiu com ele. Enquanto caminhavam ao longo do rio, o mestre saltou subitamente na água, começou a nadar e intimou o rapaz:

– Segue-me, aprende a nadar!

O jovem protestou, dizendo que tinha medo de se afogar, mas o homem respondeu:

– Não tenhas medo, segue-me!

O rapaz obedeceu e acompanhou o mestre. Uma vez no meio do riacho, o homem de verde o pegou pelo pescoço e o mergulhou nas profundezas, pois era o Diabo; ele o conduziu ao seu antro, o confiou a uma velha e voltou à superfície.

Quando a velha se encontrou sozinha com o rapaz, começou a conversar com ele:

– Meu filho, tu crês que este homem é um mestre como os outros, mas tu te enganas: é o Diabo. Ele também me enganou e treinou até agora, eu também sou batizada. Escuta-me agora: vou te ensinar seus truques em detalhe, mas, se tu quiseres te libertar e voltar para a terra, quando ele te perguntar se tu aprendeste alguma coisa, responde a cada vez que tu ainda nada sabes.

Ao final de algum tempo, o Diabo lhe perguntou efetivamente:

– O que aprendeste?

---

69. Esse conto substitui o mágico pelo Diabo, que é uma variante do motivo D 1711.0.1. O aprendiz do mágico.

– Nada ainda – respondeu ele.

Três anos se passaram. A cada vez que o mestre o interrogava, o rapaz sempre respondia:

– Nada.

Um dia em que o Diabo repetiu sua questão, o jovem respondeu:

– Absolutamente nada, eu até esqueci o que sabia antes.

Furioso, o Maligno declarou:

– Se não conseguiste aprender nada até agora, tu jamais aprenderás alguma coisa, então vai para onde teus olhos te conduzirem e onde teus pés te carregarem!

O rapaz, que na verdade aprendera todos os truques do Diabo, voltou à superfície, foi até a margem do rio e voltou para casa. Assim que o seu pai o viu chegar, correu ao seu encontro e o interrogou:

– Pelo amor de Deus, onde estavas, meu filho?

– Parti para aprender uma profissão.

Alguns dias mais tarde, a feira anual aconteceu em um vilarejo próximo. O filho disse a seu pai:

– Vamos à feira.

– Para que ir se não possuímos nada?

– Não te preocupes – respondeu seu filho.

E eles partiram. Quando estavam a caminho, o rapaz declarou:

– Assim que nós tivermos chegado perto, eu me transformarei em um belo garanhão[70], mais belo que

---

70. Motivo D 100. Transformação: homem em animal.

todos os presentes, para grande surpresa de todos. Meu mestre chegará para comprar o cavalo e, não importa qual preço tu anuncies, ele pagará, mas tenha cuidado para não lhe entregar as rédeas![71] Quando tiveres o dinheiro, tira-o de cima de mim e bata no chão com as rédeas.

Tudo aconteceu como previsto. Quando o velho levou o cavalo à feira, todos o cercaram em admiração, mas ninguém arriscou perguntar seu preço. De repente, chegou o Diabo, fantasiado de turco, a cabeça envolvida em um turbante e vestido com roupas largas que chegavam ao chão. Ele se aproximou e interrogou:

– Eu desejo comprar este cavalo. Quanto me pedes?

Não importava quão grande fosse a soma pedida, o turco a pagou em ouro, sem barganhar. Mas, mal o velho recebeu o dinheiro, soltou as rédeas do garanhão e bateu com elas no chão. No mesmo instante, cavalo e vendedor desapareceram[72]. Quando o velho voltou com o dinheiro, seu filho já estava em casa.

Na época em que aconteceu uma outra feira, o filho convidou seu pai para irem até lá. Dessa vez, o camponês o acompanhou sem fazer objeções. Quando ambos se aproximaram do mercado, o rapaz anunciou:

– Eu vou me transformar em uma loja cheia de mercadorias, e não haverá mercadorias mais belas em toda a feira. Ninguém poderá comprá-las, mas meu

---

71. Motivo C 837. Tabu: soltando as rédeas ao vender homem transformado em cavalo.

72. Motivo K 252. Vendendo a si mesmo e escapando.

mestre chegará e te dará o que exigires. No entanto, em hipótese alguma lhe dê as chaves. Logo que tiveres recebido o dinheiro, bata no chão com elas.

Quando a metamorfose foi operada, todos se precipitaram para examinar a bela loja. De repente, chegou o mestre, disfarçado de turco como da primeira vez, e interrogou o velho:

– Quanto queres?

Sem protestar, o turco pagou a soma pedida. No momento em que o velho segurou o dinheiro, bateu no chão com as chaves; no mesmo instante, loja e vendedor desapareceram. A loja se transformou em um pombo, e o turco em um gavião, que saiu em sua perseguição.

Enquanto voavam, a filha do rei saiu do castelo e os observou. Em seguida, o pombo pousou em sua mão e transformou-se em um anel em seu dedo. O gavião pousou, retomou a forma humana, foi até o rei e o pressionou a tomá-lo a seu serviço:

– Eu vos servirei durante três anos – disse ao monarca – e não pedirei absolutamente nada em troca, nem alimento, nem bebida, nem roupas. Vós deveis apenas me dar o anel que está no dedo da tua filha.

O soberano o contratou e prometeu atender seu pedido. A princesa usava o anel, do qual ela gostava muito, pois, se de dia era um anel, à noite era um belo jovem, que lhe dissera:

– Chegado o momento em que quiserem tirar este anel do seu dedo, não o dê a ninguém e jogue-o ao chão.

Depois que três anos se passaram, o rei veio ao encontro da sua filha e pediu que ela lhe desse o anel.

Fingindo estar encolerizada, a princesa o jogou no chão, e ele arrebentou, transformando-se em ervilhas; uma delas rolou sob o sapato do soberano. De imediato, o Diabo se transformou em pardal e começou a bicar rapidamente as ervilhas; ele quase já engolira todas e apressava-se em ir buscar aquela que tinha caído sob o sapato do rei, quando a ervilha de repente virou um gato[73], que pegou o pardal e o estrangulou.

Fonte: KARADŽIĆ, V.S. *Volksmärchen der Serben*. Berlim: Reimer, 1854, p. 54-60.

ATU 0325, BP 2, 60-69. Mlex 1436-1441. EM 14, 1165-1168.

---

73. Motivo D 610. Repetidas transformações. Transformação em uma forma após a outra.

2
O porteiro do Inferno

Veneza, Itália

Antigamente, havia um velho que tinha um filho que se recusava a trabalhar. Um dia, ele lhe disse:

– O homem é feito para o trabalho; todos têm que saber fazer alguma coisa, não importa o que seja. Diz-me sinceramente: no futuro queres trabalhar, mendigar ou entrar a serviço de alguém?

– Escolho essa última opção – respondeu seu filho.

– Perfeito! E mesmo se o Diabo em pessoa viesse propor-lhe que entrasse a seu serviço, eu estaria de acordo.

Ambos começaram a procurar um lugar. Quando estavam a caminho, encontraram um homem distinto que lhes interrogou sobre o objetivo de sua viagem.

– Busco um emprego para meu filho – respondeu o pai.

– Dá-me teu filho, preciso de um porteiro, e este rapaz é grande e robusto. Que salário queres? – perguntou ele ao filho.

– Sete centavos[74].

---

74. Soldi, cêntima parte do Fiorino, florim cunhado em Florença.

– É muito pouco – respondeu o homem. – Eu te darei vinte. Não terás nada mais a fazer a não ser abrir e fechar a porta, mas infeliz de ti se entrares![75]

O rapaz aceitou o serviço e ficou muito surpreso ao ver quantas pessoas entravam por essa porta, mas reparou que ninguém saía. Dentre elas, muitas ele conhecia pessoalmente, por exemplo, o padre e o prefeito do seu vilarejo, e até mesmo seu próprio avô. "O que isso significa?", pensava frequentemente, mas foi necessário muito tempo antes de compreender quem era o seu senhor. Ao fim de um ano, não aguentava mais e pediu que o senhor o dispensasse. Este último, de início, recusou, não tendo vontade de procurar um outro porteiro, porém acabou aceitando.

– Bom, se não quiseres ir embora, vem aqui – disse ele, conduzindo-o diante de uma caixa cheia de ouro – e toma o que quiseres como salário. Vamos, pega aquilo de que precisas – acrescentou ele, quando viu que seu empregado hesitava.

– Não, eu peço apenas meu justo salário, nem mais nem menos – respondeu o rapaz.

Quando seu senhor o pagou, o jovem partiu alegremente até encontrar um pobre que lhe pediu esmola.

– Toma cinco centavos, ainda terei quatro para o tabaco, cinco para o pão e seis para o vinho.

Em seguida, deparou-se com um outro mendigo, a quem deu cinco centavos.

– Bom – disse ele –, é preciso repartir meu dinheiro de maneira diferente agora, pois só me restam

---

75. Motivo M 210. Barganha com o Diabo.

três centavos para o tabaco, três para o pão e quatro para o vinho.

Seguiu seu caminho. Depois cruzou com um terceiro mendigo.

– Adeus, tabaco! Também é possível viver com cinco centavos para o pão – exclamou rindo, e deu novamente cinco centavos.

Pouco depois surgiu um quarto mendigo.

– Graças a Deus! Agora não tenho mais que quebrar a cabeça fazendo contas – disse, dando seus cinco últimos centavos[76].

Um quinto mendigo apareceu então e lhe pediu caridade.

– Meu amigo – disse ele –, eu já dei tudo que tinha e não tenho certeza se não serei obrigado a pedir esmola à próxima pessoa que encontrarei.

Batendo no peito, o mendigo declarou:

– Não preciso do seu dinheiro. Qual graça posso vos conceder?

– Senhor – respondeu nosso viajante –, de mendigar a conceder uma graça há um abismo a atravessar, faça atenção para não vos machucar o tornozelo! Devem ser graças bem extraordinárias que és apto a conceder!

– Pedi sem pensar muito e vereis! – respondeu o mendigo.

---

76. Motivo Q 42.1. Cavaleiro gastador divide seu último centavo. Mais tarde, ele é ajudado pela pessoa agradecida.

– Bom. Dê-me um fuzil que jamais erre o alvo[77].

– Pois bem – disse o mendigo, tirando-o de debaixo do seu casaco. – Quereis algo mais?

– Sim, um violino que obrigue todos a dançarem enquanto houver alguém tocando[78].

– Ei-lo aqui. Mais alguma coisa?

– Sim, um saco para dentro do qual todos aqueles a quem ordenarei serão obrigados a saltar[79].

– Aqui está o saco. Agora, adeus! – disse o mendigo, afastando-se.

O rapaz alegrou-se por possuir esses três objetos e teve muita vontade de experimentá-los. Um belo pássaro passou diante dele e pousou sobre um pedaço de madeira bastante distante.

– Uau – disse o rapaz –, vou tentar acertá-lo com o meu fuzil!

Preparou-se para atirar. No caminho, apareceram dois monges.

– Sois um estranho atirador – disse um. – Não tens um compasso no olho! Para acertar esse pássaro seria necessário um canhão, um fuzil não é o suficiente a essa distância.

– E, no entanto, vou acertá-lo – respondeu nosso homem.

---

77. Motivo D 1653.1.7. Arma infalível; N 826. Ajuda do mendigo.

78. Motivo D 1415.2.5. Violino mágico faz dançar.

79. Motivo D 1412.1. Saco mágico atrai as pessoas para dentro. Encontramos esse saco em August Ey (1862, p. 118 *sqq.*), na obra *Harzmärchenbuch*: o herói, um ferreiro, captura três diabos...

– Pois bem – disse o monge. – Se o acertares, eu irei buscá-lo completamente nu.

Ele atirou, o pássaro caiu, e o rapaz declarou:

– Agora, mantenha a tua promessa!

O monge era um homem de palavra: deixou sua túnica cair e foi buscar o pássaro. Mal chegara até as árvores quando o rapaz pegou seu violino e começou a tocar. Os dois monges, um na estrada, o outro entre as árvores, começaram a dançar. Foi particularmente difícil para aquele que estava nu, porque se arranhava nos espinhos e gritava horrivelmente[80]. Quando ele ficou, tal como Lázaro, coberto de feridas, o rapaz parou de tocar, mas os dois monges foram para a cidade e o denunciaram à polícia, que o interpelou à sua chegada. Era apenas meio-dia, e o comissário estava almoçando.

– Espera eu terminar – disse ele, irritado.

– Sem problema – respondeu o jovem. – Com vossa permissão, eu vou tocar o violino.

E pegou seu instrumento. Desde os primeiros acordes, um estranho balé começou na sala de jantar do comissário: os pratos e as travessas, a mesa, as poltronas, o comissário, sua mulher e seus filhos, o gato, a empregada que carregava os pratos e um policial que vinha prestar contas, todos começaram a dançar um Monferino[81], o rosto de uns estava furioso, o de

---

80. Motivo N 55.1. Perdedor da aposta de tiro vai nu buscar o pássaro entre os espinhos.

81. Dança popular da Itália do Norte (Lombardia, Emília-Romana, Friule, Veneza-Juliana). Ela tem diferentes nomes: Monferrina di Friuli, Monfrenna bulgnaise (de Bolonha), Monfren-

outros, assustado. Quando caiu a última gota de sopa do prato e a última gota de vinho da garrafa, quando a mesa e as poltronas perderam alguns pés, e quando dançarinos e dançarinas não conseguiram mais respirar, ele parou de tocar, mas o comissário, exausto, não tinha mais a coragem de interrogá-lo. A primeira palavra que foi capaz de articular nada mais era que:

– Vá para o Inferno!

O jovem saiu e retomou a estrada. A primeira pessoa que ele encontrou foi seu antigo mestre. Logo abriu seu saco e ordenou:

– Salta para dentro!

O Diabo suplicou que o deixasse sair, mas em vão.

– Espera que eu termine de almoçar – respondeu.

Levou-o até um ferreiro. Ao entrar na forja, falou ao ferrador:

– Tenho aqui ferros a serem martelados.

– Tira-os do saco – disse o outro.

– Não, eu quero que os golpeies dentro do saco.

– E eu te digo que não consigo forjar o que não consigo ver.

O rapaz pegou então seu violino e fez o ferreiro e seus companheiros dançarem até ficarem sem fôlego.

– Vais golpeá-los agora? – inquiriu ele.

– É claro – gritaram todos eles em coro –, mesmo que o próprio Diabo estivesse dentro do saco.

---

na mudnaisa (de Modena), Giardiniera ou Jardineira e Baragazzina (de Baragazza, província de Bolonha).

– Pois é ele mesmo!

– O que estais dizendo?! Iremos bater nele para nosso maior prazer. Não lhe sobrará um único chifre inteiro, não importa quão duro seja.

Após o Diabo ter sido espancado durante uma hora, o rapaz o libertou.

– Não perdes por esperar[82], malandro! – exclamou o Maligno, fugindo. – Se eu conseguir colocar as mãos em ti, tu pagarás juros e correção monetária!

Um pouco mais adiante, o rapaz encontrou uma bela camponesa que lhe agradou muito.

– Vem comigo – disse ele.

– Deixa-me em paz – respondeu ela.

– É melhor me acompanhar de boa vontade em vez de ser forçada a fazê-lo.

– Vá embora, safado!

Fingindo que ia lhe fazer um carinho, ela acabou lhe acertando um belo tapa. Furioso, o rapaz abriu seu saco e gritou:

– Salta para dentro!

Em sua pressa, ele fechou o saco rápido demais, de modo que a cabeça da camponesa ficou do lado de fora, e ela pôde chamar por ajuda. Ele fugiu com a moça, mas os moradores do vilarejo saíram de suas casas e o perseguiram, buscando cortar o seu caminho, tão bem que o jovem acabou jogando o saco fora para agarrar seu fuzil. A caçada não parou até ele aca-

---

82. O texto veneziano diz: "se algum dia caíres sob meus sapatos!" (*sotto le mie ciabatte*).

bar matando um dos seus perseguidores. Sem fôlego, chegou a uma localidade onde encontrou uma velha em farrapos.

– Velha – disse ele –, não poderias me indicar um lugar para dormir?

– Segue-me.

Ela o levou a um grande e esplêndido palácio. Lustres iluminavam todos os recintos, e na sala de recepção estava posta uma mesa magnífica, mas não se via uma alma viva. O lugar o agradou. Instalou-se e provou as iguarias delicadas e os vinhos. Depois de estar satisfeito, foi até um quarto e se deitou.

À meia-noite, o rapaz acordou e viu a grande sala cheia de homens usando casacos e vestindo perucas, que dançavam e saltavam com um ar sério e que em seguida desapareceram de repente. Ele então se encontrou em um mar de chamas. "Eis-me em maus lençóis!", pensou ele. "Preciso tentar sair daqui." De repente, cavaleiros atravessaram o quarto. "Essa é uma boa oportunidade para eu escapar", achou. Pulou da cama e saltou sobre um cavalo, mas o animal perdeu sua consistência, e o rapaz foi engolido cada vez mais profundamente até chegar a um portão onde, há pouco mais de um ano, começara sua carreira de porteiro, portal que seu sucessor lhe abria agora.

Fonte: WIDTER, G.; WOLF, A. Volksmärchen aus Venetien. *Jahrbuch für Romanische und Englische Literatur*, v. 8, p. 263-268, 1866.

ATU 0330 + 0475 + 0592, BP 2, 423-426; Contes populaires français II, p. 181-187; EM 6, 1191-1196; Mlex 1189-1191.

3
Aprendendo com o Diabo

Finlândia

Em um vilarejo vivia um casal idoso que tinha um filho único a quem queriam ensinar uma profissão que fosse adequada. Uma bela manhã, o pai partiu com seu filho ao castelo. No meio do caminho, encontraram o Maligno, que perguntou:

– Aonde vais com o teu filho?

– Estou levando-o ao castelo para que ele aprenda uma profissão.

– Dá-me seu filho como aprendiz.

– Quem és tu – interrogou o velho homem – e o que ele aprenderá contigo? Quero que meu filho se torne ferreiro.

– Eu próprio sou ferreiro.

– Onde moras?

– Aqui.

E de repente uma grande fazenda apareceu diante deles. O pai entregou seu filho ao Diabo durante um período de cinco anos e voltou para casa. Combinaram que ele não o visitaria durante esses cinco anos. Ao voltar, sua mulher o criticou por ter deixado seu filho; pela manhã, o senhor voltou ao castelo, dizendo:

– Eu vou buscá-lo e o colocarei como aprendiz em outro lugar.

Chegou ao lugar onde eles tinham se separado e andou por toda a fazenda, sem encontrar uma alma viva.

Cinco anos se passaram, o aprendizado do rapaz acabara, e seu pai quis ir buscá-lo. Porém, no momento de se colocar a caminho, um novelo de lã entrou pela janela e caiu por terra; de repente, seu filho surgiu diante dele e lhe revelou o seguinte:

– Pai, quando vieres me buscar amanhã, não me deixarão partir. Colocarão doze pombos para voar, tu deverás adivinhar qual é o teu filho, eu serei o terceiro contando da esquerda. Se me encontrares, eu partirei contigo, caso contrário, permanecerei ali. Sou aprendiz do Diabo.

O rapaz se transformou novamente em novelo e partiu da mesma maneira como tinha vindo.

No dia seguinte, o pai foi à fazenda. O Diabo veio ao seu encontro e perguntou:

– Vens buscar teu filho?

– Com certeza!

– Segue-me!

Eles partiram juntos. O Diabo colocou doze pombos para voar e declarou ao velho:

– Se encontrares teu filho dentre eles, poderás levá-lo.

– Eu não te dei um pombo – replicou o pai –, agora devolve meu filho.

– Se não queres buscá-lo, vá embora, tu não o terás!

– O meu filho é o terceiro contando da esquerda – disse o velho homem.

– Não vou devolvê-lo hoje, é preciso que tu adivinhes três vezes – replicou o Diabo.

O pai voltou para casa e contou tudo à sua mulher. A janela estava aberta, e de repente um novelo entrou e caiu no vestíbulo. Era seu filho, que lhe disse:

– Infelizmente, pai, amanhã será necessário que adivinhes novamente. Nós somos doze rapazes e somos parecidos como gotas de água: eu serei o segundo contando da direita.

No dia seguinte, o pai voltou à fazenda e encontrou o Maligno, que o intimou:

– Adivinha quem é o teu filho!

Ele levou o senhor a um recinto onde doze rapazes estavam de pé, alinhados. O velho os observou e declarou:

– O segundo contando da direita é o meu filho.

O fato de ele ter dado a resposta certa mais uma vez não agradou nem um pouco ao Diabo, que lhe ordenou:

– Volte amanhã de manhã.

O pai voltou para casa e, quando a noite chegou, esperou por seu filho, mas em vão. O Diabo passara em volta do seu pescoço correntes de ferro, fechadas por cadeados.

No terceiro dia, quando o pai voltou à fazenda, ignorava como poderia reconhecer seu filho. O Diabo veio ao seu encontro e o convidou a entrar. Fez surgir doze garanhões que escoiceavam.

– Pois bem, reconhece o teu filho? – perguntou o Maligno.

Não sabendo como descobri-lo, o velho respondeu:

– Meu filho não está aqui.

O Diabo ordenou ao seu criado que tirasse do estábulo um dos garanhões. Ele mancava, tinha apenas a pele sobre os ossos e apresentava um aspecto realmente infeliz.

– Este é o teu filho? – perguntou o Diabo.

– Sim, é ele.

– Adivinhaste! Eu não poderia imaginar que conseguirias fazê-lo. Toma o teu filho e vá embora!

Mas ele estava furioso por perceber que o velho tinha sido mais inteligente do que ele.

No caminho de volta, pai e filho encontraram dois caçadores, diante dos quais levantaram voo cinco galos de urze. Quiseram atirar neles, mas o rapaz disse a seu pai:

– Eu me transformarei em uma ave de rapina e os pegarei, depois virei pousar em seu ombro, e tu pegarás os cinco galos de urze. Quando os caçadores quiserem comprá-los, vende-os; em seguida, eles vão querer me comprar também, vende-me, mas não por menos de duzentos thalers, e não lhes vendas as correntes de ouro que tenho em volta do pescoço.

Tudo aconteceu como previsto.

O pai voltou para casa com o dinheiro; mal tirara as roupas quando seu filho apareceu. Decidiram fazer uma festa, mas os duzentos thalers foram rapidamente gastos.

– Pai – declarou o rapaz –, agora eu vou me transformar em um passarinho e pousar sobre o cabo do teu chicote; vai me vender no castelo, mas não por menos de cem thalers. Por outro lado, não vendas o chicote!

Olhando à sua volta, o pai viu, inclinado sobre o cabo do chicote, um passarinho que cantava maravilhosamente bem. Ele foi até o castelo enquanto o pássaro cantava as mais belas melodias. No caminho, encontraram a cozinheira da propriedade; ela o levou aos seus senhores, que estavam tomando café. Quando o pássaro começou a cantar, seus pés começaram a se agitar contra sua vontade, e eles entornaram o café e o leite.

Duas pessoas presentes se levantaram e se balançaram ao ouvir o pássaro cantar.

– Aproxima-te! – disseram eles ao velho. – Quanto queres pelo pássaro?

– Cem thalers, mas eu não vendo o chicote.

Eles adquiriram o passarinho, e o velho voltou para casa, mas o rapaz já estava lá. Após algum tempo, o dinheiro acabou, e o filho disse ao seu pai:

– Logo não teremos mais nada; eu vou me transformar em um altivo corcel que tu vais cavalgar em direção ao castelo; tu me venderás, mas não por menos de dois mil thalers.

Enquanto isso, o Diabo consultou seu livro de magia para saber onde vivia o jovem e descobriu como ele enganava as pessoas. Disse para si mesmo:

– Irei até o lugar para comprar o cavalo.

Antes dele, tinham se apresentado diversos compradores, alguns oferecendo mil e quinhentos thalers, os outros oferecendo menos. O Maligno aproximou-se do pai e indagou sobre o preço do cavalo.

– Eu o vendo por dois mil thalers – respondeu ele –, mas guardarei as rédeas.

O demônio lhe deu essa soma, pulou sobre o dorso do cavalo que ainda tinha suas rédeas e partiu. O velho homem quis ficar com as rédeas, mas o Diabo não as devolveu.

O Maligno foi para a morada da sua velha irmã, que não estava em casa, e amarrou sua montaria na beira do telhado para que suas pernas da frente não tocassem o chão. Ele próprio foi se deitar na cama da sua irmã para descansar. Quando ela voltou, notou o cavalo.

– Como é bonito! – exclamou. – Mas de que maneira é tratado! Tenho feno suficiente para lhe dar.

A irmã do Diabo soltou as patas do animal e lhe jogou um pouco de feno, em seguida ela entrou e repreendeu seu irmão. Este lhe perguntou:

– Tu desamarraste as pernas do cavalo?

– Sim.

– Então ele deve estar longe agora.

Eles foram verificar e constataram que o animal tinha fugido. O Diabo logo saiu em sua perseguição.

O cavalo se transformou em pássaro, o Diabo em gavião, e eles voaram até o mar. O rapaz se metamorfoseou em peixe, uma parca, e o Maligno, transformado em lúcio, foi atrás dele. A parca é um peixe pequeno e escondeu-se na areia; o lúcio é um peixe grande, que passou perto da parca sem vê-la e acabou se cansando. Louco de raiva, o Diabo voltou para casa de mãos vazias, deixando o rapaz para trás.

Fonte: MENAR, A.L. *Finnische und estnische Volksmärchen*. Jena: Eugen Diederichs, 1922, p. 16-21.

* Bechstein 26, 51; Sklarek 25; Karadzic 6; Schullerus 25; Haltrich 14; Schott 19; Grimm, *Kinder- und hausmärchen* 68; Straparola VIII, 4.

ATU 0325.

4
O Diabo e suas mulheres

Tirol italiano

Era uma vez um homem que tinha três filhas. Um dia, voltando fatigado dos campos, disse à mais velha:

– Vai até o jardim e traz-me um rabanete grande, pois tenho fome!

A jovem obedeceu. Achou um belo e grande rabanete, mas, quando quis arrancá-lo, uma voz vinda do chão gritou:

– Puxa, puxa, mas não corta!

Ela puxou, porém em vez de arrancar o rabanete, foi ele quem a puxou para as profundezas da terra. A moça encontrou-se em uma grande e bela pradaria, no meio da qual se erguia um palácio[83]. Foi até lá e encontrou seu morador – o Diabo! Ele a fez entrar e a tomou como esposa. Dando-lhe todas as chaves do palácio, o marido lhe disse:

– Podes entrar em todos os quartos, mas não deverás jamais entrar no quarto que se abre com a chave de ouro[84].

---

83. Motivo T 721.5. Castelo subterrâneo.
84. Motivo C 611. Quarto proibido. Pessoa que tem a permissão de entrar em todos os quartos, menos em um.

A donzela prometeu, e o Diabo lhe deu uma rosa recém-colhida, que ela prendeu em seu espartilho.

Um dia em que o marido estava viajando, a jovem pegou as chaves e visitou os diferentes quartos. Em um tudo era feito de ouro, em outro tudo era feito de prata, e em um terceiro tudo estava cheio de fina *lingerie* e de linho claro. Finalmente, chegou diante do quarto proibido. Sem levar em conta a advertência do marido, abriu a porta e encontrou-se diante de um braseiro, pois era o Inferno. Sem que percebesse, uma chama fugiu e queimou a rosa que estava presa em seu espartilho. Ela voltou a fechar a porta com toda pressa e foi trabalhar em seu quarto. O Diabo logo voltou e a interrogou:

– Foste em todo lugar?

– Sim!

– Até mesmo no quarto proibido?

– Não!

Ele olhou para a rosa e, vendo-a queimada[85], pegou sua mulher pelo braço, conduziu-a até o quarto proibido e jogou-a no Inferno.

Sua irmã mais nova, que viera buscá-la, também se tornou a mulher do Diabo. A mesma desventura aconteceu, e a donzela foi jogada no Inferno.

Quando chegou a sua vez, a última filha tornou-se a mulher do Maligno e colocou-se à procura das suas irmãs. Como era inteligente, colocou a rosa oferecida pelo Diabo na água fresca antes de entrar no

---

85. Variante do motivo C 913. Chave sangrenta como sinal de desobediência.

quarto proibido. Ao ver suas irmãs no Inferno, logo lhes levou algo para comer, em seguida fechou novamente a porta, recolocou a rosa em seu espartilho e voltou para o seu quarto. Assim que chegou, o Diabo jogou um olhar sobre a flor; como continuava fresca, ele acreditou em sua mulher quando esta lhe assegurou não ter entrado no quarto proibido. Mas ela buscou um meio de libertar suas irmãs[86] e a si mesma.

– Escuta – disse um dia ao Diabo –, não me permitirias enviar um pouco de roupa de linho para minha casa?

– Se quiseres! – respondeu ele.

A jovem foi buscar sua irmã mais velha em segredo e fez com que ela se deitasse em um cesto que foi colocado diante da porta. A moça disse à sua irmã:

– Se perceberes que ele quer abrir o cesto, grita: "Estou te vendo!"

Ela voltou-se para seu marido e lhe perguntou:

– Quem vai carregar o cesto?

– Eu faço isso[87] – respondeu ele.

Satisfeita, ela acrescentou:

– Mas não abra, eu te proíbo. Onde quer que eu esteja, eu te verei, podes acreditar em mim!

O Diabo partiu, mas, após um instante, a curiosidade foi mais forte, e ele colocou o cesto no chão

---

86. Motivo R 157.1. A irmã mais nova resgata a mais velha.
87. Motivo G 561. Ogro enganado carregando sua prisioneira para casa dentro de uma bolsa sobre suas próprias costas.

para abri-lo. Compreendendo sua intenção, a irmã mais velha gritou:

– Estou te vendo!

Assustado, o Diabo pensou: "Ora bolas, ela realmente consegue me ver em todo lugar!" Pegou novamente o cesto, carregou-o até a casa da sua mulher, deixou-o ali e voltou a partir.

Alguns dias mais tarde, sua mulher o enviou até sua casa com um outro cesto, no qual se encontrava sua segunda irmã; na última vez, ela encontrou uma maneira para que o Diabo também a levasse até sua casa.

Foi dessa maneira que as três irmãs foram libertadas e que o Maligno percebeu tarde demais que tinha sido enganado. Só faltou o Diabo morrer de raiva, porém, como não tinha o poder para ir procurá-las, aguardou seu retorno e aguarda ainda hoje, mas todas elas estão no Paraíso há muito tempo.

Fonte: Il diavolo e le sue spose. In: SCHNELLER, C. *Märchen und Sagen aus Wälschtirol*. Ein Beitrag zur deutschen Sagenkunde. Innsbruck: Wagner'sche Universitäts-Buchhandlung, 1867, p. 88-90.

* Gonzenbach 23; Wlislocki 98; Obert 1; Asbjørnsen 42 (*De tre kongsdøtre i berget det blå*); Hahn 19, 73.

ATU 0311, MLex 317-321. EM 8, 1407-1413.

5
O príncipe que entrou a serviço de Satã e libertou o rei do Inferno

Lituânia

Era uma vez um rei que tinha três filhos. Eles partiram um dia à caça; um deles se perdeu, enquanto os outros dois voltaram para casa. O príncipe vagou na imensa floresta, a barriga vazia. Faminto e com o coração pesado, ele se perguntava como sair dessa situação. Finalmente, após cinco dias, percebeu uma clareira onde se erguia um palácio. Entrou e visitou todos os quartos sem encontrar uma alma viva[88]. No entanto, em uma grande sala, viu uma mesa sobre a qual estavam colocados alimentos e bebidas em profusão. O príncipe restaurou-se; quando acabou, tudo que havia sobre a mesa tinha desaparecido. Continuou sua visita aos lugares do palácio até o cair da noite, quando ouviu alguém se aproximar. Era um homem velho, que o interrogou:

– O que fazes em meu castelo?

– Eu me perdi na floresta. Poderia trabalhar para o senhor?

---

88. Motivo F 771.4.3. Castelo abandonado. Não há habitantes quando o herói entra.

– É possível – respondeu o ancião. – Tu vais atiçar o fogo, trazer lenha e cuidar do cavalo no estábulo, não terás mais nada a fazer. Eu te darei um rublo por dia, e na hora das refeições tu sempre encontrarás sobre a mesa todo o necessário.

O príncipe aceitou e ficou na casa do velho.

No crepúsculo, seu anfitrião voltava ao castelo voando, segurando uma tocha na mão. Uma noite, quando o príncipe tinha deixado o fogo apagar, seu senhor se precipitou sem fôlego e lhe perguntou:

– Por que o fogo não está queimando corretamente? Eu cheguei bem a tempo.

O senhor lhe deu um tapa. Desde então, o príncipe se dedicou, dando o seu melhor.

Um dia em que ele estava no estábulo o cavalo começou a falar[89] e declarou:

– Aproxima-te, tenho algo a te dizer. Pega minha sela e minhas rédeas no armário e sela-me. Naquele frasco ali há um bálsamo com o qual vais untar teus cabelos, depois pega toda a lenha e enche o fogão.

O príncipe fez o que ele disse, e sua cabeleira começou a brilhar e reluzir como se fosse feita de diamante; em seguida acendeu um tal fogo no fogão que o castelo ficou em brasa. O cavalo lhe disse então:

– Pega o espelho, a escova e o chicote no armário, salta sobre minhas costas e corre à rédea solta, pois o castelo está em chamas.

---

89. Motivo B 211.1.3. Cavalo falante.

O príncipe obedeceu; partiu tão rápido que em uma hora já tinha deixado três cantões para trás. Quando, ao voltar para casa, o velho não encontrou nem cavalo nem criado, selou outro cavalo e lançou-se em perseguição ao príncipe. O cavalo falante disse a este último:

– Olha para trás de ti e verifica se não estás vendo o Diabo!

O motivo é que o velho era Satã. Assim que o príncipe se voltou, percebeu ao longe uma nuvem de fumaça.

– Galopa! – ordenou sua montaria.

Após algum tempo, o cavalo lhe fez a mesma pergunta.

– Ele está muito próximo – exclamou o príncipe.

– Joga o espelho![90]

Quando o cavalo do Diabo passou por cima do objeto, desmoronou. Então o velho voltou para casa, colocou uma nova ferradura em seu cavalo e retomou sua perseguição. Ele dava agora menos importância ao rapaz do que ao cavalo que tinha levado consigo.

Enquanto isso, o príncipe havia atravessado muitas dificuldades. O cavalo lhe disse:

– Desce e cola teu ouvido no chão para escutar se ele não está novamente atrás de nós.

O príncipe obedeceu e ouviu a terra ribombar.

---

90. Motivo D 672. Voo com obstáculos. Os fugitivos jogam objetos atrás de si que magicamente tornam-se obstáculos no caminho do perseguidor.

– Ele está certamente atrás de nós, o chão está vibrando!

– Sobe rápido e segue nosso caminho!

Um pouco mais tarde, o cavalo lhe perguntou se ele ainda não o estava vendo.

– Vejo ao longe o brilho de uma chama.

– Fujamos! Ele não deve mais estar muito longe, olha atrás de ti!

O príncipe se voltou e anunciou:

– Está nos nossos calcanhares, a chama vai nos atacar!

– Joga a escova! – disse o animal.

A escova logo se transformou em uma floresta, tão densa que até mesmo uma mosca não poderia ali entrar, e o Diabo, que estava a toda velocidade, permaneceu plantado no meio da mata. Ele voltou para casa, pegou um machado com o qual abriu caminho através das árvores, levou-o de volta ao castelo, e quando voltou a se colocar em perseguição o príncipe já tinha atravessado diversas regiões.

– Escuta – disse a montaria. – O que ouves?

– Ele está chegando em forma de tempestade!

– Galopemos!

Voltando para trás um pouco mais tarde, o príncipe lhe disse:

– Já estou vendo o fogo!

– Joga o chicote!

Em um piscar de olhos, o objeto se transformou em um imenso rio, e o Diabo chegou e começou a bebê-lo com o seu cavalo. Beberam e beberam, e o nível da água baixou cada vez mais. Aterrorizados, o príncipe e seu cavalo viram que restava apenas um pequeno pântano, mas o Diabo e a sua montaria, incapazes de beber nem sequer uma gota a mais, estouraram.

O príncipe se afastou da água, e seu cavalo lhe disse:

– Podes descer agora. Satã está morto. Segue o rio, tu encontrarás um bastão, com o qual baterás no chão, e verás uma porta que se abrirá. A passagem nos levará até um castelo subterrâneo, onde eu permanecerei. Mas tu, atravessa a pradaria até chegar ao jardim de um rei, a quem tu perguntarás se ele pode oferecer-te um emprego. Quando lá estiveres, não me esqueças.

Ao se separarem, o cavalo acrescentou que ele não deveria mostrar a ninguém sua cabeleira radiante.

Quando o príncipe se apresentou, um jardineiro inquiriu:

– Aonde vais?

– Procuro um trabalho – respondeu o príncipe, cuja aparência era a de um homem pobre.

– Posso procurar um para ti. Precisamos de alguém que limpe as aleias do jardim e carregue a terra. Tu terás um cavalo para trabalhar, um salário de dois florins[91] por dia e tuas refeições.

O príncipe aceitou e começou a trabalhar. Não comia tudo que lhe davam e, após um dia de trabalho, levava o que sobrava ao seu cavalo, que lhe

---

91. Trata-se de florins poloneses que valem cinquenta centavos.

agradecia por não tê-lo esquecido. Uma noite, o animal lhe disse:

– Amanhã chegarão ao castelo, vindos de todos os lados, reis, príncipes e mercadores ricos, todos solteiros, e se alinharão na corte. O monarca tem três filhas, e cada uma delas pegará uma maçã de diamante e a jogará: aquele aos pés de quem a maçã parar será seu noivo. Nesta hora, trabalha no jardim. A maçã da princesa mais nova, que é também a mais bela, rolará até onde estiveres. Pega-a e coloca-a no teu bolso.

No dia seguinte, quando todos os pretendentes estavam reunidos e as filhas do rei lançavam sua maçã, a maçã da mais velha rolou aos pés de um príncipe; a da segunda, aos pés de um rico mercador; mas a da filha mais nova passou diante de todos os pretendentes e rolou diretamente pelo jardim, até chegar aos pés do jardineiro, que a pegou e a colocou no bolso. O soberano amava particularmente sua caçula; no entanto, teve que ceder sua mão ao jardineiro, e os três casamentos foram celebrados. Depois das núpcias, no entanto, o jardineiro e a sua esposa tiveram que ficar à parte, e ele continuou a ser o que era.

O tempo passou. Um belo dia, diversos reis se revoltaram contra o soberano, que teve que partir em campanha com seus genros. O marido da sua filha mais nova só tinha seu cavalo de trabalho, e o monarca o advertiu de que não lhe daria nenhuma outra montaria. O rapaz saltou sobre a sela, mas, quando quis partir, o animal arriou. Ele o abandonou e foi encontrar sua montaria no castelo à margem do rio. O cavalo lhe disse:

– Pega minhas rédeas e sela-me, vá em tal quarto, onde tu encontrarás uma roupa de montaria e um sabre que tu prenderás à tua cintura; então partiremos.

O príncipe obedeceu. Quando estava na sela, brilhante como o sol, levantou voo pelos ares[92] e chegou ao campo de batalha. No momento em que começou a bater no chão com o seu sabre, restava ao rei apenas um punhado de soldados; seu genro fez o inimigo em pedaços e lhe concedeu a vitória. Assim que o soberano e seus dois outros genros se viram salvos, exclamaram:

– Um deus nos ajudou a vencer!

Quiseram deter o rapaz, mas ele se elevou nos ares e desapareceu.

A mesma cena se repetiu diversas vezes, mas, no último combate, o príncipe foi ferido na perna. O rei logo pegou o lenço bordado com seu nome, amarrou o ferimento e fez o príncipe subir em sua carruagem para conduzi-lo ao castelo, porém seu cavalo lhe sussurrou:

– Mantém-me ao teu lado, deixa tuas mãos sobre meu dorso e, quando quiserem cuidar de mim, não permita.

Em rota de fuga, o cavalo o convidou a se colocar sobre a sela, e ambos levantaram voo. A guerra agora tinha terminado, e todos se perguntavam quem era seu salvador. "Deve ser um deus", pensavam eles. O rei declarou então:

– Se eu voltar a vê-lo, mesmo que seja apenas um homem comum, eu lhe darei uma das minhas terras.

---

92. Motivo B 41.2. Cavalo voador.

Ao voltar, o príncipe estava deitado, e alguns fios de cabelo saíam para fora do seu gorro. Ao olhar pelo buraco da fechadura, sua mulher viu que o quarto estava iluminado e ficou pensativa. Entrou e constatou que a cabeleira do seu marido espalhava essa luz e que ele tinha o pé amarrado com o lenço do rei[93]. Ela correu para avisar seu pai; quando este reconheceu aquele que o tinha ajudado ao longo da sua campanha de guerra, que alegria!

O cavalo, que vivera no palácio subterrâneo, transformou-se em um homem[94], e um castelo saiu do chão. O animal que tinha sido metamorfoseado pelo Diabo era o rei deste castelo, e o príncipe o havia libertado do Inferno. O rapaz encontrou seu reino e, caso não esteja morto, ainda reina hoje em dia.

Fonte: LESKIEN, A.; BRUGMAN, K. *Litauische Volkslieder und Märchen*. Estrasburgo: Trübner, 1882, p. 379-385.

* Vernaleken 30; Staufe 36; Bechstein 78; Schneller 20; Sklarek 14; Gonzenbach 67; Haltrich 11, 16, 24.

ATU 0314.

---

93. Variante do motivo H 56. Reconhecimento devido ao ferimento. Motivo H 86.4. Lenço com o nome bordado.

94. Motivo D 300. Transformação: animal em pessoa.

6
O Diabo e seu aluno

Romênia

Um camponês, um dos raros que conseguira algum dinheiro com o seu trabalho, gastou tudo que tinha para enviar seu filho único para estudar em uma cidade famosa. Seu filho voltou para casa depois de terminados os estudos, mas logo tornou-se evidente, como é frequentemente o caso, que ele adquirira o hábito de bem viver sem levar em conta as despesas. Não tendo mais dinheiro, seu pai só pôde aconselhá-lo com questões relativas ao campo. O jovem não tinha vontade de trabalhar no campo e pediu ao seu pai que lhe concedesse um prazo mais estendido para estudar na escola do Diabo, o que, em seguida, lhe permitiria enriquecer facilmente. Seu pai, de início, recusou, mas acabou aceitando e acompanhou o rapaz em seu caminho. Já tinham caminhado algum tempo quando encontraram o Diabo em pessoa, que lhes perguntou aonde iam.

– Para a casa do Diabo – responderam eles.

– Para fazer o quê?

– Meu filho – explicou o pai – gostaria de estudar com o Diabo.

– Dá-o para mim – respondeu o estrangeiro, rindo. – Eu sou o Diabo.

– O que devo pagar – inquiriu o camponês – se meu filho passar um ano com o senhor?

– Se, ao final de um ano, reconheceres teu filho dentre todos os meus aprendizes, poderás pegá-lo de volta sem pagar nada, mas, se não o reconheceres, ele pertencerá a mim.

Preocupado, o camponês puxou seu filho de lado e lhe disse:

– Ao final de um ano de estudo tu estarás tão transformado que eu não poderei te reconhecer, e tu pertencerás ao Diabo pela eternidade.

– Não te preocupes, meu pai, eu te darei um sinal que permitirá que me distingas facilmente no meio dos outros. Dobrarei o dedo indicador da mão esquerda, e tu saberás que sou aquele que buscas.

E foi isso que aconteceu quando, um ano mais tarde, o camponês veio buscar seu filho, mas o Diabo o pressionou para que deixasse o rapaz mais um ano, prometendo aperfeiçoar sua formação. Pai e filho aceitaram; como a mesma condição foi estabelecida, colocaram-se de acordo em fazer um sinal secreto que permitiria ao pai reconhecer seu filho: ele agitaria o pé.

Passado um ano, o camponês foi buscar seu filho na escola, e o sinal combinado deu certo mais uma vez. Entretanto, quando o pai e o filho quiseram partir, o Diabo reiterou seu pedido para um ano suplementar, a fim de que ele aprendesse três fórmulas mágicas a mais. Pai e filho entraram em acordo, e o rapaz declarou:

– Quando voltares para me buscar ao final de um ano, por prudência, o Diabo não te deixará entrar na escola; enviará seus alunos um por um. Para que possa me reconhecer facilmente, quando for a minha vez, eu esbarrarei em você.

Estando de acordo, confiou seu filho ao Diabo pela terceira vez e partiu.

Passado um ano, o pai apareceu à porta da escola e reclamou seu filho. O Diabo fez seus alunos saírem um após o outro. Quando chegou a vez de seu filho, este esbarrou em seu pai, que logo o reconheceu. Apesar de muito contrariado, o Diabo foi obrigado a devolvê-lo.

Ao chegarem em casa, o rapaz declarou:

– Eu sei agora como ganhar muito dinheiro.

– Como farás? – perguntou seu pai.

– Eu vou me transformar em um boi de uma força e uma beleza tais que o mundo jamais viu, e tu me colocarás à venda. Diversos compradores se apresentarão, mas não me vendas por menos de duas medidas de ducados, e guarda a corda que me prenderá.

A metamorfose foi feita. Assim que se ficou sabendo que esse animal estava à venda, uma multidão de compradores logo se reuniu, mas renunciou à compra quando o preço foi anunciado. Finalmente, uma trupe de atores itinerantes comprou o maravilhoso animal para exibi-lo. O camponês voltou para casa com os ducados, ao passo que os atores montaram um pavilhão, decoraram o boi e, à noite, expuseram-no durante uma representação na qual estavam presentes diversos curiosos. Enquanto isso, essa maravilha de boi tinha retomado a forma humana por trás da cortina e sumira. Quando levantaram a cortina, que estupor, que aflição!

– Impostores, impostores! – uivou a multidão.

Todos, espectadores e atores, reclamaram seu dinheiro de volta sob os protestos da massa; a confusão foi tão grande que as autoridades tiveram que vir para restabelecer a ordem.

A partir de então, pai e filho viveram com fartura graças aos ducados e não buscaram outras fontes de sustento enquanto durou o dinheiro. Quando este acabou, o filho disse ao seu pai:

– Agora eu vou me transformar em um cavalo, e não haverá nenhum que se assemelhe a ele no país. Dentre os compradores se apresentará o Diabo, mas não me vendas por menos de seis medidas de ducados e não te esqueças de deixar cair a corda para que eu possa voltar.

Logo uma montaria de uma beleza extraordinária estava de pé diante do velho camponês, que, a partir do dia seguinte, foi à feira na cidade vizinha. Diversos compradores se apresentaram, mas poucos tinham condições de pagar o preço exorbitante. Finalmente, como o filho havia previsto, o Diabo mostrou-se. Ele comprou o cavalo, pagou as seis medidas de ducados, mas quis absolutamente ter as rédeas, preferindo renunciar à compra se não pudesse obtê-las. O camponês, que já se via em posse desse montante de dinheiro, escutou os conselhos dos espectadores, que lhe diziam:

– Por uma soma tão grande, a rédea não conta.

Acabou por cedê-la ao Diabo. Encantado, o Maligno voltou para casa e começou a maltratar o animal ao invés de alimentá-lo e de cuidar dele corretamente.

Pouco depois, os diabos celebraram um casamento e o proprietário do cavalo o enviou com seu filho, ordenando-lhe não alimentar nem dar de beber à sua montaria. Todos os diabinhos que foram às núpcias, em vez de cavalgarem tranquilamente, fizeram seus cavalos galoparem como normalmente fazem os jovens em tais ocasiões. No percurso, faziam seus animais beberem enquanto atravessavam um riacho, exceto aquele que tinha sido proibido de beber. Seus colegas lhe aconselharam a agir como eles, "senão não poderás nos seguir em seu pangaré morto de sede e não farás uma boa impressão", o que fez o jovem Diabo decidir-se a dar de beber ao cavalo. Assim que ele bebeu um gole de água, transformou-se em um esturjão, e o diabinho, para grande surpresa de seus companheiros, encontrou-se dentro d'água enquanto o peixe fugia.

Seu pai, que, graças aos seus conhecidos, logo soube do ocorrido, chegou rápido e nadou em busca do fugitivo, que tinha tomado uma boa vantagem e encontrado um outro peixe, ao qual ele pedira isto:

– Caro amigo, se passares por um Diabo, diz-lhe, se ele lhe perguntar, que tu vens das profundezas e que não me viste.

O peixe prometeu e manteve sua palavra. Quando o Diabo o questionou, respondeu:

– Eu venho do fundo do rio e não encontrei nenhum esturjão.

O Diabo deu meia-volta e nadou até a foz do rio. Não tendo encontrado nenhum esturjão, partiu para o outro lado, vivo como um raio, e logo estava atrás dele. Quando o peixe viu que seu inimigo estava próximo, sem perder tempo, transformou-se em um belo anel de ouro, pulou para o dedo de uma princesa que se lavava às margens do rio e lhe disse:

– Eu te suplico, a ti, a mais bela das princesas, não me entregues ao Diabo!

Mal acabara de falar quando, para grande surpresa da donzela, o Diabo apareceu e exigiu o anel que ela tinha no dedo e que lhe pertencia. Com impertinência, a jovem replicou:

– Esse que eu tenho no dedo aqui está há muito tempo e pertence a mim. Não tenho o anel que procuras.

Dando-lhe as costas, ela voltou ao palácio do seu pai.

O Diabo, que queria de todo modo o anel, seguiu-a e reclamou a joia de novo ao rei, a quem prometeu todas as riquezas e todos os tesouros possíveis. Ao mesmo tempo, o anel tinha dito à princesa:

– Muito querida princesa, não me dês ao Diabo enquanto ele não tiver construído uma ponte em ouro sobre a qual crescerão árvores soberbas e no meio da qual se encontrará uma fonte de ouro. Diz-lhe, então, que tu vais lhe devolver o anel, mas, no lugar de colocá-lo na palma da sua mão, joga-o no chão.

Ela guardou o que ele disse e, quando seu pai a forçou a obedecer ao Diabo, fez o combinado.

Assim que a princesa fez o seu pedido, ergueu-se, na corte do castelo, uma ponte de ouro com uma fonte bem no meio e ladeada de cada lado por árvores verdejantes. O rei, a rainha e a princesa desceram para contemplar essa maravilha mais de perto e para devolver o anel ao Diabo, que os seguia. Assim que os três chegaram perto da fonte, no momento em que a princesa deveria manter sua promessa, deixou o anel cair no chão. Em sua queda, ele se transformou em uma multidão de sementes, que se espalharam por todo lado. Ao ver isso, o Diabo se transformou em um galo e começou a bicá-las e engoli-las tão rápido quanto podia. Mas uma delas caiu no sapato de ouro da princesa e se transformou em um pequeno pavão, que adejou em torno do galo; voando muito melhor do que ele, mirou seus olhos e seu crânio e, a bicadas, o matou. Então o pavão tomou forma humana, e um belo jovem apareceu diante dos olhos estupefatos do rei, da rainha e da princesa, que muito se alegrou, sobretudo por ter tido a coragem de ajudar o belo estrangeiro. Todos os membros da corte estavam curiosos para descobrir a história desse homem singular e o convidaram ao castelo para escutá-lo. Ele acatou com boa vontade o desejo de todos e falou da escola do Diabo que frequentara, em seguida de como ele tinha conseguido escapar do Maligno e de todas as aventuras que já conhecemos. O rei não encontrou nenhum motivo para se opor ao casamento da filha com o filho do camponês que era mais inteligente do que o Diabo. A princesa e o jovem não fizeram nenhuma objeção! Dizem que o rei sempre esteve satisfeito com seu genro enquanto viveu, pois em cada ocasião o jovem lhe dava os melhores conselhos. Quando o rei morreu, o rapaz subiu ao trono e reinou longos anos com sua mulher bem-amada, na felicidade mais completa.

Fonte: SCHOTT, A.; SCHOTT, A. *Rumänische Volkserzählungen aus dem Banat*. Bucareste: Kriterion, 1975.

* Bechstein 26, 51; Sklarek 25; Karadzic 6; Schullerus 25; Haltrich 14; Schott 19; KHM 68; Straparola VIII, 4.

ATU 0325, BP 2, 60-69; EM 3, 655-657.

V
Uma visita ao Inferno

1
O sargento que desceu aos Infernos

Portugal

Em um certo lugar vivia um sargento, um homem talentoso. Ele agradou um rico comerciante que obteve sua desmobilização e o contratou a seu serviço. O negociante tinha três filhas, e o sargento apaixonou-se por uma delas. Mas o comerciante era muito desconfiado e sempre os tinha sob os olhos. Como o homem rico tinha uma grande estima pelo rapaz, ele mesmo falou sobre casamento. As coisas seguiram seu curso e chegou um dia em que passava no teatro uma peça que as jovens queriam ver; elas pediram ao sargento para falar com seu pai, pois ele era o único a poder obter sua autorização. Rabugento, o comerciante deu a permissão, mas declarou:

– Eu permito que partais com o sargento com a condição de que tenham voltado antes da última badalada da meia-noite.

Todas prometeram, e eles partiram. Pouco antes da meia-noite, o rapaz advertiu sua noiva de que era hora de voltar.

– Vamos ficar um pouco mais, só um pouco mais – pediram elas.

Depois que a última badalada da meia-noite soou, eles ainda estavam bem longe de casa.

Quando o sargento bateu à porta, o comerciante a abriu e começou a gritar:

– É assim que me obedeces! Junta suas coisas e deixa minha casa.

– Por uma bobagem dessas, logo eu que estou prestes a desposar sua filha?

– Há uma só maneira – replicou o pai – para que as núpcias aconteçam.

– Qual?

– Vá para o Inferno e traga-me três anéis que o Diabo usa, dois sob os braços e um no olho.

O jovem achou que isso era impossível, mas o que mais ele poderia fazer além de se colocar a caminho?

No primeiro lugar onde parou, o sargento comunicou que, se alguém tivesse uma mensagem para o Inferno, ele a transmitiria no dia seguinte. Isso foi uma sensação e chegou até mesmo aos ouvidos do rei. Este convocou o sargento e o interrogou:

– Como pretendes ir ao Inferno?

– Vossa Majestade, ainda não conheço o caminho, eu estou buscando, mas irei para lá, não importa o que aconteça.

– Bom, se encontrares o Diabo, pergunta se ele sabe alguma coisa sobre um anel muito precioso que perdi. Essa perda ainda me causa pesar.

O jovem partiu e fez o mesmo anúncio em uma outra cidade, cujo rei o convocou e lhe disse:

– Tenho uma filha que sofre de uma doença muito grave, e ninguém encontra o motivo. Se fores ao Inferno, eu gostaria que descobrisses como minha filha pode ser curada.

Sempre em busca do Inferno, o sargento seguiu seu caminho e chegou a um cruzamento; sobre uma das estradas viam-se marcas de pés, e sobre a outra, a de carneiros. Ele refletiu e escolheu finalmente seguir o caminho com as marcas de pés. No meio do trajeto, encontrou um eremita de barba branca que recitava seu rosário e lhe disse:

– Fizeste bem em seguir este caminho, porque o outro leva ao Inferno.

– É justamente este que eu busco há muito tempo!

O rapaz lhe contou sua história, e o eremita, apiedando-se dele, declarou:

– Se quiseres ir para o Inferno, vai, mas carrega sempre todas essas contas do rosário, pois, antes de chegar, tu deverás atravessar um rio escuro, e será necessário que um pássaro te carregue até o outro lado. Quando a ave quiser te jogar na água, joga para ela as contas do rosário goela abaixo. O que acontecerá em seguida eu ignoro.

E assim ele partiu.

Ao chegar ao Inferno, o jovem sentiu muito medo e escondeu-se em um forno vazio. Quando estava todo enrodilhado dentro do forno, uma mulher muito velha chegou e o viu.

– Um rapaz aqui? Coitado, tu és tão bonito! Quando meu filho te vir, certamente te matará. Por que vieste?

O rapaz lhe contou seus infortúnios. Compassiva, a velha declarou:

– Fica escondido aqui, porque eu ignoro quando meu filho voltará. Ele está à cabeceira do Santo Padre, que agoniza, e gostaria de levar sua alma.

O rapaz perguntou à velha se ela não poderia obter do seu filho as respostas às questões que lhe tinham sido transmitidas. Estavam nesse ponto da conversa quando o Diabo voltou ofegante. A velha escondeu rapidamente seu visitante e disse ao seu filho:

– Vem e aconchega-te a mim.

Ele obedeceu e logo pegou no sono. Impetuosamente, a velha abriu suas garras e pegou o anel que estava sob seu braço. Sobressaltando-se, o Diabo berrou:

– O que está acontecendo?

– Infelizmente, meu filho, eu peguei no sono e te dei um tapa enquanto dormia. Eu sonhava com o rei que perdeu seu anel e jamais o reencontrou.

– Esse sonho é verídico – respondeu seu filho. – O anel se encontra sob uma pedra perto da fonte do jardim.

O Maligno voltou a dormir, e a velha pegou furtivamente o segundo anel. O Diabo acordou em sobressalto, e sua mãe lhe disse:

– Acalma-te, meu filho, eu estava mexendo no nariz e sonhei com essa princesa que nenhum médico consegue curar.

– Também é verdade! Sua doença vem do sapo que se esconde no colchão.

O Diabo voltou a dormir, mas dessa vez foi muito difícil soltar o anel do seu olho. Ela o tirou com um espeto de assar; a dor e a irritação provocadas por esses golpes o fizeram saltar até a porta. A velha deu os anéis ao jovem e lhe comunicou as respostas de seu filho. Após fazer isso, a velha chamou o pássaro para que ele o levasse de volta à terra.

O sargento foi devolver o rosário ao eremita, depois chegou ao castelo do rei que tinha perdido seu anel; este último o recompensou generosamente quando o encontrou sob a pedra[95]. Em seguida, ele foi à corte do soberano cuja filha estava doente e lhe indicou onde estava o sapo. A princesa logo ficou curada, e o monarca lhe perguntou o que ele queria como recompensa.

– Eu gostaria que Vossa Majestade me desse o poder durante oito dias.

O rei, então, fez proclamar que o rapaz reinaria durante oito dias.

O sargento logo foi à cidade do seu sogro e, tendo ali chegado, ordenou que o comerciante se apresentasse diante dele dali a uma meia hora, pois tinha algo a lhe dizer. O comerciante se colocou a caminho, mas só chegou mais de uma hora depois.

– Eu poderia condená-lo à morte, pois me desobedeceste chegando atrasado – disse o jovem.

– Infelizmente, senhor, entretanto não me atrasei intencionalmente.

– Bom! Mas por que não perdoastes este pobre sargento que outrora expulsastes da vossa casa?

---

95. O contador não respeita a cronologia do relato.

O mercador reconheceu assim o noivo da sua filha, que desde então não parara de chorar. Admitiu o seu erro e, de joelhos, implorou diversas vezes que ele o perdoasse. O rapaz lhe deu os anéis do Diabo e, no mesmo dia, desposou sua bem-amada, por quem tinha ido até o Inferno.

Fonte: O sargento que foi ao inferno. In: BRAGA, T.F. *Contos tradicionaes do povo portuguez, com um estudo sobre a novellistica geral e notas comparativas*. Porto: Livraría Universal de Magalhães & Moniz-Editores, 1883, p. 130-134.

2
O rapto da princesa

Áustria

Outrora vivia um monarca poderoso cuja mulher era tão rica quanto bela. Ela deu à luz uma filhinha, mas, ao aproximar-se o batizado, o soberano ainda não sabia que madrinha escolher. Na véspera da cerimônia, uma dama branca propôs ser a madrinha, e os pais aceitaram essa oferta com alegria, pensando que a feiticeira daria à sua filha todos os encantos possíveis. Suas esperanças não foram decepcionadas, pois ela se mostrou generosa, mas a mulher proibiu seus pais de deixarem a criança sair do seu quarto antes do décimo segundo ano de vida, a fim de evitar qualquer infortúnio.

A menina já tinha onze anos quando, em um dia de pleno verão, pediu ao seu pai para acompanhá-lo à caça. Incapaz de resistir ao pedido insistente, o rei acabou aceitando. Mas mal a pequena donzela tinha saído quando um homem montado sobre um esplêndido cavalo alado a arrebatou e saiu voando com ela. O soberano a chamou em vão, pois o cavalo já estava voando tão alto que não era mais visível. Foi ao encontro da sua esposa e lhe contou o drama, que mergulhou ambos na aflição.

Uma noite, a dama de branco, que soubera do infortúnio que se abatera sobre a filha deles, veio ao encontro do pai para consolá-lo, mas ela não tinha poder diante do Diabo que havia raptado sua filha. A feiticeira reconfortou o casal real, anunciando-lhes que sua filha poderia ser salva se um jovem de menos de vinte anos ousasse ir até o Inferno para ali buscar as três águas: a da vida, a da beleza e a do amor, o que permitiria libertar, além da sua filha, duas outras princesas.

O soberano fez, então, proclamar em todo o reino que aquele que salvasse sua filha das mãos do Diabo se tornaria seu esposo. Durante longo tempo, ninguém se apresentou. Enfim, certo dia, um camponês quis tentar a aventura. O rei lhe deu muito dinheiro para que não faltasse nada, e ele se colocou a caminho com um passo decidido. Após ter caminhado longo tempo, encontrou uma velha com o rosto coberto de rugas e indagou:

– É aqui o caminho do Inferno?

– Pouco importa! – respondeu ela com uma voz esganiçada. – Abandona teu projeto, pois o Diabo é um ogro e com certeza te devorará quando te vir.

Como o jovem camponês não se deixou dissuadir, a velha lhe deu uma vara, dizendo:

– Se tu a agitares com a mão direita, os animais selvagens que ficam à entrada do Inferno não poderão atacá-lo.

Ele agradeceu e partiu.

Encontrou um galo, e este lhe perguntou aonde ele ia.

– Vou para o Inferno salvar a princesa.

O galo o desaconselhou, mas, como não conseguiu convencê-lo, convidou-o para ir à casa dele para comer e beber algo e restaurar-se. Quando lá chegou, o galo lhe deu três plumas e lhe disse:

– Coloca-as no teu chapéu, e os animais infernais não te atacarão.

O camponês o agradeceu e, animado, retomou o caminho. Um pouco mais longe, encontrou outra velha.

– Este é o caminho para o Inferno? – inquiriu ele.

– Sim – respondeu ela, dando-lhe uma grande espada que lhe seria útil. – Na entrada do Inferno, duas serpentes te perguntarão quem és. Não respondas e bate na cabeça delas com a tua vara. Se mesmo assim te recusarem a entrada, coloca uma das três plumas do galo sobre a vara e passa-a sobre a língua dos dois répteis, que vão fugir assobiando.

O camponês a agradeceu e apressou-se em partir para chegar no Inferno antes que a noite caísse. Quando chegou, seguiu ao pé da letra as instruções da velha, e tudo aconteceu como previsto.

Entrou em um longo corredor pouco iluminado, cheio de horríveis monstros, dragões e serpentes. Só conseguiu mantê-los a distância batendo neles com a vara. A passagem conduzia a um grande jardim, no meio do qual erguia-se um castelo cujos muros eram ricamente decorados em ouro e prata. O camponês se perguntou se deveria ou não entrar e acabou decidindo prosseguir. Já tinha atravessado vários recintos suntuosamente mobiliados quando chegou a uma sala onde ouviu a voz de mulheres. Entrou e encontrou três princesas, que ficaram estupefatas ao vê-lo. Ele lhes explicou a razão da sua vinda, o que as reconfortou; mas as moças temiam que ele não conseguisse alcançar seu objetivo.

– O Diabo – disseram elas – passa seu tempo raptando jovens moças; ele nos mantém prisioneiras há muito tempo e não te poupará.

As princesas combinaram que cada uma delas, uma de cada vez, esconderia o camponês sob o dossel da sua cama durante a noite, já que o demônio não estaria presente ao longo do dia devido às suas ocupações habituais.

Quando chegou a noite, uma delas escondeu-o debaixo da cama. Ela mal acabara de fazer isso quando o Diabo entrou sob a forma de um dragão e rugiu:

– Sinto cheiro de carne humana! Se não me disserem onde ele está, eu devorarei todas as três.

– Oh – disse a primeira –, o que está espalhando esse odor é a carne fresca da caça recentemente abatida que foi colocada no quarto ao lado.

Acalmado, o Diabo foi se deitar e dormiu a noite toda. Pela manhã, após sua saída, o camponês saiu do seu esconderijo, e as princesas lhe mostraram tudo que havia para ver no castelo. Quando a noite chegou, a segunda princesa o deitou em sua cama. Assim que o demônio entrou, furibundo, esbravejou:

– Sinto cheiro de carne humana!

– Imagina – disseram elas. – Há aqui um cervo que acabou de ser abatido, é ele que espalha este cheiro.

Na terceira noite, a última princesa lhe ofereceu um esconderijo. Quando o Diabo que acabara de entrar sentiu cheiro de carne humana, ela lhe disse:

– É só o cheiro da sopa de farinha tostada que queimou.

Acalmado, o Maligno foi se deitar. No dia seguinte, ausentou-se para cuidar das suas ocupações de rotina.

Como o camponês passara uma noite com cada princesa, elas estavam agora livres, e todos fugiram juntos. O homem levou consigo as três águas (da vida, da beleza e do amor) e confiou uma a cada princesa. Instalaram-se na carruagem do Diabo e atrelaram a ela o cavalo favorito do Maligno – um cavalo alado. À porta, as duas serpentes lhes perguntaram quem eram, mas não foram respondidas. Quando já estavam muito adiantados, chegaram a uma floresta, onde se perderam; a noite tinha caído, e não conseguiram encontrar a saída. Acabaram percebendo um grande edifício, mas as princesas logo viram que era a residência do Diabo e acreditaram estar perdidas. O camponês escondeu as princesas em uma caverna próxima e foi sozinho até a residência, na esperança de matar o Diabo com a sua espada. À porta, ele percebeu uma serpente, que estava de guarda.

– O Diabo está? – interrogou ele.

A serpente disse que sim, mas não o deixou entrar. O camponês brandiu sua espada e a decapitou. Assim que o fez, o Diabo em pessoa se mostrou, e um rude combate se deu entre eles. O camponês venceu e apressou-se em levar a boa-nova às princesas, que se alegraram.

Eles voltaram a partir e logo chegaram à choupana da velha que dera a espada ao camponês. A senhora pediu ao rapaz para lhe dar algumas gotas da água da vida. Ela a utilizou para umedecer seu rosto e transformou-se em uma jovem mulher; no mesmo instante, raios e trovões caíram e, no lugar da choupana, apareceu um esplêndido castelo. A jovem mulher o agradeceu por tê-la libertado e deu-lhe a melhor das acolhidas em seu palácio.

No dia seguinte, prosseguiram sua viagem e, à noite, chegaram à residência do galo, que os parabenizou pela libertação das três princesas e pediu ao camponês para ajudá-lo a se livrar do destino que pesava sobre ele: para isso, era necessário que o homem colocasse de volta ao seu lugar as três penas que o galo tinha lhe dado. Mal isso foi feito quando uma violenta deflagração troou, e no lugar da miserável moradia do galo surgiu um castelo, e no lugar do galo surgiu um príncipe. Ele agradeceu ao camponês, que retomou seu caminho com as três princesas e logo chegou à choupana da velha que lhe dera a vara. O camponês a libertou tocando os quatro cantos da sua casa com a vara. Um magnífico palácio ergueu-se de repente, e a velha transformou-se em uma jovem princesa.

No dia seguinte, eles chegaram ao palácio real. A alegria do monarca foi inimaginável! Logo foram organizadas as núpcias, às quais a dama de branco foi convidada. Quanto às duas princesas que o camponês havia libertado, ambas voltaram para a casa dos seus pais.

Fonte: VERNALEKEN, T. *Kinder- und Hausmärchen in den Alpenländern*. Viena: W. Braumüller, 1863, p. 107-113.

3
O estudante que foi para o Inferno e para o Céu

Lituânia

Um habilidoso ferrador foi um dia para a cidade e, ao atravessar a floresta, como o tempo estava nublado, perdeu-se. Vagou durante dois dias sem encontrar uma saída. Ansioso, ele se colocou a caminho no terceiro dia e encontrou um Diabo campestre, que lhe perguntou aonde ia.

– Faz três dias que eu me perdi – respondeu ele – e não consigo sair da floresta.

– Se prometeres me dar aquilo que não deixaste na tua casa ao partir – falou o Diabo –, eu te farei sair imediatamente da floresta e te indicarei o caminho de volta.

O ferreiro se perguntou: "O que eu não deixei em casa?" Como não conseguia responder a essa questão, concluiu um pacto com o Diabo e, a seu pedido, assinou-o. O Maligno o guiou rapidamente para fora da floresta. Pouco depois, nosso homem tinha voltado para casa.

Mal entrara no pátio quando, ainda sentado em sua charrete, os servos vieram ao seu encontro lhe anunciar que uma cegonha lhe trouxera um menino.

Seu medo foi tão grande que ele desmaiou, pois, segundo o pacto assinado, a criança pertencia ao Diabo. Voltando a si, pensou: "Se meu filho não morrer logo, talvez seja possível tirá-lo das garras do Diabo através da astúcia". Portanto, não falou sobre o pacto com ninguém.

Com o crescimento do filho, o pai o enviou à escola, onde o menino foi bom aluno, depois ao colégio e, finalmente, à universidade. Quando era estudante, seu pai lhe disse um dia:

– Infelizmente, meu filho, devo confessar que no teu nascimento eu te prometi ao Diabo e fui obrigado a dar-lhe um papel escrito estipulando que tu irias para o Inferno após a morte.

– Paizinho – respondeu o filho –, não te inquietes, eu não temo nem o Diabo nem o Inferno. Fizeste bem em me advertir; eu irei para o Inferno e será preciso que o Diabo me devolva o pacto[96].

Alguns dias mais tarde, ele se colocou a caminho. Após ter caminhado um certo tempo, quando a noite caiu, o estudante, cansado, chegou a uma casinha na orla de uma floresta, longe de qualquer cidade. Entrou e encontrou uma velhinha, a quem pediu hospitalidade.

– Meu caro senhor – respondeu ela –, eu te acolherei de boa vontade, mas tenho seis filhos, todos bandidos. Quando entrarem, te matarão.

Como ele estava morto de fadiga, respondeu:

– Talvez me poupem. Não tenho dinheiro comigo.

---

96. Motivos F 81.2. Jornada para o Inferno para recuperar o contrato do Diabo; H 1273.1. Procura pelo Diabo no Inferno para que ele devolva o contrato.

A velha aceitou hospedá-lo e o convidou a se esgueirar para baixo do fogão, para que seus filhos não o encontrassem. Quando eles voltaram, o mais velho interrogou:

– Mãe, há um estrangeiro aqui?

– Não sei de nada – respondeu ela.

O bandido continuou:

– Chega dessa bobagem! Sinto cheiro de homem; vá buscá-lo e traga-o aqui.

– Deixa-o tranquilo, é um pobre estudante que me pediu se poderia dormir; ele fez uma longa viagem e está exausto.

O monstro rugiu como um leão:

– Faça-o vir imediatamente!

A velha foi buscar o rapaz, que saiu debaixo do fogão e apareceu no recinto. Logo o chefe dos bandidos lhe perguntou:

– Aonde vais?

– Ao Inferno.

– É bom. Quando tiveres acertado teus negócios, vá para o Céu, que não é longe do Inferno, e pergunta a Nosso Senhor se eu, que sou um bandido tão grande e terrível, posso fazer penitência e ser salvo e qual seria essa penitência que Ele me imporá.

O estudante prometeu se informar, e eles o pouparam. No dia seguinte pela manhã, ele teve direito a um café e a algumas provisões para o caminho. Após tê-los agradecido e ter se despedido de todos, partiu.

Chegou ao Inferno após uma longa caminhada. A porta estava evidentemente fechada, mas, quando bateu, ela foi logo aberta. Ao entrar, encontrou diversos diabos e Belzebu, amarrado a um sólido poste de carvalho por uma fortíssima corrente de ferro. Na sua raiva, ele se debatia, pisoteava e sacudia sua corrente, fazendo grande barulho, tanto que todo o Inferno estremecia e todos os diabos tremiam. Mas o estudante manteve-se ali, impávido. Ao fim de algum tempo, Belzebu o interrogou:

– Que queres aqui?

– Vim buscar o meu pacto.

– Quem tem esse pacto? – interrogou Belzebu.

– Um Diabo.

– Quando e como isso aconteceu?

O estudante lhe contou toda a história. Furioso, Belzebu fez todos os servos se apresentarem.

– Quem tem o pacto deste estudante?

Todos negaram possuí-lo. Ele lançou um segundo apelo, e vários diabos surgiram, mas nenhum deles havia feito o pacto. Lançou um terceiro apelo e, finalmente, um Diabo que mancava apresentou-se diante dele: era ele quem tinha o pacto! Belzebu ordenou que ele o devolvesse ao estudante, mas o outro recusou. Os demais o pegaram e o arremessaram no piche, sem resultado. Espancaram-no com barras de ferro, mas ele continuou teimoso. Atiraram-no ao fogo, sem sucesso. Como eram curtos de ideias, Belzebu imaginou um castigo. Perto dali, em um canto do Inferno, havia uma cama destinada ao bandido na casa de quem o estudante tinha dormido; era cheia de agulhas pontudas e facas afiadas. Belzebu ordenou aos diabos que o jogassem ali e o fizessem girar. Incapaz de suportar esse sofrimento e louco de raiva, ele deu o pacto ao estudante que, uma vez de posse do documento, apressou-se em deixar o Inferno e ir para o Céu como havia prometido ao ladrão.

Quando chegou ali, Nosso Senhor lhe perguntou o que ele queria.

– Ao longo da minha viagem para o Inferno, com o intuito de recuperar meu pacto – respondeu o estudante –, fui muito bem recebido na casa de um bandido, que exigiu que eu te colocasse as seguintes questões: ele poderá expiar seus crimes horrendos? Qual punição lhe será imposta?

– Esta: que ele plante o grosso tacape feito de madeira de macieira, com o qual ele matou tantos homens, e regue-o a cada dia, até que cresçam galhos que carregarão maçãs[97], então sua penitência terá sido cumprida.

No caminho de volta, o estudante levou essa resposta ao bandido[98], que o agradeceu calorosamente e o deteve para que o outro passasse a noite. No dia seguinte pela manhã, ao partir, ele o muniu de provisões e prometeu cumprir sua penitência imediatamente.

O estudante voltou para casa são e salvo, e a alegria de seus pais não foi das menores ao aprenderem que, graças à sua astúcia e à sua audácia, seu filho tinha ido buscar o pacto no Inferno para levá-lo para casa. O pai logo reconheceu o documento que tinha entregado ao Diabo na floresta.

---

97. F 971.1. Floresce a haste seca. Cf. ATU 756. A difícil penitência e os galhos verdes sobre o ramo seco.
98. Motivo J 172. O relato de punições preparadas no Inferno traz o arrependimento.

Mais tarde, o estudante tornou-se padre e, muitos anos depois, partiu para fazer uma visita; por acaso, o seu caminho atravessava a floresta onde se encontrava a casa do bandido. Enquanto passava lentamente, perdido em seus pensamentos, de repente sentiu um delicioso aroma e ordenou a seu cocheiro que parasse. Quando o carro parou, o perfume ficou ainda mais forte.

– Vai ver de onde vem esse perfume – intimou ele a seu cocheiro. – Deve haver uma macieira coberta de saborosas maçãs; tenta encontrá-la e colhe tantos frutos quanto puderes.

Logo o homem descobriu a macieira, mas, quando quis colher uma maçã, os galhos levantaram-se, e ele não conseguiu pegar nada. Voltou para explicar ao padre:

– Eu encontrei a macieira, mas não consegui pegar nenhuma fruta. A cada uma das minhas tentativas, os galhos se levantaram[99].

Perturbado, o padre lembrou-se do bandido e da sua penitência. Saltou para fora do seu veículo e foi até a macieira. Olhando em volta de si, percebeu a silhueta do bandido ajoelhado sob a árvore. Dirigiu-se a ele e obteve essa resposta:

– Eu cumpri minha penitência, gostaria de receber agora a absolvição para enfim chegar ao além.

O padre colocou sua batina e aproximou-se dele para ouvir sua confissão. A cada vez que o bandido confessava um pecado, hop!, uma maçã caía por terra.

---

99. Variante do motivo D 215.5. Transformação: homem em macieira.

Agora só faltavam duas no alto da árvore. O padre, vendo-as, declarou:

– Restam dois pecados que não me confessaste. Se os esconderes de mim, irás para o Inferno.

O bandido confessou:

– Matei meu pai e minha única irmã.

Logo as duas últimas maçãs caíram, o padre compreendeu que a sua confissão estava completa e anunciou que seus pecados tinham sido perdoados. Depois lhe deu um pontapé, e o bandido caiu na poeira como um cogumelo[100]. O pastor compreendeu que ele estava salvo e retomou sua viagem.

Fonte: SCHLEICHER, A. *Litauische Märchen, Sprichworte, Rätsel und Lieder*. Veimar: Böhlau, 1857, p. 75-79.

---

100. É um cogumelo (*vesse-de-loup* em francês) que se transforma em um saco repleto de uma farinha marrom quando fica velho.

VI

O Diabo e a igreja

1
O cigano e os três diabos

Transilvânia, Romênia

Um dia, o Cristo, São Pedro e São João percorreram diversos países para ver como ia o mundo. Uma noite, chegaram à casa de uma cigana e pediram hospitalidade. Apenas a mulher estava presente, seu marido encontrava-se no albergue.

– Eu vos hospedarei com prazer – respondeu ela –, mas meu marido vos maltratará quando voltar.

– Isso não deve ser tão terrível – disse Nosso Senhor. – Nós vamos nos colocar em um canto para dormir, mal seremos percebidos.

A dona do lugar não recusou a acolhida por mais muito tempo. Logo preparou palha para eles dormirem, e os três viajantes se deitaram: primeiro o Cristo, João no meio e Pedro contra a parede.

Quando o cigano voltou para casa, bebeu e começou a se enfurecer. A raiva tomou conta dele, e o homem começou a bater em sua mulher.

– Acreditas que estou bêbado, mentirosa?!

– Mas eu não disse nada!

Nesse momento, ele notou os três homens deitados sobre a palha.

– Serpente, quem são essas pessoas?!

– São viajantes fatigados.

– Raios duplos, será que eles não podiam dormir na rua?

Deixando sua mulher de lado, começou a bater no primeiro que lhe caiu nas mãos – era o Cristo. Nosso Senhor não se mexeu. Quando os viajantes se despediram na manhã seguinte, o cigano tinha já digerido seu vinho e desculpou-se por tê-los maltratado:

– Eu não tinha a intenção, mas, quando estou alegre, preciso bater em alguém.

– Deixe isso de lado, ninguém é perfeito – respondeu Nosso Senhor, complacente.

Eles partiram.

No ano seguinte, o Cristo voltou com seus dois discípulos. O cigano não estava em casa, mas sim no albergue, como de hábito quando havia algum dinheiro. Dessa vez, Nosso Senhor deitou-se no meio. Ao voltar para casa, morto de tanto beber, o cigano ficou enfurecido e bateu na sua mulher. Quando ela lhe anunciou que os três pobres viajantes estavam ali novamente, abandonou sua mulher e começou a bater naquele que dormia no meio.

– É a sua vez agora – disse ele.

Mas era mais uma vez o Cristo que ele tinha espancado. No dia seguinte pela manhã, o homem se desculpou, e Nosso Senhor repetiu:

– Deixe isso de lado, ninguém é perfeito.

Ao final de um ano, nossos três viajantes voltaram para a casa do cigano. Dessa vez, o Cristo deitou-se contra a parede. Quando seu anfitrião voltou do albergue após algumas taças de vinho, escolheu bater no terceiro.

– Cada um terá a sua parte dos golpes – disse ele.

No entanto, era o Cristo que, mais uma vez, havia recebido todas as bordoadas. Quando eles se despediram no dia seguinte pela manhã, o homem desculpou-se novamente pelas suas más maneiras, pois não desejava fazer mal a nenhum deles. Vendo que no fundo o cigano era bom, Nosso Senhor lhe disse:

– Faça três votos.

– Eu desejo uma bolsa inesgotável[101]; desejo igualmente um espelho que tenha a capacidade de imobilizar aquele que se olhar nele enquanto eu não decidir libertá-lo[102]; desejo, por fim, uma pereira diante da minha casa, sempre coberta de frutas, na qual quem subir não poderá voltar a descer sem a minha ajuda[103].

– Que assim seja! – disse o Cristo.

Ele partiu com Pedro e João.

No dia seguinte, o cigano alegrou-se ao ver seus votos realizados.

– Tenho tudo que desejei! De agora em diante, minha vida será bela!

A partir de então, ele passava seus dias no albergue, vivia como um rei, comendo carne de porco todos os dias e bebendo Rosoli doce[104] de manhã até

---

101. Motivo D 1192. Bolsa mágica.
102. Motivo D 1163. Espelho mágico.
103. Motivo D 950.5. Pereira mágica.
104. Licor a base de suco de cereja, por vezes sabugueiro ou cassis.

de noite. Mas, quando chegou a hora da sua morte, o Diabo o interpelou:

– Meu amigo, agora tu me pertences. Ergue-te e segue-me.

– Um minuto, deixa-me pegar minhas coisas; enquanto espera, olha neste espelho e vê como tu és belo.

Porque se achava muito sedutor, o Maligno olhou-se no espelho o mais rápido possível. Enquanto isso, o cigano pegou sua forja, uma tenaz em brasas, pegou o nariz do Diabo, esticou-o e queimou-o. Não podendo se mexer, o infeliz gritou de dor. Para terminar, o cigano o soltou e fugiu, muito feliz por ainda estar vivo. Nosso homem disse para si mesmo:

– Ele não virá rever-me tão cedo!

Quando o Diabo, sem fôlego, chegou ao Inferno, contou sua desventura a seu pai e a seu irmão que, vendo seu nariz, souberam que ele estava dizendo a verdade.

– Infeliz – disse seu irmão. – Espera para ver; eu vou buscá-lo e dar-lhe uma lição!

Ele foi até o cigano e, sem nem sequer dizer bom dia, interpelou-o rudemente já na rua, pois não queria entrar para evitar se ver no espelho:

– Tu me pertences. Segue-me!

– Já vou – respondeu nosso homem. – Só estou pegando alguma coisa para comer durante o longo percurso.

O cigano voltou com um saco grande de carvão e disse para o Diabo:

– Sê amável, sobe na pereira e enche esse saco enquanto pego minhas roupas de viagem.

O Diabo aceitou, pois há muito tempo via as belas peras e tinha vontade de comê-las. O cigano foi até a sua forja e pegou um ferro longo, fez uma lança em uma das pontas e depois esquentou-a até ela ficar em brasas. Em seguida, ele a utilizou para espetar o Diabo, que começou a gritar. Este subiu cada vez mais alto na pereira para escapar do seu perseguidor, o que não adiantou, já que o cigano pegou uma escada e continuou a espetar as costas do Maligno. Tendo chegado ao topo da árvore, o Diabo instalou-se em um galho, que quebrou; caiu pesadamente e machucou uma perna. No entanto, voltou a se levantar bem rápido e, gritando, correu diretamente para o Inferno. Maliciosamente, seu irmão lhe disse:

– Ele levou a melhor sobre ti. Eu tinha te prevenido.

Sem parar de gemer, o outro lhe mostrou sua perna quebrada enquanto massageava com as mãos suas costas trespassadas. Seu pai não soube o que dizer e acabou suspirando:

– Deve ser um homem e tanto. Eu gostaria de encontrá-lo.

Mas ele não estava com muita pressa para isso.

A partir desse momento, o cigano levou uma vida agradável e sem preocupações. Quando sentia a morte chegar, ordenava que o colocassem perto de seu avental de couro, seus pregos, seus martelos e suas tenazes. Depois de morrer, apresentou-se à porta do Céu e bateu. São Pedro chegou carregando as chaves e abriu a porta, mas, quando percebeu que era o cigano, exclamou:

– Tu não tens nada a fazer aqui, pois viveste em pecado.

E fechou a porta no seu nariz. Abaixando a cabeça, o homem voltou a pedir:

– Estou pronto para realizar todos os trabalhos com a forja por nada.

O cigano então enfiou na porta do Céu alguns pregos que tinham caído. No entanto, São Pedro não deixou que isso amolecesse seu coração. Só restava ao cigano voltar para o Inferno para tentar sua sorte.

– Ao menos – consolava-se ele – eu terei fogo gratuitamente e poderei continuar a trabalhar.

Tendo chegado à porta do Inferno, pegou seu martelo e bateu. O jovem Diabo de nariz esticado chegou e colou seu olho numa fresta da porta. Logo reconheceu o horrível homem e, apavorado, fugiu gritando:

– Ele está aqui, ele está aqui!

Ao ouvir essas palavras, aquele que tinha subido na pereira começou a correr também, e o medo tomou conta do velho Diabo, que os imitou. Assim, todos foram se esconder no lugar mais profundo do Inferno, enquanto o cigano continuava a bater cada vez mais forte.

– De todo modo, eu gostaria de vê-lo – disse o pai dos diabos.

Apesar dos dois filhos tentarem detê-lo, ele saiu, tão grande era sua curiosidade.

O Diabo entreabriu a porta e passou o nariz. Crac! O cigano pegou a ponta do seu nariz com sua tenaz; o velho voltou a fechar rapidamente a porta, mas deixou sua barba presa e não conseguiu se libertar, mesmo que se esforçasse. Seus filhos não ousaram vir ajudá-lo, e o velho morreu miseravelmente. Desde então, não se fala mais nele, mas sim apenas dos seus filhos: o Diabo com o nariz longo e o Diabo que manca.

O cigano acabou achando longo o tempo passado diante da porta do Inferno e voltou a se apresentar à porta do Céu, mas São Pedro permaneceu inabalável. Furioso, nosso homem declarou:

– Já que não me querem nem no Céu nem no Inferno, muito bem, volto para a terra. Não importa o que digam, é muito melhor!

E é por essa razão que o cigano está sempre aqui embaixo. Se ele tem dinheiro, vai ao albergue para beber; se não tem, procura bebida tocando violino ou pega seu martelo e forja pregos para sapatos e tábuas de madeira.

Fonte: HALTRICH, J. *Deutsche Volksmärchen aus dem Sachsenlande in Siebenbürgen*. Viena: Carl Graeser/Julius Springer. 1856, p. 161-167.

ATU 0791.

2
O diácono era um Diabo

Bulgária

Era uma vez um bispo que ignorava que seu primeiro diácono, em quem ele tinha toda confiança, era um Diabo. Esse Diabo-diácono escreveu nos livros do prelado que os bispos estavam autorizados a se casar. Um dia em que estava lendo, o bispo notou essa passagem e ficou noivo pouco depois. Quando souberam que o prelado ia se casar, os fiéis trouxeram-lhe presentes: um trouxe um bode, um outro um peru, e um terceiro uma galinha, cada um segundo seus meios. Não tendo nada mais a oferecer, um pobre velho pegou um franguinho e se colocou a caminho para levá-lo para o bispado. Como a noite o surpreendeu no meio do caminho, ele parou perto de uma pereira, colocou o franguinho sobre a árvore e deitou-se embaixo. À meia-noite chegaram demônios que subiram na árvore. Um deles viu o homem deitado sob a pereira; eles entraram em acordo e acabaram perguntando quem ele era. O velho os escutou e, com os dentes batendo de medo, fingiu-se de morto. Os diabos o chutaram, o empurraram, o viraram em todos os sentidos, mas, não importava o que eles fizessem, o senhor não se movia. Acreditando que ele estava realmente morto, o abandonaram. Ao subir na árvore, seu chefe, que além de um rabo[105] também tinha chifres[106], sentou-se, rodeado por seus semelhantes. Cada um narrou suas façanhas e foi recompensado em função dos seus atos. Um contou:

– Eu semeei a discórdia entre dois irmãos, que brigaram pelos seus campos.

Um outro disse:

– Eu fiz com que dois vizinhos brigassem.

E assim por diante... Mas o Diabo que era diácono junto ao bispo relatou:

– Eu fiz com que o prelado noivasse. Agora ele quer se casar, pois eu sou seu primeiro diácono; ele confia em mim, eu tenho influência sobre tudo e escrevi nos seus livros que os bispos estão autorizados a tomar uma mulher.

Seu chefe o parabenizou particularmente por esse golpe de mestre. De repente, o galo cantou, e os diabos saltaram da árvore e fugiram, porque eles deveriam desaparecer ao som do primeiro cocoricó[107].

Deitado sob a pereira, o velho ouvira os demônios e mantivera sua boca fechada. Pela manhã, pegou seu franguinho e foi até a residência do bispo. Ele pediu permissão para entrar e oferecer seu presente, mas os diáconos recusaram, explicando que outros haviam trazido presentes mais belos e nem assim tinham sido autorizados a entrar, enquanto ele só tinha levado um

---

105. Motivo G 303.1.5. O Diabo tem cauda.
106. Motivo G 303.4.1.6. O Diabo tem chifres.
107. Motivo G 303.16.19.4. O Diabo (Satã) foge quando o galo começa a cantar.

pequeno franguinho! O velho insistiu e ficou por lá. Os diáconos finalmente avisaram o prelado, que permitiu que o velho entrasse. Ele se inclinou diante do bispo, e este o convidou a se sentar.

– Monsenhor, eu gostaria de ouvir da sua boca se é verdade que vós vos quereis casar.

– É verdade.

– Como isso é possível, monsenhor? Na minha idade, eu nunca ouvi falar de um bispo que se casasse, pois é proibido e contrário à lei divina. O que está acontecendo agora? Não está claro para mim.

– Como? – interrogou o bispo. – Está escrito nos livros que o casamento não é proibido aos prelados. Já que não é um pecado, por que eu não poderia fazê-lo?

– Monsenhor – retrucou o velho –, vós ignorais que o Diabo em pessoa escreveu que os bispos são autorizados a se casar, já que vosso primeiro diácono é um demônio.

– Como isso é possível? Ele é o mais fiel dentre todos e me ajuda durante a missa.

– É um Diabo – insistiu o velho. – Essa noite eu ouvi com meus próprios ouvidos como ele explicava aos outros demônios o que fez para vos fazer cometer um pecado mortal.

O velho homem lhe contou tudo que havia ouvido. Preocupado, o prelado acrescentou:

– Como é possível que ele reze a missa comigo e esteja na igreja como se estivesse em casa?

– Vós observastes se ele permanece na igreja do início ao fim da missa?

– Sim.

– Alguma coisa deve ter vos passado desapercebido. Vós sabeis se ele permanece na igreja no momento da Comunhão ou se ele sai?

Após alguma reflexão, o bispo confessou sua ignorância. O velho continuou:

– Já que é assim, amanhã pela manhã, antes de celebrar a missa, ordena que as portas e as janelas sejam trancadas para que não haja a mínima abertura possível. No momento da Comunhão, observai o que ele faz e para onde vai.

O bispo seguiu seu conselho e, no dia seguinte pela manhã, celebrou a missa com seu primeiro diácono, o Diabo. No momento da Comunhão, o demônio quis se eclipsar como sempre fizera[108]. Ele se jogou contra uma porta, depois contra uma outra, correu em seguida de janela em janela para sair, mas não conseguiu abri-las. A missa continuava, até que o Diabo explodiu, e miríades de camundongos surgiram do seu corpo. Foi assim que os camundongos apareceram sobre a terra, espalhando-se por todo o lado. Como é uma súcia diabólica, causam tanto mal aos humanos quanto os diabos. Ao compreender tudo, o prelado rompeu seu noivado e permaneceu solteiro, como seu estado o obrigava.

Fonte: LESKIEN, A. *Balkanmärchen*. Jena: Eugen Diederichs, 1915, p. 54-57.

ATU 0816*.

---

108. Variante do motivo G 303.16.2.3.3. O Diabo desaparece quando o padre abençoa o pão.

*Que um demônio não possa assistir a uma certa parte da missa é um tema muito antigo. Ele já era encontrado em 1217 em Giraud de Barri (*De principium instructione, III, 27*) e em Gervais de Tilbury, em "Les Loisirs impériaux" (*Otia imperialia, III, 37*). As obras foram escritas entre 1209 e 1214. Em Giraud, é uma condessa d'Anjou que se eclipsa antes da consagração da hóstia; em Gervais, é uma castelã.*

3
Como o Diabo se apropriou de uma alma

Finlândia

Um velho homem que partira para cortar lenha colocou seu pão sobre um tronco de árvore. O Diabo o seguiu e comeu o pão.

– Quem comeu meu pão deverá ser meu criado – disse o pobre.

– Sou eu quem o comi – respondeu o Maligno.

– Então tu deverás me servir durante três anos.

– De acordo, mas antes eu vou pedir conselho a meu pai.

O pai do Diabo respondeu:

– Vai e serve até ele ficar rico e depois acabar morrendo de embriaguez.

Ele seguiu esse conselho e comunicou ao pobre:

– De agora em diante, sou teu servo.

Mas a mulher do camponês protestou:

– O que faremos com um criado? Não temos nem sequer o suficiente para dar de comer a nós e aos nossos filhos.

O Diabo instruiu, então, o camponês:

– Este ano nós iremos secar o pântano e cultivar centeio.

Ele secou todo o pântano, o que fez com que surgisse um solo fértil onde poderiam semear centeio. Em seguida, o Diabo foi buscar dinheiro com seu pai, e este o emprestou ao pobre homem para que ele pudesse semear a terra. O centeio cresceu tão bem que não houve espaço para armazená-lo.

No ano seguinte, quiseram limpar um outro pedaço do terreno, mas o pântano estava muito mais úmido naquele ano. No entanto, eles colheram novamente muito centeio.

– O que iremos fazer com essa colheita? – perguntou o Diabo ao camponês.

– Façamos aguardente para vender.

Eles construíram uma destilaria e fizeram muita aguardente. No fim do terceiro ano, o homem morreu devido aos excessos de bebida, e o criado levou sua alma. O Diabo então foi ao encontro do seu pai e constatou:

– O pobre se conduziu bem durante toda sua vida, e o Diabo não tirou nenhum proveito. Mas o rico que faz o mal durante sua vida nos abandona sua alma ao morrer.

Fonte: MENAR, A.L. *Finnische und estnische Volksmärchen*. Jena: Eugen Diederichs, 1922, p. 69-70.

* Bechstein 13; Schullerus 94.

ATU 0810 A.

4
A aposta de São Pedro e do Diabo

Áustria

Em um albergue de Fischbach encontraram-se dois estrangeiros de aspecto totalmente diverso: um era um homem sinistro de cabelos negros, idade indefinida e olhar fugidio; o outro, um homem de uma certa idade com cabelos e barbas brancas, olhos claros e maliciosos, ar reservado. O acaso parecia estar na origem desse encontro, e eles sentaram-se à mesma mesa. Pediram ao estalajadeiro uma bebida refrescante e um lanche reforçado. Após terem dito um ao outro a razão de sua viagem, constataram que tinham o mesmo objetivo: visitar o Vale de Inn e, em particular, ir até o Monte São Pedro, outrora chamado de pequeno Madron[109].

– É uma montanha – declarou o mais velho dos dois, apresentando-se ao outro como o primeiro dos apóstolos e dos santos do Cristo. – Eu me chamo Pedro – concluiu. – A capela construída lá no alto, a primeira do Vale de Inn, me será consagrada. As terras e as pessoas em volta pertencem ao único e verdadeiro Deus do Céu. Não é surpresa que eu queira ir até lá para ver o que os fiéis me prepararam e onde e como eles dão graças a Deus – disse ao seu interlocutor.

---

109. Montanha dos Alpes bávaros.

– Isso não acontecerá! – respondeu brutalmente o Diabo. – Eu estarei lá em cima antes de ti e destruirei com golpes de trovão aquilo de que queres tomar conta. Mais ninguém te honrará, e ninguém mais acreditará em teu Deus. Todos deverão me obedecer!

Para colocar um fim a essa disputa, São Pedro propôs ao Diabo uma aposta: a região pertenceria àquele entre os dois que chegasse primeiro até o topo da montanha. Com um sorriso malicioso, Satã sacudiu a mão direita de São Pedro para selar o acordo. Eles pagaram a conta e se colocaram a caminho.

São Pedro subia lentamente o caminho montanhoso enquanto o Diabo se precipitava em uma falha do rochedo para chegar até o topo. Mas, no alto, um pouco antes de chegar, uma laje grossa barrava a saída. Tão próximo do objetivo e tão perto de sair dali, o Diabo quis liberar a passagem a todo custo. Finalmente conseguiu levantar a laje, que pesava toneladas, mas se encontrou diante do seu desafiante, que já estava lá. Lenta e solenemente, São Pedro levantou o braço direito e fez o sinal da cruz. O Maligno foi obrigado a partir pelo mesmo caminho e fugiu para as profundezas, até chegar ao Inferno. A falha ainda existe hoje em dia, sendo um lugar cujo interior é negro e escorregadio, que as pessoas chamam de o Buraco do Diabo[110].

Fonte: EINMAYR, M. *Inntaler Sagen, Sagen und Geschichten aus dem Inntal zwi schen Kaisergebirge und Wasserburg*. Oberaudorf: Meißner-Druck, 1988, s. 92.

---

110. Trata-se aqui de um conto etiológico ligado à geografia local.

5
A dança do Diabo

Polônia

Quando o vento turbilhona e faz a areia seca voar, essa é uma dança do espírito maligno. Se tens medo do Diabo, fecha então todas as janelas, mas se fores corajoso e estiveres disposto a vender a tua alma por riquezas e ouro, pega uma faca afiada e nova e lança-a nesse turbilhão.

Era uma vez um jovem camponês que teve o teto da granja arrancado pelo Diabo sob a forma de um turbilhão. O rapaz pegou uma faca reluzente e a lançou no tornado. O Diabo logo se mostrou, curvando as costas humildemente:

– O que ordenas? – perguntou ele.

– Primeiro, conserta a granja – exclamou o jovem, vermelho de raiva –, depois enche de ouro meu reservatório de batatas. Traz-me também um tonel de aguardente, toucinho fresco e três grandes pedaços de torresmo.

– Que assim seja, mas, antes, tira a faca que me faz sofrer horrivelmente.

– Não, começa por me obedecer!

E o Maligno executou os trabalhos. Pouco depois, o camponês foi atingido por uma doença que o levou às portas da morte. Seus vizinhos vieram visitá-lo e viram, à cabeceira do doente, o Diabo, que esperava sua pobre alma. Eles se apiedaram, e seu velho padrinho disse suavemente:

– Ele não deveria ter pedido ouro; teria sido melhor atirar no Diabo com um botão de prata. Teria vivido ainda muito tempo honestamente e teria salvado a sua alma.

Fonte: WOYCICKI, K.W. *Polnische Volkssagen und Märchen*. Berlim: Friedrich Heinrich Lewestam, 1839, p. 24-25.

ATU 0325.

Essa lenda (não é um conto) tem origem em diversas crenças: o Diabo (ou uma feiticeira) toma a forma de um tornado que pode ser parado se nele for colocado uma faca. Atirar em um ser sobrenatural com um botão de prata é uma variante de atirar uma bala de prata, utilizada em geral contra os lobisomens.

6
Os dois açougueiros no Inferno

Transilvânia, Romênia

Era uma vez dois irmãos, ambos açougueiros. Um era rico e mau, o outro pobre e bom. Como este não conseguia ser autônomo, ajudava seu irmão e era parcamente remunerado com artigos. Um dia em que ele se matou para realizar uma tarefa, seu irmão só lhe deu uma pequena salsicha.

– Dá-me uma outra, eu mereço!

– Pega logo e vá para o Diabo! – respondeu seu irmão descontente, jogando-lhe uma salsicha.

O pobre voltou tranquilamente para casa e dormiu até a manhã seguinte, depois fritou uma salsicha para comer no caminho, prendendo a outra em um bastão, como fazem os ciganos quando trazem carne do mercado. Depois foi diretamente para a casa do Diabo com o seu bastão. Mas, como podeis imaginar, o Inferno é muito longe, e ele só chegou no dia seguinte. Os diabos tinham saído para trabalhar na floresta, e apenas a avó estava lá e olhava pela janela. O açougueiro a cumprimentou educadamente:

– Bom dia, vovó, como vais?

– Bem, meu filho, mas o que estás levando? Normalmente, nenhum homem vem aqui de bom grado.

– Eu não teria vindo se meu irmão não tivesse me enviado aqui com essa salsicha – disse ele, segurando-a com seu bastão.

A avó a pegou pela janela, agradeceu-o e convidou-o a entrar.

– Com prazer – disse o pobre. – Eu vou poder me aquecer em seu fogo e esquentar minha salsicha, pois está fazendo muito frio aqui fora.

A avó fez tudo para lhe ser agradável. Quando a noite caiu, o escondeu sob sua cama para que os diabos, que voltariam famintos, não o encontrassem. Eles logo apareceram e gritaram:

– Vamos comer, vamos comer! Que suplício é a fome! Ah, sentimos cheiro de carne humana, não?

Percorreram o quarto inteiro, farejando, mas a avó os acalmou depositando uma marmita fumegante sobre a mesa.

– Realmente, um homem esteve aqui – disse ela –, mas ele fugiu. É por isso que estão sentindo esse cheiro.

Eles se contentaram com essa explicação. Após terem se saciado, jogaram-se sobre a cama e dormiram até a manhã seguinte, depois voltaram à floresta.

A avó deixou que o açougueiro saísse de debaixo da cama e lhe disse:

– Tu podes agora voltar tranquilamente para tua casa.

Em seguida, ela pegou um fio de cabelo que, durante a noite, tinha caído da cabeça de um dos diabos e ficado sobre o travesseiro e o ofereceu ao seu hóspede com estas palavras:

– Quando estiveres em casa, tu verás o tesouro que está lá.

O açougueiro lhe agradeceu pela sua amável acolhida e pelo presente e, finalmente, acrescentou com gentileza:

– Que Deus te abençoe, vovó!

Então partiu.

Ao chegar em casa, o fio de cabelo cresceu até ficar do tamanho de um poste de feno[111], em ouro puro.

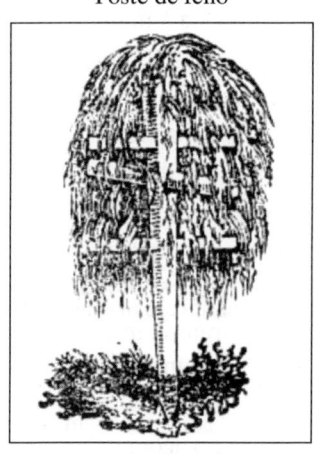

Poste de feno

O irmão pobre tornou-se muito mais rico do que o seu irmão mais velho. Desde então começou a trabalhar por sua conta e contratou vários companheiros. Muito ciumento, seu irmão não conseguiu suportar ser, dali em diante, o menos rico entre os

---

111. Cf. ilustração. Na França, este quadro foi chamado de grama de papagaio.

dois. Sabendo qual fora a maneira pela qual seu irmão caçula tinha enriquecido, um dia ele pegou uma salsicha grossa e foi até o Inferno. Quando lá chegou, viu a avó na janela.

– O que fazes aí, velha feiticeira? – perguntou ele maldosamente, sem nem sequer lhe dizer bom dia.

– Aguardo tua salsicha.

– Com certeza não serás tu quem vai fincar os dentes nela! Eu a estou trazendo para os diabos e quero em troca um poste de feno em ouro.

– Muito bem. Entra e aguarda aqui até que os diabos voltem da floresta à noite.

O açougueiro entrou e sentou-se em uma cadeira atrás da porta. Quando os diabos, famintos, voltaram, gritaram de fome. Pouco depois, farejaram o estranho e exclamaram:

– Tem cheiro de carne humana!

– O assado está atrás da porta – disse sua avó.

Eles se jogaram sobre o açougueiro e o cortaram em pedaços.

Seu irmão herdou os bens do defunto avaro e ganancioso, e assim caminha o mundo. Se sempre fosse assim!

Fonte: HALTRICH, J. *Deutsche Volksmärchen aus dem Sachsenlande in Siebenbürgen*. Viena: Carl Graeser/Julius Springer, 1856, p. 170-172.

7
O Diabo e os três jovens eslavos

Hungria

Era uma vez na Eslavônia um homem que tinha três filhos. Um belo dia, ele lhes disse:

– Meus filhos, partam para descobrir o mundo. Existe um país onde o pardal se banha no vinho e onde as fechaduras são feitas de salsichas grelhadas[112]. Se quiserem que a sorte sorria para vossos empreendimentos, começais aprendendo a língua do país.

Essa descrição encantou os três irmãos, que foram pegos por um vivo desejo de ir para esse país. Seu pai os acompanhou até uma montanha a três dias de caminhada Quando chegaram ao topo, eles atingiram a fronteira desse país abençoado. O pai lhes deu um saco vazio e, mostrando ao mais velho a direção a seguir, antes de se despedir dos seus filhos, persuadido de ter--lhes fornecido a chave para a felicidade, exclamou:

– Não vedes a Hungria?

Quando se viram sozinhos, foram até a Hungria, determinados a aprender a língua local conforme a ordem de seu pai. Quando a fronteira foi atravessada, encontraram um homem que lhes perguntou para onde iam e qual era seu projeto.

---

112. Alusão ao país da Cocanha.

– Aprender húngaro – responderam eles.

– Meus filhos, não ides mais longe – disse o homem. – Comigo, aprendereis em três dias em vez de levar o ano todo.

Os três jovens rapazes aceitaram sua proposta. No terceiro dia, ele ensinou ao primeiro "nós três", ao segundo "por um queijo" e ao terceiro "assim são as coisas". Satisfeitos com essa lição, os três jovens eslavos não quiseram aprender nada mais e seguiram seu caminho.

Logo chegaram a uma floresta, onde se depararam com um homem assassinado no meio do caminho. Eles o examinaram e constataram com horror que se tratava do sujeito que tinham acabado de deixar. Enquanto suspiravam tristemente, chegou um sargento que os interrogou:

– Quem matou esse homem?

O primeiro rapaz, que não sabia dizer outra coisa, respondeu:

– Nós três.

– Por quê? – indagou o sargento.

– Por um queijo – declarou o segundo.

– Então é isso – continuou o policial. – Sereis enforcados.

– Assim são as coisas – acrescentou o terceiro.

Os rapazes foram levados para serem enforcados. Enquanto isso, o morto se levantara, bufando, e retomara seu verdadeiro aspecto, primeiro o de um asno, em seguida o de um lobo e, enfim, o de um

Diabo vermelho[113]. Seu riso zombeteiro seguiu os três jovens eslavos, cuja estupidez havia os jogado em sua armadilha.

Fonte: STIER, G. *Ungarische Sagen und Märchen*. Berlim: Ferdinand Dümmler, 1850, p. 25-28.

---

113. A estrutura da frase sugere que essas formas se seguem.

8
Feliz aquele que coloca sua esperança no Diabo

Albânia

Era uma vez um homem que acendia velas para os santos sem obter com isso nenhum lucro; sonhava, portanto, em fazê-lo para o Diabo, e assim comprou uma vela e a acendeu. À noite, ele orou para o Maligno ajudá-lo. Este lhe apareceu em sonho e declarou:

– Tu que me fizeste a honra de acender uma vela para mim, eu te dou o presente de quatro medidas de terra.

Isso reconfortou nosso homem.

– Agora eu sou rico! – rejubilou-se.

– Espera um pouco, é preciso colocar os limites – disse o Diabo.

Eles procuraram aqui, procuraram ali, sem resultado.

– Tanto faz – disse o Maligno. – Cercar o campo não é difícil, só deves deixar tua água correr pelos quatro cantos e colocar os marcos em um outro dia.

– Imediatamente!

Em sonho, o homem se levantou, urinou nos quatro cantos do seu colchão, depois voltou a dormir.

Quando se levantou no dia seguinte, viu que estava sujo, espantou-se e questionou:

– Estou desperto ou ainda estou dormindo?

Ele se virou no seu colchão, constatou que não estava dormindo e disse para si mesmo:

– Feliz aquele que coloca sua esperança no Diabo, pois dele obterá favores!

Fonte: HAHN, J. *Griechische und albanesische Märchen*. Lípsia: Wilhelm Engelmann, 1864.

9
O salário do Diabo

Romênia

Era uma vez uma mulher cujo marido era pastor. Ele não ficava em casa com muita frequência, o que desagradava sua mulher, porque ela se sentia sozinha sem seu companheiro. O tempo passou... E a esposa não apenas se habituou à sua ausência mas também acabou achando que ele voltava com demasiada assiduidade, o que a atrapalhava em suas conversas com o pope[114], que vinha distraí-la da sua solidão, até que finalmente ela o preferiu a seu marido. Um dia em que este último partiu para cuidar das ovelhas, a mulher foi buscar uma aguardente e cozinhou panquecas, e o pope veio vê-la para comer e beber com ela. Quando soaram as horas do retorno do seu marido, o pope sumiu. Chegou um momento no qual ambos desejaram que o pastor desaparecesse e planejaram a melhor maneira de eliminá-lo. A mulher teve uma ideia que logo colocou em prática. Assim que ouviu seu marido entrar, ela foi se deitar e o acolheu com terríveis gemidos:

– Eu estou doente, eu vou morrer, apenas a água do Danúbio pode me salvar. Leva-me até o rio, que-

---

114. Sacerdote da Igreja ortodoxa entre os russos, sérvios e búlgaros [N.T.].

rido esposo, e traga-me água para que a esfregue nas costas, talvez eu fique curada.

O homem colocou o seu capote, pegou uma ânfora e caminhou, caminhou até chegar ao Danúbio. Na margem, encontrava-se o Diabo sob a forma de um velho.

– Aonde vais? – perguntou ele.

– Isso não é da sua conta – replicou o pastor de maneira brusca.

– Diz-me a verdade! Aonde vais e que queres? Tu não te livrarás de mim tão facilmente!

Percebendo que não estava lidando com um homem comum, o pastor contou que sua mulher estava muito doente e que tinha pedido água do Danúbio para esfregar suas costas.

– Bom, o que me darás se eu te transportar rapidamente até tua casa para que tu vejas o que a tua mulher está fazendo enquanto estás aqui buscando água para ela?

– O que quiseres.

– Como me disseste a verdade, vou levá-lo até tua casa imediatamente e terei minha recompensa. Entra neste saco. Com o saco nas costas e meu violino sob o bubau[115], irei até teu vilarejo como se fosse um vendedor ambulante.

Quando o homem entrou no saco, o Diabo o carregou nas costas e voou em um instante até a porta

---

115. Essa palavra de origem húngara designa um manto de camponês com pelos longos. Agradecemos a Emanuela Timotin que nos comunicou essa informação.

da casa do pastor. Pela vidraça, perceberam o pope à mesa diante das panquecas e da aguardente. O Diabo tocou na janela e gritou com uma voz queixosa:

– Boas pessoas, deixem-me entrar. Apenas sua casa ainda está iluminada, e eu ficarei contente se tiver um lugarzinho perto do fogão ou atrás da porta.

O pope e a mulher decidiram deixá-lo se instalar, pois não faltava espaço. O Diabo entrou e colocou seu saco atrás da porta.

– O que tens sob teu casaco? – interrogou a mulher.

– Um violino.

– Toca para que possamos dançar!

Não foi preciso pedir duas vezes; o Diabo tirou seu instrumento e começou a cantar e a tocar:

> *Tralalere, tralali, tralala,*
> *Esperai um pouco,*
> *Logo o Diabo rirá de vós*
> *Estalando com a língua, o pope faz dar*
>   *viravoltas a mulher que canta:*
> *Eu tinha um marido gentil,*
> *Eu o enviei para buscar água do Danúbio*
> *Para esfregar minhas costas*
> *Hi hi hi!*

Ai, ai, ai, a canção se transformou em gritos e em choro, porque seu marido, saltando para fora do saco, esfregou suas costas, não com água do Danúbio, mas sim com uma sólida vara para curá-la da sua queda pelo pope que, por sua vez, saltou pela janela diante do Diabo, que riu até perder o fôlego – e esse foi o seu salário!

Fonte: SCHULLERUS, P. *Rumänische Volksmärchen aus dem mittleren Harbachtal*. Bucareste: Kriterion, 1977, p. 388-390.

ATU 1360 C, EM 6, 1011-1017.

VII

Contos singulares

1
O barco do Diabo

Carélia, Finlândia

Um dia, um caçador pegou sua besta e foi para a floresta. Acabou chegando a um lugar onde os herdeiros de um morto estavam reunidos. Havia ali vários tesouros, pratos e colheres em ouro; cada um tinha um carro de ouro, e todos eles juntos possuíam um barco em ouro que se locomovia sozinho quando alguém subia a bordo. Quando os diabos perceberam a presença do caçador e da sua besta, eles o interpelaram:

– Aproxima-te, meu bravo rapaz, e divide essas riquezas entre nós. Tu serás recompensado!

Ele aproximou-se e perguntou:

– Como fazer andar esses carros e esse barco?

Se alguém subir ao mastro mais alto com os pés no inferior – responderam –, carros e barco[116] se moverão sozinhos.

Ele estendeu o arco da sua besta, atirou e lhes disse:

– Ide buscar a flecha que eu arremessei; o primeiro que a encontrar obterá um carro e um barco de ouro.

Os diabos se lançaram em busca da flecha e correram tão longe que não foram nem vistos nem ouvi-

---

116. Devemos acreditar que os carros dependem do barco.

dos novamente. Percebendo que tinham partido para muito longe, o caçador pensou: "Eles vão se apressar para voltar". Rapidamente, encheu o navio até a borda com os carros de ouro e todos os tesouros, saltou sobre o barco, subiu no mastro mais alto e colocou os pés sobre o mastro abaixo. O navio começou a se movimentar, atravessando terras e mares[117], até que chegou ao castelo do rei, diante do qual ele parou. A filha do monarca estava justamente sentada sobre a escada. Vendo aproximar-se a nave de ouro, fez sinal ao caçador e declarou:

– Quem se desloca em tal barco deve ser o imperador mais poderoso do mundo; se tu me levares junto, caro imperador, eu te desposarei.

– Princesa – respondeu ele –, eu sou apenas um criado que trabalha em uma fazenda, indigno de engraxar seus sapatos. Há muitos reis para vós.

Apesar de ter compreendido que ele era apenas um camponês, ela insistiu e disse:

– Deixa-me subir a bordo, quero te desposar.

– Vós estais zombando de mim – replicou ele. Há reis suficientes por aqui.

Para terminar, ela lhe trouxe todo tipo de bebidas e iguarias, assim como roupas, chapéus, botas... mas tudo ficou amontoado sobre a ponte, pois o caçador não ousou sequer tocá-los. Enquanto isso, a jovem caminhava de um lado para outro, mergulhada em tristes e amargos pensamentos porque ele a desdenhava.

O caçador refletiu durante uma semana. Constatando que a princesa não estava brincando, disse-lhe:

---

117. Motivo D 1533.1.1. Terra mágica e navio da água.

– Muito querida princesa, se quiseres realmente desposar um criado da fazenda, embarcai!

Foi o que ela fez. O homem se ajoelhou e inquiriu:

– Aonde iremos agora, querida princesa?

– Vaguemos sobre o vasto mar – respondeu ela. – Ali se encontra uma ilha que tem duas léguas de comprimento. Por lá, crescem inúmeras bagas, e as frutas cobrem o chão.

O caçador lançou o barco que chegou no meio da ilha e parou. O homem deixou o navio para ir buscar as bagas, mas, mal provara uma, caiu em um profundo sono e começou a roncar. Vendo que ele não voltava e não trazia nada, a princesa foi tomada de raiva e vociferou:

– Morra então nesta ilha, miserável criado! Darei meia-volta e voltarei para casa.

Foi o que ela fez, enquanto o caçador permaneceu ali, adormecido.

Quando enfim acordou, não havia nenhum sinal do barco nem dos tesouros que pertenciam aos diabos! Restara apenas uma pequena bolsa de dinheiro. Ele sentia uma fome de lobo, e não havia nada para comer. Aproximou-se de um arbusto coberto de bagas, com as quais encheu seu bolso esquerdo. Colocou algumas na sua boca, mordeu e engoliu-as. Mas elas eram maléficas, e monstruosos chifres cresceram em sua testa[118], tão pesados que seu pescoço mal con-

---

118. Motivo D 1375.1.1. Frutas mágicas fazem com que chifres cresçam na pessoa. Esse motivo tem um papel importante na história de Fortunatus.

seguia sustentá-los. O medo o invadiu. "Tudo isso seria suportável", pensou ele, "apesar de sentir uma fome aterradora, se pelo menos eu não tivesse esses chifres. Caso marinheiros cheguem, serei confundido com um animal selvagem, e eles me abaterão!" Lamentando-se, foi até um outro arbusto, parou e encheu seu bolso direito com frutas. Comeu uma baga, mas dessa vez elas eram benéficas: após tê-las engolido, seus chifres caíram sem deixar o menor sinal sobre sua cabeça. O caçador ficou tão bonito que ninguém se igualaria à sua beleza em todo o reino.

Ele aguardou na ilha a passagem de um barco, porque sua rota os fazia passar por ali. Quando finalmente percebeu uma vela, exclamou:

– Levai-me, meus amigos, eu vos conjuro, salvai-me da morte sobre esta ilha! Deixai-me embarcar convosco e mostrai-me o caminho até o palácio real, de onde eu parti com meu barco.

Eles aceitaram e o colocaram em terra, indicando o caminho do castelo.

O caçador entrou na corte da residência real, onde havia uma fonte de águas límpidas com uma torneira em sua extremidade. Sentou-se na borda, mergulhou seus pés sujos na água e se enfiou nela, poluindo-a. O chefe de cozinha do monarca apareceu no alto da escada do castelo. Se ele fosse mal-intencionado, logo teria gritado: "Por que sujaste nossa fonte? Já seria ruim para nós ter que beber desta água, mas seria pior ainda para o rei e sua esposa!" O rei o teria ouvido então e ordenado que cortassem a cabeça do caçador. No entanto o cozinheiro, homem doce e bondoso, aproximou-se do outro e lhe disse:

– Ah, infeliz, tu sujaste a água da nossa fonte! Será ruim para nós ter que beber desta água, mas pior ainda para o rei e as altezas reais! Se o monarca souber, ele o decapitará.

– Caro amigo, não conta a ninguém – pediu o caçador. – Eu vos darei os meios para tornar-se tão belo quanto eu.

– Bom, se me indicares como fazê-lo, eu me calarei – respondeu o cozinheiro.

Imediatamente o caçador o fez comer algumas bagas. Quando ele as mordeu e engoliu, sua beleza igualou-se à do caçador, que foi se esconder. Enquanto isso, o cozinheiro-chefe tinha preparado o almoço do rei. Comeram, beberam e riram até o fim da refeição. Após o almoço, a princesa veio ao encontro do cozinheiro e lhe perguntou:

– Como te tornaste tão belo de repente?

– Há um estrangeiro na corte que conhece a arte de embelezar aquele que o desejar.

A princesa, a mesma que tinha desviado o barco, declarou:

– Se ele me tornar ainda mais bela, eu o desposarei.

– O rapaz já deve ter partido, temendo ser morto nesta cidade estrangeira – respondeu o cozinheiro.

– Dize-lhe que por nada neste mundo ele deve ter medo, eu o protegerei. Que ele venha até o castelo, eu o tratarei bem.

O caçador apresentou-se e foi conduzido a um quarto em separado. A princesa trouxe algo para o homem comer. Enquanto ele se restaurava, a moça se instalou por perto e lhe dirigiu estas palavras:

– Bravo homem, faz com que eu seja tão bela quanto o cozinheiro e te desposarei.

Mas o caçador não gostava dela por ter sido abandonado sobre a ilha. Enquanto continuava a comer e a beber, respondeu:

– Amável princesa, eu, pobre criado de uma fazenda, não sou digno de desposá-la, há reis para isso.

– Se não houver outros meios para que confies em mim – respondeu a princesa, que não reconheceu aquele que abandonara –, eu te oferecerei uniformes de general, assim como ouro e cálices em ouro. Além disso, eu possuo um barco e carros em ouro, que também te darei.

O caçador pensou que "De toda maneira, eles já são meus", mas nada disse. A princesa insistiu:

– Eu não o deixarei partir enquanto não tiveres realizado o meu desejo.

O homem aceitou, mas o maroto pegou as bagas do seu bolso esquerdo, deu a ela os maus frutos e em seguida foi se esconder. Quando a princesa mordiscou algumas bagas, dois enormes chifres logo cresceram sobre sua cabeça. O rei quis serrá-los, porém foi em vão. Ordenou a dois fortes soldados que os dobrassem para trás para que a pobre donzela pudesse mexer-se. Por fim, o rei mandou proclamar em todo o reino que, se um homem solteiro pudesse curar sua filha e lhe tirar seus chifres, ele a desposaria e seria feito generalíssimo. Se fosse um homem casado ou uma mulher que a curasse, ele ou ela seria rico ou rica até o fim dos seus dias.

O palácio real ficou repleto de médicos que tentaram curar a donzela, mas seus tratamentos eram todos ineficazes. Finalmente, o caçador surgiu dentre a multidão, ajoelhou-se diante do soberano e lhe disse:

– Vossa Graça, deixai-me tentar curar a princesa e libertá-la desses chifres.

– Meu pobre rapaz – replicou o monarca –, acreditas que tens a força necessária para isso? Todos esses já se esforçaram para libertá-la, mas seu único sucesso foi em comer e beber sem ter que abrir a bolsa.

– Senhor, essas pessoas são incapazes de quebrar os chifres. Eu sou o único que posso fazê-lo.

– Tenta, meu querido filho. Eu te nomearei generalíssimo quando os chifres caírem da cabeça da minha filha.

– Manda embora todos esses charlatões e solicita a vossos soldados que anunciem em todo o reino a boa-nova: eu vou curar vossa filha.

Todos os embusteiros foram expulsos, e os soldados saíram para anunciar a novidade. O caçador permaneceu com a jovem enquanto os servos vieram para ajudá-la. Ele ordenou a uma das servas:

– Acende o fogão e aquece o banho.

Ao criado, pediu:

– Traz da floresta três finas varetas de salgueiro, depois amoleça-as na água. Elas me ajudarão a fazer desaparecer os chifres.

Bom: quando as varetas amolecidas chegaram e a água tinha esquentado no fogão, o caçador colocou a donzela dentro da água, mandou embora os servos e trancou a porta. Enquanto isso, do lado de fora, o exército soltava gritos de alegria. O caçador pegou a princesa, suspendeu-a pelos chifres e começou a açoitá-la, dizendo:

– Vós me deixaríeis morrer em alto-mar? Fugiríeis ainda com meus bens? Sou vosso noivo agora, e não podeis mais zombar de mim.

Ela suplicou:

– Parai de me bater! Eu nunca mais vos farei mal!

Assim, o caçador lhe deu uma baga tirada do seu bolso direito, e os chifres caíram[119] sem deixar nenhuma marca. A princesa tornou-se tão bela que ninguém no reino conseguia igualá-los. O júbilo foi grande no castelo: comeram, beberam e dançaram, o caçador foi nomeado generalíssimo e desposou a princesa. Este é o final da história.

Fonte: SCHRECK, E. *Finnische Märchen*. Veimar: Hermann Böhlau, 1887, p. 27-35.

* Obert 8; PAPAHAGI, P. *Basme aromâne*, n. 21; SCHULLERUS, P. *Rumänische Volksmärchen aus dem mittleren Harbachtal*, n. 87.

ATU 0566, BP I, 464-485; EM V, 7-14; Mlex 755-758. AARNE, A. Die drei Zaubergegenstände und die wunderbaren Früchte. In: AARNE, A. Aarne *Vergleichende Märchenforschungen*, Helsinque: Société Finno-Ougrienne, 1908. p. 83-142.

Esse conto apresenta-se como uma variante da história de Fortunatus, mas, em vez de herdar ou de receber os objetos mágicos, nosso herói os tira dos diabos, cujo único papel é o de explicar a sua origem. Os donos dos objetos mágicos mudam segundo cada país.

---

119. Motivo D 1375.2. Objeto mágico (fruta, noz, água, flores) remove chifres da pessoa.

2
O carpinteiro, Perkunas e o Diabo

Lituânia

Após ter aprendido seu ofício de carpinteiro, um jovem teve vontade de viajar pelo país. Quando já havia partido há alguns dias, encontrou um homem que seguia o mesmo caminho que ele, e decidiram viajar juntos para que o tempo passasse mais rápido enquanto caminhavam. Ao longo do caminho, soube que o companheiro era Perkunas[120]. No dia seguinte, encontraram um homem que lhes disse ser o Diabo; os três viajaram juntos e chegaram a uma vasta floresta, onde viviam diversos animais selvagens. Como não tinham nada para comer, o Diabo disse:

– Eu sou forte e esperto, vou trazer para nós carne, pão e tudo de que precisamos.

– Eu vou começar a soltar raios e trovões – declarou Parkunas –, tanto que o fogo se espalhará e os animais selvagens fugirão.

O carpinteiro acrescentou:

– Eu cozinharei e assarei tudo que trouxeres.

Em conformidade com esse acordo, cada um fez o que deveria fazer, e eles viveram assim algumas semanas, em plena natureza.

---

120. Perkunas é o deus do relâmpago na mitologia lituana; os prutênios o chamavam de Perkons; na Rússia, seu nome é Perune.

Ao fim de algum tempo, o carpinteiro declarou:

– Escutai, amigos! Construamos uma bela morada na qual possamos viver como todos os homens. Por que continuar a viver como selvagens?

A proposta agradou aos seus dois companheiros. O carpinteiro só teve que buscar as árvores mais apropriadas, e os dois outros logo as arrancaram com suas raízes e as arrastaram até onde iriam construir. Quando acharam que já era o suficiente, começaram a construção. Coube ao carpinteiro tomar as medidas e fazer o desenho, ao passo que seus compadres tiraram os galhos e a casca das árvores. Pouco tempo depois, uma linda casinha ergueu-se ali, na qual eles se instalaram confortavelmente, pois bastava ao carpinteiro explicar o que deveria ser feito e como e os dois outros logo o executavam. O carpinteiro fez um arado forte e, com a ajuda de seus companheiros, começou a limpar a terra, passando por cima de tocos, raízes e pedras sem dificuldade. Em seguida, fabricou uma grade de esterroar e tornou a terra plana com a ajuda de seus dois amigos. Após alguns dias, obtiveram uma bela terra arável. Depois de a terra ter sido assim preparada, o Diabo forneceu todo tipo de sementes de legumes, que eles semearam e plantaram, sobretudo tubérculos.

Quando legumes e tubérculos cresceram, eles descobriram que alguém os roubava, mas não puderam saber quem era o autor dos furtos[121]. Decidiram vigiar durante as noites. Na primeira delas, o Diabo ocupou essa função. Enquanto montava guarda, o malandro chegou e começou a colocar os legumes em um carri-

---

121. Variante do motivo F 350. Roubo das fadas.

nho. O Diabo deu um salto para pegar o ladrão, mas o outro lhe deu tantos golpes que ele quase perdeu a vida, e o larápio fugiu com os tubérculos. Pela manhã, junto com Perkunas, o carpinteiro se deu conta do roubo; eles constataram o desaparecimento de muitos legumes e insultaram o Diabo, que replicou:

– Ontem à noite, eu não me senti muito bem. Quando meu mal-estar passou, eu estava sonolento, e foi então que o ladrão deve ter vindo.

Na segunda noite, Perkunas ficou de guarda, mas a mesma desventura aconteceu. Ao tentar pegar o malandro, este último lhe deu um corretivo e partiu com seu carrinho cheio de legumes e tubérculos. Pela manhã, seus companheiros constataram o prejuízo. Quando o carpinteiro criticou Perkunas, este respondeu:

– Ontem à noite, eu tive uma horrível dor de dentes. Logo que a dor passou, eu peguei no sono, e foi então que o larápio levou os legumes.

Nenhum dos dois confessou ter apanhado.

Na terceira noite foi a vez do carpinteiro ficar de guarda. Como ele sabia um pouco como tocar música, pegou seu violino, sentou-se sob um pinheiro e, quando o sono começou a chegar, manteve-se desperto tocando, pois queria ficar absolutamente alerta para descobrir quem era o ladrão. Por volta da meia-noite, ouviu alguém ir diretamente ao campo dos tubérculos, fazendo estalar seu chicote e dizendo:

---

* Leandro Garcia Rodrigues é doutor e pós-doutor em Letras (Estudos Literários) pela PUC-Rio, crítico literário e especialista em epistolografia: estudos de correspondências de escritores.

– Clac, carroça de ferro, clac, chicotinho de pontas metálicas!

E assim em diante. Os pensamentos atravessaram a cabeça do carpinteiro, que tocou com ainda mais força o arco do seu violino. Quando o malandro ouviu a música, parou e calou-se. O carpinteiro redobrou seus esforços, esperando assim expulsar o ladrão, mas não: a música agradou ao larápio, que se aproximou dele, e quem era? Uma selvagem e inquietante Laume[122] que vivia na floresta e que ninguém conseguia vencer! Era ela quem tinha roubado os legumes e maltratado o Diabo e Perkunas. Sabendo o que acontecera a seus companheiros, o carpinteiro achou que era melhor agir com prudência. Ela aproximou-se, desejou-lhe boa-noite e mostrou-se muito amigável, pois a música a agradava muito. Após ter escutado um momento, ela lhe disse:

– Sede gentil e deixai-me tentar.

Mas a Laume não conseguiu tirar nenhum som do instrumento. Ele a pegou pela mão e lhe mostrou como fazer, sem resultado; no entanto, ela tinha muita vontade de aprender. A criatura lhe pediu:

– Eu te serei extremamente grata se tu me ensinares a tocar.

– Isso é uma bobagem para mim – respondeu ele. – Eu sei de que precisas; segue meus conselhos, tu poderás tocar sem demora.

– Eu te obedecerei – respondeu ela.

– Olha como teus dedos são grossos e olha os meus! É preciso que afines os teus para que possas tocar.

---

122. Laume é tanto uma fada quanto um espírito selvícola.

Ela aceitou. O carpinteiro foi buscar seu machado e uma cunha, colocou-se em busca de um enorme tronco, cortou-o ao meio e enfiou a cunha até que a fenda se tornasse larga o suficiente para que a Laume pudesse escorregar seus dedos ali para dentro. Quando os dedos e as duas mãos dela estavam ali enfiadas, ele deixou cair a cunha, e a fenda voltou a se fechar[123]. Isso esmagou tão forte os dedos da ladra que o sangue começou a correr: ela gritou de dor e suplicou ao carpinteiro para libertá-la, prometendo que não voltaria para roubar seus legumes[124]. O homem a deixou presa um bom tempo, foi buscar seu chicote com pontas de ferro e começou a bater nela. Após tê-la castigado o suficiente, enfiou a cunha para abrir a fenda, o que permitiu à Laume libertar seus dedos. Ela fugiu rápido como o vento, abandonando sua pequena carroça e seu chicote.

De manhã cedo, todos os três constataram que nenhum legume tinha desaparecido. O carpinteiro zombou dos dois outros e lhes disse:

– Vede só os dois inúteis! Vós agis com orgulho quando, na verdade, foi uma pobre mulher velha quem os bateu! Mas fiz com que ela pagasse de uma tal maneira que nunca mais irá roubar nossos legumes.

Seus dois compadres começaram a ter medo dele, imaginando que ele era particularmente robusto. Tinham pensado até ali que, comparado a eles, o carpinteiro era fraco, mas, a partir daí, tiveram-no em grande estima por não precisarem mais vigiar

---

123. Motivo K 1111. Tola coloca a mão (patas) em fenda de árvore (cunha, torno).
124. Motivo Q 212. Ladrão punido.

o jardim, uma vez que a Laume nunca mais voltou a roubar.

Alguns anos mais tarde, consideraram se separar: era melhor que um único deles permanecesse no local, mas não conseguiram entrar em acordo sobre quem ficaria com a casa. De fato, cada um contava vantagens dizendo que tinha participado da sua construção. Após longas brigas, decidiram o seguinte: noite após noite, um de cada vez tentaria assustar os outros[125], e a casa pertenceria àquele que resistisse ao terror e fosse capaz de tirar os dois companheiros do caminho. Na primeira noite, o Diabo tentou sua sorte: à meia-noite, um vento poderoso ergueu-se e uma enorme barulheira e confusão sacudiram a casa, que começou a rachar. O telhado ergueu-se, e as vigas saíram do lugar. Então, Perkunas fugiu atirando-se pela janela[126], mas o carpinteiro pegou seu livro de cânticos, cantou e orou sem sair do lugar, enquanto o Diabo incitava a barulheira e a tempestade, como se ele quisesse arrancar a casa das suas fundações, sacudi-la e jogá-la por terra. Perkunas tinha perdido a aposta, e o carpinteiro a havia ganho.

Na noite seguinte, Perkunas saiu para assustá-los, enquanto o carpinteiro e o Diabo permaneciam na sala. Quando a noite já estava bem avançada, uma nuvem negra como piche ergueu-se, de onde jorraram relâmpagos e trovões assustadores. Quanto mais a tempestade aproximava-se da casa, mais violentos tornavam-se os trovões e os raios. Parecia que toda a floresta e a casa seriam engolidas pelas profunde-

---

125. Motivo H 1400. Teste do medo.
126. Motivo K 2320. Decepção pelo medo.

zas da terra; as fulgurações e as detonações eram tão intensas que tudo parecia querer pegar fogo. À vista disso, rápido como o vento, o Diabo jogou-se pela janela e fugiu, pois estava desconfiado de Perkunas e temia que este o matasse com um relâmpago: ele sabia muito bem que Perkunas abatia os diabos que assombram o mundo. Pegando seu livro, o carpinteiro cantou e orou, sem se preocupar com os horrores de Perkunas. Ganhou novamente a aposta, ao passo que o Diabo a perdera.

Na terceira noite, o carpinteiro saiu para assustar os dois outros. Perkunas e o Diabo permaneceram na sala e pensaram:

– Como ele poderia nos aterrorizar?

Por volta de onze horas, nosso homem foi buscar o carrinho de ferro da Laume e seu chicote com pontas metálicas, que ele tinha escondido em um arbusto na floresta sem dizer uma palavra. Pensou: "Se eu for até a casa neste aparelho, eles ficarão apavorados". O carpinteiro instalou-se no carrinho e começou a estalar o chicote. O carrinho foi em direção à casa enquanto ele gritava:

– Clac, carrinho de ferro, clac, chicotinho de pontas metálicas!

Ao ouvi-lo, os dois outros pensaram que era Laume, aquela que os espancara anteriormente. Ambos foram tomados por um tal pânico que não resistiram durante muito tempo. Perkunas fugiu pela janela, cuspindo fogo à sua volta, o Diabo ficou em cólicas e, após ter se sujado, saiu pelo teto, e os dois nunca mais foram vistos. Foi dessa maneira que o carpinteiro tomou posse da moradia tão bem arrumada. Ele limpou os vasos sujos, foi ao boticário para vender os excrementos do Diabo e ganhou muito dinheiro com isso. Viveu por muitos anos em boa saúde até sua morte. Ainda hoje, os boticários vendem os excrementos do Diabo como remédio[127].

Fonte: SCHLEICHER, A. *Litauische Märchen, Sprichworte, Rätsel und Lieder*. Veimar: Böhlau, 1857, p. 145 sqq.

---

127. O texto joga com os dois sentidos da palavra *Teufelsdreck*: "merda do Diabo" e "enzima fétida", uma planta que tem forte cheiro de enxofre.

3
Como o Diabo levou o filho de um pescador

Lituânia

Era uma vez um pescador que escreveu em uma folha: "Vivo sem preocupações". Ele assinou e a pregou em uma estaca na beira da estrada por onde o rei costumava passear, e foi assim que o monarca notou a folha e a leu. Declarou:

– Eu, que sou o rei, tenho preocupações, e um simples pescador não as tem!

Ordenou ao homem que pescasse um peixe com olhos de diamante e escamas de ouro no prazo de três dias. De fato, três dias mais tarde, uma grande recepção seria dada na corte, e o monarca queria servir um peixe como nenhum outro rei jamais havia visto. Foi então que o pescador ficou preocupado. Ele pescou todos os dias e todas as noites, mas só encontrou os peixes habituais! No segundo dia, recomeçou e orou para Deus antes de jogar sua rede, no entanto só pescou os mesmos peixes. No terceiro dia, indo pescar, pediu ajuda ao Diabo. Em um piscar de olhos, o demônio foi até ele e lhe disse:

– Promete me dar alguma coisa que ainda não está na tua casa, e eu te ajudarei.

O pescador, que ao vir tinha deixado em sua casa tudo que possuía, respondeu:

– Compreendi, eu prometo.

– Daqui a vinte anos, em tal dia de tal mês, eu virei buscar aquilo que me é devido – respondeu o Diabo antes de desaparecer.

O pescador lançou sua rede e tirou da água um peixe como o descrito pelo monarca. Grande foi a surpresa no castelo quando ele o levou até o rei, que lhe disse então:

– Tu viveste até hoje sem preocupações, de agora em diante tu terás ainda menos.

O pescador voltou para casa onde, enquanto isso, sua mulher tinha dado à luz um filho. Pensando na promessa que tinha feito ao Diabo[128], ficou com medo, mas não disse nada a ninguém, nem sequer à sua esposa. A criança cresceu e, aos três anos, era um belo rapazinho. Um dia em que o rei passava por ali, viu a criança e foi ao encontro do pescador:

– Não tenho um filho – disse ele. – Vou levá-lo comigo[129].

O monarca fez com que a criança recebesse uma boa educação e considerava o menino como seu próprio filho.

Chegou o dia em que o Diabo veio reclamar sua presa; o rapaz tinha saído para passear, e o pescador, que tinha saído da sua casa chorando, encontrou-o.

– Por que choras, pai?

---

128. Motivo S 211. Criança vendida (prometida) ao Diabo.
129. Motivo N 836.1. O rei adota o herói.

– Não te direi.

– Se não me responderes – replicou o jovem –, eu faço tua cabeça voar!

Seu pai contou-lhe então que outrora ele o prometera ao Diabo e que o Maligno viria buscá-lo naquela noite. O rapaz voltou ao castelo e contou a história ao soberano. Este colocou sentinelas nas portas e janelas.

Mas, pela manhã, o rei encontrou todos os guardas mortos. Na noite seguinte, ele dobrou o número de sentinelas e voltou a encontrá-los todos mortos ao raiar do outro dia. O filho do pescador lhe disse então:

– É uma infelicidade que tenhas sacrificado tantos soldados. Eu passarei a próxima noite do lado de fora.

À noite, ele se instalou na corte do castelo com uma mesinha e uma cadeira; em seguida, com sua faca, desenhou um círculo à sua volta tão longe quanto alcançava a sua mão, colocou uma vela sobre a mesa e pegou seu livro de orações com a intenção de orar a noite toda. Quando a noite chegou, seis diabos apareceram e lhe disseram:

– Vem agora, já te esperamos o suficiente.

Sem lhes lançar um olhar, ele continuou a orar. Depois que os demônios aguardaram alguns instantes, chegaram mais nove que o interpelaram, mas o jovem os ignorou. Quando a meia-noite soou, eles se aproximaram fazendo um barulho de tempestade e puxaram a mesa e o rapaz para fora do círculo[130], um deles o pegou e o levou pelos ares.

---

130. É surpreendente, pois o círculo deveria tê-lo protegido; o rapaz sem dúvida esqueceu-se de ali inscrever os nomes divinos ou de fazer uma cruz.

O filho do pescador lembrou-se então de que seu livro continha uma imagem piedosa mostrando a crucificação do Cristo; ele virou-se para o Diabo e mostrou-lhe a imagem.

– Não suporto essa visão! – gritou o demônio.

– Então coloca-me no chão!

Mas o outro recusou-se. O rapaz mostrou-lhe então uma imagem cuja visão foi ainda mais insuportável, e o outro berrou:

– Afasta-a de mim!

– Então coloca-me no chão!

Não aguentando mais, o Diabo o soltou.

Ao cair, ele achou que estava novamente no chão, mas caíra sobre a chaminé de um castelo encantado. O rapaz rastejou para dentro do castelo até o nível dos quadris, em seguida, contorcendo-se, escorregou até chegar ao chão. Estava em um quarto escuro, depois achou a porta e chegou a um segundo recinto onde brilhava uma luz. Sentou-se e orou. Entraram, então, três donzelas negras como carvão que lhe perguntaram:

– Como chegaste aqui?

Ele explicou, e as moças lhe disseram:

– Se tu suportares ser maltratado três noites consecutivas, tua felicidade está feita, e nós estaremos livres[131]; mas, se não aguentares, será o fim de nós todos.

---

131. O motivo das noites de tortura – D 758.1. Desencanto por três noites (silêncio sob punição) – encontra-se nos contos do tipo ATU 326, 400 A e 402.

O filho do pescador aceitou. À noite, elas o deitaram no quarto onde dormiam normalmente e esconderam-se.

Surgiram então três diabos que passaram a noite a jogá-lo de uma cama para a outra, sem que ele emitisse o menor grito. Pela manhã, ao se levantar, um raio de luz atravessou a chaminé, e o rapaz viu que as donzelas tinham o rosto branco[132].

– Aguenta mais duas noites – imploraram elas –, e o castelo sairá da terra.

Na noite seguinte, havia ainda mais diabos, que o maltrataram tanto que pela manhã ele estava meio morto. O raio de luz iluminava agora as janelas, e as jovens estavam brancas até a cintura.

– Resiste mais uma noite, mas ela será pior do que as anteriores – pediram elas.

Na terceira noite, nove demônios passaram a noite a jogá-lo sobre doze camas. Quando o galo cantou, eles o fizeram em pedaços e desapareceram[133]. Agora o castelo emergia completamente do solo. As três donzelas pegaram os pedaços do corpo do rapaz, os juntaram e lhe deram vida.[134]. O rapaz deu um salto exclamando:

– Como eu dormi bem!

– Dormiste tão bem que teu sangue foi salpicado pelo quarto inteiro – responderam elas. – Agora, tu podes escolher aquela dentre nós que preferires. Ela será tua mulher, e tu reinarás sobre o reino.

---

132. Motivo D 701. Desencantamento gradual.
133. Motivo S 139.2. Pessoa ferida desmembrada.
134. Motif E 30. Ressuscitação por meio do arranjo dos membros. Partes de um corpo desmembrado são reunidos e segue-se a ressuscitação.

– Se eu escolher a mais nova, as duas mais velhas não ficarão com raiva de mim?

– De jeito nenhum!

Desposou então a mais nova.

Ele teria gostado de saber o que acontecera com sua própria pátria, mas sua mulher explicou-lhe que ele estava muito longe de lá, que era o sétimo reino[135]. A moça lhe ofereceu um anel, e bastava girá-lo para encontrar-se no lugar desejado[136]. Em um instante, o rapaz foi para seu país, onde diversos soberanos estavam reunidos na casa de seu pai adotivo; eles se perguntavam se o jovem homem poderia ter encontrado a morte e estavam muito aflitos. Ele entrou e lhes disse:

– Não chorem, estou vivo!

A alegria foi geral, e o rei organizou uma grande festa. O rapaz contou que estava casado, mas ninguém quis acreditar.

– Se quiseres, minha mulher pode estar aqui em um instante – replicou.

Ele saiu e girou o anel pensando: "Se minha mulher pudesse estar aqui!", e a donzela apareceu. Mas a moça não tinha vontade de se demorar e queria voltar para seu reino junto com o marido, enquanto o filho do pescador desejava permanecer como hóspede do monarca. Enquanto estavam fazendo um intervalo, ele adormeceu. A mulher pegou o anel, despertou-o e declarou:

---

135. É uma maneira sibilina de expressar o distanciamento.
136. Motivo D 1470.1.15. Anel mágico de desejo.

– Adeus! Eu te aguardarei durante sete anos. Se tu não tiveres voltado até lá, eu desposarei outra pessoa[137].

Em seguida, ela desapareceu. O homem constatou então que não tinha mais o anel e voltou tristemente para o palácio do monarca.

O sétimo ano já tinha quase passado, e o jovem ainda não chegara. Ele atravessou uma vasta floresta e, no crepúsculo, chegou à casa de um eremita[138], a quem perguntou:

– Sabes se ainda estou longe de casa?

– Ainda restam quarenta léguas a serem percorridas – respondeu o eremita –, e tua mulher vai se casar amanhã.

Ele viu um casaco e um chapéu pendurados e, embaixo, um par de botas.

– Diz-me, velho homem, de que te servem essas botas? – perguntou ele.

– Quando eu as coloco, eu faço quarenta léguas com um único passo[139].

– E o chapéu?

– Quando o giro, eu me encontro em um instante ali onde desejo estar[140].

– E o casaco?

– Quando eu o coloco, torno-me invisível[141].

---

137. Variante do motivo C 932. Perda da esposa por quebrar tabu.
138. Motivo N 843. Eremita como ajudante.
139. Motivo D 1521.1. Botas de sete léguas.
140. Motivo D 1067.1. Chapéu mágico.
141. Motivo D 1361.14. Capa mágica torna invisível.

O jovem soberano aguardou o velho dormir para logo depois colocar as botas, vestir o chapéu, enrolar-se no casaco e deixar o eremitério.

Deu um passo e encontrou-se na casa da sua mulher, onde se apressavam a celebrar o casamento, e ele andou por ali sem ser visto. Chegou o noivo em uma carruagem; quando este desceu do carro, o jovem soberano aproximou-se e deu-lhe uma rasteira, e o outro caiu. O noivo quis chegar até o balcão em que estava sua futura esposa, mas uma nova rasteira o fez cair novamente. Quando quis beijar sua noiva, o homem caiu pela terceira vez. Ao ver isso, a jovem disse chorando:

– Aguardei meu marido durante sete anos. Eu o aguardarei mais sete anos e não me casarei com mais ninguém.

Neste instante, o rei deixou cair seu casaco, e todos o reconheceram e festejaram seu retorno, como deve ser feito.

Fonte: LESKIEN, A.; BRUGMAN, K. *Litauische Volkslieder und Märchen*. Estrasburgo: Trübner, 1882, p. 433-438.

ATU 0756 B + 0425 (em parte).

Vários indícios sugerem que a esposa do filho do pescador é um ser sobrenatural, sem dúvida uma fada capturada com suas irmãs por um demônio: seu local de residência, a maneira como ela vai parar ali e sua posse de um anel mágico.

4
A criança prometida ao Diabo

Alemanha

Em uma ruela de Clausthal[142] morava há muito tempo uma mulher que tinha prometido seu filho ao Diabo na esperança de que isso lhe trouxesse muitas vantagens. Chegou o momento em que o Diabo veio buscar a criança, e ela saiu e deixou seu filho em casa. À noite, quando o Sol se pôs, o rapaz estava sentado à mesa, e as mulheres estavam tecendo um bordado, sem fazer barulho, havendo apenas o roncar da roda do tear e o sopro do vento. Foi uma noite horrível. De repente, ouviram uma tal algazarra na chaminé, em seguida no fogão, o que fez as mulheres perderem a audição e a visão. Elas não conseguiram sair, a porta estava fechada, no entanto tinham que sair! As mulheres pularam até a janela e incitaram o rapaz a segui-las.

– Eu não consigo sair do lugar! – gritou ele. – Acho que estou imobilizado.

Deixando-o lá, elas correram para os vizinhos tão rápido quanto possível para pedir ajuda. Quando elas voltaram, o rapaz não estava mais no lugar, as paredes estavam salpicadas de sangue, o quarto estava devastado. Tudo estava virado de cabeça para baixo, mesas

---

142. No Harz (Baixa-Saxônia).

e bancos virados ao contrário. No meio da sala, estava o rapaz, braços e pernas esmagados, morto.

Fonte: EY, A. *Harzmärchenbuch*. Stade: Fr. Streudel, 1862, p. 18 sqq.

5
O filho enfeitiçado do conde

Tirol austríaco

Era uma vez um conde muito rico que possuía diversos campos e florestas, castelos e granjas. Em seu calabouço, inúmeros tesouros foram empilhados, e o velho provérbio que diz que o apetite vem com a comida aplicava-se bem a esse homem. Não longe dali, morava um outro conde afortunado que também dispunha de grandes propriedades e cuja riqueza podia ser igualada à do primeiro. O fato de não ser o único a reinar como um príncipe sobre toda a região corroía o conde avaro, de personalidade orgulhosa. Ele refletia dia e noite quanto a uma maneira de eliminar seu rival para se apropriar dos seus bens. Era difícil, pois o nobre conde era amado e poderoso e teria certamente obtido a vitória em uma luta aberta. O avaro só queria agir se tivesse certeza do resultado. O que fazer? Fechava-se para urdir projetos sombrios, mas nenhum o agradava. Foi, então, para a floresta selvagem, onde morava um feiticeiro, para interrogá-lo.

Saltou sobre seu corcel preto, desceu e cavalgou pela floresta escura para visitar o mágico[143]. Por uma alta soma em dinheiro, esse último lhe deu uma planta para forçar fechaduras a fim de abrir portões e por-

---

143. O texto utiliza tanto "feiticeiro" quanto "mágico".

tas e uma varinha mágica[144]: aquele que fosse tocado por esta se transformaria em cavalo. Depois de o conde ter recebido esses objetos e aprendido a maneira como usá-los, satisfeito, foi até o castelo, armou seus fiéis e, na noite negra, em segredo, dirigiu-se silenciosamente até a morada do seu rival. Abriu a porta com a planta, e o guardião foi morto antes de conseguir reagir. O mesmo aconteceu com os servos. O avaro foi até o quarto de dormir e apunhalou o nobre conde[145]. Quanto ao seu filho único, que dormia em sua cama, ele o tocou com sua varinha mágica, e a criança foi instantaneamente transformada em um cavalo branco[146]. O assassino confiou a guarda do castelo e do cavalo a dois fiéis servidores e tomaram o caminho de volta com os outros, como se nada tivesse acontecido. Todos ficaram em silêncio, e ninguém suspeitou do crime noturno. Vendo seus desejos atendidos, o conde alegrou-se de sua maldade, pois seu coração era frio e duro como uma pedra, e há muito tempo ele não tinha mais consciência!

Mas no dia seguinte, à noite, enquanto os dois servos estavam sentados na sala de painéis dos escudeiros, um barulho dos infernos irrompeu no castelo conquistado: os cavalos relinchavam na corte e nos estábulos, os cavaleiros de esporas tilintantes pareciam subir e descer as escadas[147], as portas se abriam aos quatro ventos, as janelas ressoavam, e até mesmo

---

144. Motivo D 1254. Equipe mágica.
145. Motivo T 92.10. Rival assassinado.
146. Motivo D 131. Transformação: homem em cavalo.
147. Motivo E 402.1.5. O fantasma invisível faz barulho de batidas.

os bancos e cadeiras se mexiam[148]. Os dois servos, que tinham afrontado corajosamente a morte em diversas batalhas, tremiam como folhas verdes e esconderam-se em um canto. A barulheira ficou ainda mais forte; para completar, os criados e os escudeiros assassinados entraram no quarto[149] e sentaram-se à mesa, aterrorizando os dois guardiões até o nascer do dia. As assombrações pararam então, e um silêncio de morte abateu-se sobre o castelo. Na noite seguinte, o tumulto recomeçou, e os dois servos decidiram morrer a ter que viver uma nova noite de horror. Alimentaram o cavalo, trancaram portas e portões, em seguida voltaram a seu castelo, onde contaram os acontecimentos ao conde.

– Por nenhum preço nós passaremos mais uma noite naquele castelo mal-assombrado – acrescentaram eles.

O conde riu dessa covardia e enviou dois outros guardiões, com o mesmo resultado: já no dia seguinte, eles declararam querer deixar a inquietante residência. Assim prevenidos, os outros servos não tiveram a menor vontade de tentar a aventura e permaneceram surdos, mesmo às promessas mais tentadoras de seu senhor.

O conde mandou vir, então, seu velho criado e lhe disse:

– Martin, a coragem nunca lhe faltou, e tu sempre ignoraste o medo. Se aceitares vigiar o castelo, eu te tratarei como a um filho. Tu terás a cada dia o que puderes desejar como alimento e bebida, e eu recompensarei teus serviços prodigiosamente.

---

148. Motivo E 402. Ouvem-se ruídos misteriosos como os de fantasmas.
149. Motivo E 402.1. Ruídos causados por fantasmas de pessoas.

Indeciso, o homem coçou a orelha; como o conde insistiu, ele cedeu. Foi até o lúgubre castelo, após ter recebido ordem de jamais dar ao cavalo mais do que um punhado de feno por dia.

O velho criado viveu, portanto, sozinho no castelo. Dormia de dia, porque à noite o barulho era ensurdecedor. A cada dois dias, o conde vinha em busca de novidades. Martin se conformara há muito tempo às ordens do seu senhor, dando ao cavalo apenas um punhado de feno por dia. No entanto, quando o belo equino começou a emagrecer a ponto de suas costelas poderem ser contadas, teve pena do nobre animal. Pensou: "Se eu pudesse alimentá-lo convenientemente!" Todavia, a proibição do seu senhor intransigente lhe vinha incessantemente à cabeça e não saía mais. O cavalo estava tão fraco que mal conseguia ficar de pé. Isso tocou o velho criado, que há muito tempo achava o assunto estranho, e ele se perguntou: "O que acontecerá se eu o alimentar corretamente?" Passou do pensamento à ação e lhe deu feno e aveia até que ele se saciasse. Após ter sido suficientemente alimentado, o animal começou a relinchar amigavelmente e disse[150]:

– Que Deus te guarde! Se quiseres ser feliz para sempre, alimenta-me mais uma vez até a saciedade, depois sobe sobre minhas costas e dá a volta no lago que se encontra aos pés do castelo, até que tenhamos voltado ao nosso ponto de partida. O conde vai nos perseguir, montado sobre seu corcel negro que galopa como um demônio, mas não tem importância, já que, quando tu vires que ele está se aproximando de nós e que não poderemos escapar, tu baterás no chão

---

150. Motivo B 211.1.3. Cavalo falante.

com o chicote que fica pendurado na sela dos cavaleiros, e nós estaremos salvos.

Martin achou estranho que um cavalo pudesse falar, mesmo assim respondeu:

– Se tudo isso for verdade, eu seguirei tuas instruções.

– É verdade – replicou o animal. – Eu te juro por Deus e por todos os santos.

O cavalo então levantou suas pernas dianteiras, como se quisesse fazer um juramento.

– Eu vou refletir a respeito disso – respondeu o velho criado.

– Não reveles nada do que eu te disse à alma que vive – implorou o animal –, senão estaremos perdidos!

Martin deixou o estábulo se perguntando o que deveria fazer.

– Jamais encontrei um cavalo falante – disse ele a meia-voz. – É curioso! E por que o conde se preocupa com este animal? Eu vou até a sala dos cavaleiros e verei se há lá um chicote, eu nunca percebi nada.

Subiu a escada, entrou na grande sala e encontrou realmente um belo chicote de punho dourado, pendurado sob um velho retrato.

– Por Deus, que estranho! – exclamou Martin. – Esse chicote chegou aqui precisamente hoje, e ninguém mais além de mim encontra-se no castelo.

Quanto mais ele refletia, mais a situação lhe parecia insólita. Uma curiosidade irreprimível tomou conta dele, e logo Martin decidiu atender ao desejo do cavalo branco.

No dia seguinte, ele o alimentou tanto quanto quis, em seguida o arriou e lançou-se em direção ao lago. Mal tinham chegado, o conde, montado sobre seu cavalo negro como piche e com as narinas cuspindo chamas, aproximou-se a galope. O cavalo branco acelerou tanto que logo ficou coberto de espuma, mas o outro o alcançou sem demora. Tudo parecia perdido! Martin bateu então no chão com o chicote, e imediatamente um montículo ergueu-se diante do conde. Sua montaria o contornou rapidamente e voltou à perseguição dos fugitivos com ainda mais entusiasmo, aproximando-se pouco a pouco. Martin utilizou o chicote mais uma vez e uma colina surgiu. Foi assim que o cavalo branco chegou são e salvo ao seu ponto de partida. Nesse instante, sua pele caiu, e um jovem e belo cavaleiro apareceu diante de Martin, pegou sua mão, apertou-a e disse:

– Que Deus te recompense por ter me salvado! Eu te serei grato até o fim da minha vida.

Mal acabara de pronunciar essas palavras quando uma horrível tempestade se anunciou. Ambos olharam à sua volta e viram o chão engolir o conde e sua montaria. O cavalo negro era o Diabo em carne e osso[151], que tinha vindo buscar o avaro.

O jovem conde foi até seu castelo, do qual tornara-se o senhor e onde, dali em diante, passaria os dias em paz e feliz. Ele manteve durante muito tempo o fiel Martin ao seu lado e lhe ofereceu em acréscimo uma grande e rica fazenda, da qual ele mais tarde tornou-se o único proprietário.

---

151. Motivo G 303.3.3.1.3. O Diabo como cavalo.

Fonte: VINZENZ, I.; ZINGERLE, J. *Kinder- und Hausmärchen aus Tirol*. Innsbruck: Schwick, 1911, p. 268-273.

Contrariamente aos outros contos que comportam uma fuga mágica, este se abre de maneira muito original, colocando em cena o ciúme e o desejo de poder de um avaro que não recua diante de nada para satisfazer sua ambição. A conclusão lembra fortemente a tonalidade dos casos em que os demônios tomam a forma de cavalos negros (TU 1642). Tubach nota, por exemplo, o exemplum *de um avaro em agonia atormentado por cavaleiros montados sobre cavalos negros (TU 1490b). A montaria do Diabo é frequentemente um corcel negro (TU 1618; 1643).*

6
Como um pastor fez fortuna

Áustria

Em um dia quente de verão, as ovelhas de um pastor se dispersaram na floresta para se protegerem do calor. Após ter se agitado em vão para reunir seus animais, o pastor, furioso, abandonou o rebanho e afundou nas folhagens.

Estando acostumado a caminhar, nosso pastor logo se encontrou às portas da capital, que ele não conhecia. Ficou maravilhado e boquiaberto, como uma vaca diante da porta nova do estábulo. Entre as pessoas, percebeu um homem vestido com uma calça azul e uma túnica branca. Essa vestimenta o surpreendeu, e ele dirigiu-se a seu vizinho:

– Meu amigo, podes me dizer que tipo de homem usa calça azul e túnica branca?

– É um soldado.

– Um soldado? O que é isso?

– Um soldado ganha sua vida servindo ao rei; ele deve montar guarda e partir em campanha – respondeu o citadino.

– Isso seria bom para mim – disse o pastor. – Será que eu poderia me tornar soldado?

– Chegaste na hora certa, pois o soberano precisa de muitos homens a postos para a guerra com o rei vizinho.

Após ter feito ainda várias perguntas, o pastor foi até o palácio e alistou-se. A partir do dia seguinte, os novos recrutas desfilaram pelas ruas da capital, orgulhosos de suas roupas.

Quando aprendeu a usar seu fuzil e a virar à direita e à esquerda, chegou sua vez de fazer o turno da noite. Isso normalmente não o teria intimidado, pois não seria covarde se, como um camarada lhe revelara, sua vida não estivesse em jogo. De fato, ele devia montar guarda de onze horas a meia-noite no Rochedo do Diabo, horário em que o Maligno assombrava os lugares – e este já tinha feito em pedaços diversos soldados. Perturbado, o pastor refletiu sobre uma maneira de escapar desse perigo. Enquanto seus camaradas almoçavam na caserna, nosso homem pegou o barril de pólvora e deixou a cidade tão rápido quanto pôde. Uma vez fora da cidade, encontrou um velho, que o interrogou sobre a causa da sua precipitação. O pastor, acostumado a falar de maneira franca, comunicou-lhe sua decisão.

– Meu filho, tu cometes uma má ação fugindo. Volta para o teu posto, pensa simplesmente em traçar um círculo em volta de ti com tua baioneta abençoada[152]. Se seguires meu conselho, nada te acontecerá.

Essa palavras acalmaram o fugitivo, que deu meia-volta e entrou na cidade.

---

152. Havia o costume de abençoar as armas brancas.

Onze horas ainda não tinham soado e nosso soldado já estava de pé diante do Rochedo do Diabo. Como ele tinha seguido os conselhos do velho e traçado um círculo em volta de si para escapar das garras e dos dentes do Diabo, aguardou corajosamente os acontecimentos. Às onze horas, o espírito maligno se precipitou sobre a guarda, mas, ao chegar ao círculo[153], não conseguiu ir mais longe e gritou de raiva:

– Saia daí, senão eu te farei em pedaços!

O soldado permaneceu em silêncio e não se moveu. O Diabo gritou mais duas vezes, mas em vão. Resignado, ele disse então:

– Tu és o primeiro a me resistir, e eu vou recompensá-lo. Segue-me.

Após refletir, o soldado obedeceu. O Maligno foi vivamente a um certo lugar do rochedo, onde bateu com uma vara de ouro, e tal lugar abriu-se. Eles entraram, e o Diabo mostrou ao jovem soldado estupefato quantidades de ouro, prata e pérolas[154]. No momento de se separarem, o Diabo deu ao nosso pastor três objetos mágicos[155], dizendo-lhe:

– Se tiveres necessidade de dinheiro, vem até o rochedo, bate nele com a vara de ouro que eu te ofereço, e o rochedo se abrirá; tu poderás pegar quantos tesouros precisar. Esta ampola contém um líquido: se molhares as fechaduras, elas se abrirão[156]. Aqui está uma planta preta: coloca-a sobre uma pilha de dinhei-

---

153. Motivo D 1272. Círculo mágico.
154. Motivo N 512. Tesouro em câmara subterrânea (caverna).
155. Motivo D 812.3. Objeto mágico recebido do Diabo.
156. Motivo D 1242.1. Água mágica.

ro, e ela separará instantaneamente o dinheiro ganho honestamente do dinheiro ganho ilicitamente[157].

E o Diabo desapareceu.

O pastor quis voltar ao seu posto, porém outro guarda apareceu. Ele foi ao encontro de seu superior e lhe contou o que tinha acontecido. Como podia, dali em diante, encontrar dinheiro sem dificuldades, deixou o exército e levou, a partir de então, uma vida agradável, mas sem esquecer os pobres[158]. Dava a seu sapateiro, que estava passando por dificuldades, um ducado toda vez que ele limpava suas botas. O pobre sapateiro elogiou a grande generosidade de seu benfeitor em todos os lugares. Certa manhã, o rico pastor disse isto ao sapateiro, que acabara de lhe trazer as botas:

– Eu já lhe dei muito, mas ainda é muito pouco. Farei de ti um homem rico; vem à minha casa hoje à noite, ao cair da noite.

Louco de alegria, o homem deixou seu benfeitor e teve pressa de contar a todos que encontrava sobre a felicidade que o aguardava. A notícia se espalhou de boca em boca até chegar ao rei. Este convocou o sapateiro e, depois de interrogá-lo, disse:

– Eu também farei tua fortuna, se me deixares acompanhar o pastor no teu lugar e me emprestar tuas roupas.

Nosso homem concordou e prometeu não revelar nada.

Ao entardecer, vestido com as roupas do sapateiro[159], o soberano foi até a casa do pastor, que já o

---

157. Motivo D 965. Planta mágica.
158. Motivo W 11. Generosidade.
159. Motivo K 1816.10. Disfarce de sapateiro.

esperava e não o reconheceu na escuridão. Eles foram até a casa de um negociante suspeito de corrupção e usura. Molhadas pela água maravilhosa, todas as fechaduras se abriram, e eles chegaram até o cofre. Quando este foi aberto, o pastor pousou a planta negra sobre o dinheiro, e vejam! Imediatamente a metade do dinheiro, tudo que havia sido adquirido de maneira desonesta, saltou para fora do cofre, e o rei o pegou, pois o pastor lhe gritou:

– Pega tudo que puderes!

Quando eles deixaram a residência do comerciante, o monarca propôs:

– E se nós fôssemos à sala do tesouro real?

– Ainda não tens o suficiente? É preciso mais ainda? – respondeu o pastor. – Nunca entrei ali, tampouco irei hoje.

Mas o soberano insistiu até que o pastor cedeu. Quando ambos se encontravam na sala, o jovem colocou a planta negra sobre o dinheiro empilhado: nada mexeu. O rei aguardou que o pastor lhe ordenasse pegar o dinheiro, mas ele se calou. Quando o monarca mergulhou sua mão num monte de ouro para pegar algumas peças, horrorizado por tanta audácia, o pastor lhe disse:

– Para imediatamente ou eu quebrarei teu braço em dois. Percebe que eu só pego dinheiro ganho de maneira desonesta!

Em seguida, eles deixaram a sala. Separando-se à porta, o pastor declarou ao assim chamado sapateiro:

– Tu és pobre, e eu quis que enriquecesses, mas foi só veres o brilho do ouro que revelaste tua cupidez. Desaparece e não espera mais nenhuma ajuda da minha parte!

No dia seguinte, o rei mandou que o pastor viesse vê-lo e parabenizou-o pela sua probidade, após ter lhe revelado o segredo da noite anterior. Pediu para que ele continuasse com suas obras de caridade. O pastor o obedeceu, fazendo assim sua felicidade e a dos outros. Em seu leito de morte, ele legou ao monarca os três objetos maravilhosos.

Fonte: VERNALEKEN, T. *Kinder- und Haus- Märchen aus Österreich*. Viena: W. Braumüller, 1863, p. 87-92.

ATU 0314 A.

7
O criado do Diabo

Romênia

Um homem foi até uma fonte, ali mergulhou seu olhar e gritou:

– Vem, vem, vem!

Logo um sujeito com olhos vermelhos mostrou-se e lhe perguntou se ele não tinha um filho que poderia servi-lo.

– Tenho um – respondeu. – Que salário lhe pagarás?

– Cem florins.

– Bom, onde devo levá-lo?

– Aqui.

Quando chegou com seu filho, o Diabo lhe disse:

– Volta daqui a um ano, eu trarei teu menino e o dinheiro.

Em seguida, entrou na fonte com seu pequeno criado.

O menino crescera e se desenvolvera bastante; estava quase irreconhecível, e seu pai o deixou ao Diabo.

Após o segundo ano, o homem voltou à fonte e chamou:

– Vem, vem, vem!

O Diabo apareceu com o menino, mas perguntou se ele não queria deixá-lo mais um ano por trezentos florins, e o pai aceitou. Quando terminou o prazo, o Diabo apareceu e declarou:

– Apresento-lhe três meninos; se não encontrares o teu entre eles, ele me pertencerá, e eu não o devolverei.

Os três rapazes eram exatamente iguais, e o pai temeu se enganar. De repente, chegou um zangão, que lhe disse:

– Não se preocupe. Quando o Diabo trouxer os três meninos, eu virei zumbindo; um dos três tirará seu lenço para me pegar, esse é o teu filho.

Quando o Diabo se mostrou com os meninos que se pareciam como duas gotas d'água, o zangão chegou zumbindo bzzz, bzzz, e um dos meninos pegou seu lenço para capturá-lo. O pai colocou a mão sobre ele e declarou:

– É o meu filho.

Nada podendo dizer, o demônio desapareceu. Em três anos, seu criado havia aprendido vários truques.

Um dia, enquanto uma feira acontecia em seu vilarejo, o menino disse a seu pai:

– Vamos para lá para ganhar dinheiro! Eu me transformarei em garanhão, e tu me venderás a um bom preço a quem quiseres, exceto a um homem com olhos vermelhos.

Quando eles chegaram ao local, um personagem de olhos vermelhos já estava ali, mas o pai lhe disse:

– Não quero fazer negócio contigo.

O dia foi passando e, ao final de um tempo, um outro homem de olhos vermelhos apresentou-se. Pensando que mais nenhum comprador viria, o velho lhe vendeu seu garanhão. Quando o homem quis passar a rédea no pescoço do cavalo, este se transformou em lebre e começou a correr muito rápido, rápido, rápido, o Diabo indo atrás dele. Quando quase o pegou, o menino se metamorfoseou em corvo e saiu voando rápido, rápido, rápido, o Diabo ainda em sua perseguição. Quando quase o tinha pegado, o corvo tornou-se um peixe e pulou na água rápido, rápido, rápido, o Diabo continuando em seu encalço. Chegado à beira d'água, o Diabo interrogou um pescador:

– Viste um peixe incomum?

– Sim, há três dias de vantagem sobre ti.

Um pouco mais longe, perguntou a um peixinho:

– Viste um peixe incomum?

– Oh, sim, ele tem sete horas de vantagem sobre ti.

O Diabo continuou a correr. Quando estava quase conseguindo pegá-lo, o menino se transformou em um galo, que se locomoveu rápido, rápido, rápido, até entrar dentro do jardim real. Cantou um sonoro cocoricó, a filha do rei saiu, e o Diabo chegou atrás do galo, que se transformou em um anel que rápido, rápido, rápido saltou para o dedo da princesa; pediu-lhe para não o dar a ninguém, não importasse quanto lhe oferecessem em troca e dizendo-lhe que, se seu pai quisesse contradizê-la, ela deveria jogar o anel no chão e pisoteá-lo até que ele se tornasse pó.

O Diabo foi ao encontro do soberano para comprar o anel. O rei obrigou sua filha a dá-lo, mas ela o tirou do seu dedo, o jogou no chão, o pisoteou e o reduziu a pó. Da poeira surgiu um pé de milho, e o Diabo se transformou em galo e começou a bicar os grãos, mas não conseguiu impedir que um deles se transformasse em homem. O menino então desembainhou sua faca e cortou a cabeça do galo. Foi assim que eles se livraram do Diabo.

Em seguida, ele desposou a princesa e voltou para a casa do seu pai, que se alegrou em vê-lo são e salvo.

– Vê, pai, tu quase provocaste minha perda ao me vender ao homem dos olhos vermelhos, e no final acabaste fazendo a minha felicidade.

Fonte: SCHULLERUS, P. *Rumänische Volksmärchen aus dem mittleren Harbachtal*. Bucareste: Kriterion, 1977, p. 234-236.

* Bechstein 26, 51; Sklarek 25; Karadzic 6; Schullerus 25; Haltrich 14; Schott 19; KHM 68; Straparola VIII, 4.

ATU 0325.

8
O estalajadeiro

Tirol italiano

Havia uma esplêndida casa e um belo campo – o estalajadeiro de excelente reputação que vivia lá há muito tempo, nós não sabemos mais exatamente onde... Mas o bravo homem tinha um coração sensível demais e não suportava ver um pobre faminto ou com sede; preferia dar seu último pedaço de pão e sua última gota de vinho. Um dia aconteceu de ele não só não ter mais pão ou vinho para os outros, mas também não ter mais vinho para si mesmo. Estava tão coberto de dívidas que quiseram vender sua casa e expulsá-lo, e nenhum daqueles que ele socorrera veio ajudá-lo ou consolá-lo. Em vez disso, chegou um homem que o estalajadeiro nunca vira sofrer na época do seu esplendor. "O locador agora me dará as boas-vindas e não mais me desafiará, porque já aprendeu o suficiente". Era o Diabo que pensava assim e propôs ao estalajadeiro:

– Eu vou te emprestar dinheiro durante sete anos, pois teu infortúnio me incomoda, tu realmente não o mereceste. Mas ao longo de sete anos tu deverás me reembolsar e pagar na lata. Se fores incapaz, mesmo que falte apenas um centavo, tua alma me pertencerá.

O estalajadeiro compreendeu bem com quem estava negociando, mas pensou: "A condição é razoável, eu poderei reembolsar não apenas o Diabo, mas também os credores, e de agora em diante eu serei econômico". Ele concordou, e o Diabo lhe trouxe um grande saco de dinheiro com o qual suas dívidas foram pagas. Rindo dos seus credores, o hoteleiro os reembolsou e aumentou os esplendores do seu estabelecimento, no entanto retomou os hábitos antigos: incapaz de dominar os impulsos do seu coração compassivo, sustentou todos os pobres, e sua situação piorou. Um dia, quando os sete anos já tinham quase passado, ele estava sentado tristemente diante da sua casa. "É justo", pensou ele, "que minha alma pertença ao Diabo porque sou bom demais?" Ruminando esses pensamentos morosos, não percebeu a chegada de três viajantes necessitados até estes se apresentarem diante dele e lhe pedirem esmola.

– De boa vontade, eu vos darei dinheiro, do que comer e do que beber – respondeu ele –, mas não tenho mais um centavo.

Ora, esses três viajantes não eram outros senão Nosso Senhor, São Pedro e São João.

– Tu és um homem valente – disse-lhe Nosso Senhor. – Pede três favores.

– Eis meus três votos. Há ali uma figueira, e eu gostaria que aquele que subir não possa mais descer contra minha vontade. Gostaria também que aquele que se sentar no sofá da sala não possa se levantar sem minha permissão. Igualmente gostaria, enfim, que aquele que mergulhar as mãos na caixa que se encontra no ângulo deste recinto não possa tirá-las se eu não der autorização.

– Eu te concedo – respondeu Nosso Senhor. – Sede sempre assim, bom e caridoso, e tudo correrá bem para ti.

Fonte: L'oste dai cucca. In: SCHNELLER, C. *Märchen und Sagen aus Wälschtirol*. Ein Beitrag zur deutschen Sagenkunde. Innsbruck: Wagner'sche Universitäts--Buchhandlung, 1867, p. 31-35.

* Shullerus 31; Asbjørnsen & Moe 23.

ATU 0330 A, EM 12, col. 111-120; MLex 1033-1036.

O conto parece incompleto, pois o Diabo não veio reclamar aquilo que lhe era devido, e os votos não lhe serviram, contrariamente aos relatos que oferecem a mesma estrutura.

Anexo I

Alguns contos típicos sobre o Diabo

ATU 330: *O ferreiro mais esperto do que o Diabo*.

ATU 330 A: *O ferreiro e o Diabo*.

ATU 330 B: *O Diabo na mochila (a garrafa, o barril)*.

ATU 360: *O mercado do Diabo e dos três irmãos*.

ATU 361: *Pele de urso*.

ATU 461: *Os três pelos da barba do Diabo*.

ATU 407 B: *A amante do Diabo*.

ATU 475: *O caldeirão do Diabo*.

ATU 810 A: *O Diabo faz penitência*.

ATU 810 A*: *O padre e o Diabo*.

ATU 810 B*: *A criança vendida ao Diabo*.

ATU 811: *A criança prometida ao Diabo torna-se padre*.

ATU 811 A*: *A criança prometida ao Diabo é salva por sua empregada*.

ATU 811 B*: *Um menino salva sua mãe do Inferno graças à sua extraordinária penitência*.

ATU 811 C*: *A princesa salva das mãos do Diabo*.

ATU 812: *O enigma do Diabo*.

ATU 812*: *O enigma do Diabo resolvido de outra forma*.

ATU 813: *Uma negligência convoca o Diabo*.

ATU 813 A: *A menina maldita*.

ATU 813 B: *O neto maldito.*

ATU 813 C: *Que o Diabo me esfole se isso não for verdade! O Diabo o esfola.*

ATU 813*: *Aposta com o Diabo: não dormir três noites seguidas.*

ATU 815: *O rico defunto e os diabos na igreja.*

ATU 815*: *O sapateiro que fez sapatos para o Diabo.*

ATU 816*: *O Diabo tenta o pope.*

ATU 817*: *O Diabo foge quando o nome de Deus é citado.*

ATU 818*: *O Diabo vai se confessar.*

ATU 819*: *O retrato do Diabo.*

ATU 820: *O Diabo substitui o trabalhador diarista na colheita.*

ATU 820 A: *O Diabo colhe com uma foice mágica.*

ATU 820 B: *O Diabo no feno.*

ATU 821: *O Diabo como advogado.*

ATU 821 A: *O ladrão salvo pelo Diabo.*

ATU 821 A*: *Os truques do Diabo separam casais e amigos.*

ATU 821 B*: *O Diabo como convidado para o jantar.*

ATU 822*: *O Diabo empresta dinheiro a um homem.*

ATU 823*: *O conselho do Diabo.*

ATU 824: *O Diabo mostra a um homem que sua esposa o está chifrando.*

ATU 825: *O Diabo na arca de Noé.*

ATU 826: *Escondido na igreja, o Diabo anota os nomes.*

ATU 1047*: *O Diabo provoca um agricultor para lutar.*

ATU 1059*: *Um camponês faz o Diabo sentar-se em uma porta ao contrário.*

ATU 1162*: *O Diabo e as crianças.*

ATU 1163*: *O Diabo e o ferreiro*.

ATU 1164 B: *Nem mesmo o Diabo consegue viver com uma viúva*.

ATU 1164 C: *O Diabo assado em um pão*.

ATU 1166*: *O Diabo fica de guarda no lugar de um soldado*.

ATU 1168 C: *A Virgem Maria salva uma mulher prometida ao Diabo*.

ATU 1169: *Trocando cabeças com o Diabo*.

ATU 1178: *O Diabo derrotado ao adivinhar*.

Anexo II

Alguns motivos associados ao Diabo

D 102. O Diabo como animal.

D 142.1. O Diabo como gato.

D 812.3. Objeto mágico recebido do Diabo.

D 834. Item mágico adquirido ao drogar o Diabo.

D 1381.11. Círculo mágico protegendo do Diabo.

D 1810.2. Conhecimentos de magia obtidos do Diabo.

G 303.3.1.1. O Diabo como grande homem forte.

G 303.4.1.4.1. O Diabo tem um nariz comprido.

G 303.4.1.6. O Diabo tem chifres.

G 303.4.4. O Diabo tem garras.

G 303.4.5.3. O Diabo tem pés de cavalo.

G 303.4.5.4. O Diabo tem pés de cabra.

G 303.4.8.1. O Diabo cheira a enxofre.

G 303.4.5.6. Os joelhos do Diabo são virados para trás.

G 303.3.1.21. O Diabo como um homem grande e peludo.

G 303.3.1.2. O Diabo como um cavalheiro bem-vestido.

G 303.3.1.5. O Diabo como um pequeno homem velho.

G 303.3.1.7. O Diabo como caçador.

G 303.3.1.12.2. O Diabo em uma bela donzela.

G 303.3.1.13. O Diabo cozinheiro.

G 303.3.1.14. O Diabo como estudante.

G 303.3.1.15. O Diabo toma a forma de um judeu.

G 303.3.1.16. O Diabo sob o aspecto de uma criança.

G 303.3.1.18. O Diabo como sapateiro.

G 303.3.1.19. O Diabo como comerciante.

G 303.3.1.23. Satã disfarçado como mendigo.

G 303.3.3.3.3. O Diabo como pássaro negro.

G 303.3.3.1.1. O Diabo como cachorro.

G 303.3.3.1.2. O Diabo como gato.

G 303.3.3.1.3. O Diabo como cavalo.

G 303.3.3.1.5. O Diabo como porco.

G 303.3.3.1.6. O Diabo como cabra.

G 303.3.3.1.7. O Diabo como carneiro.

G 303.3.3.2. O Diabo como animal selvagem.

G 303.3.3.2.1. O Diabo como lobo.

G 303.3.3.2.7. O Diabo como macaco.

G 303.3.3.3.2. O Diabo como corvo.

G 303.3.3.6.1. O Diabo como serpente.

G 303.3.3.7.1. O Diabo como sapo.

G 303.3.4.4.1. O Diabo como turbilhão de vento.

G 303.4.1.3.1. O Diabo tem uma barba ruiva.

G 303.6.1.2. O Diabo surge quando o chamamos.

G 303.6.1.4. O Diabo aparece quando uma mulher se olha em um espelho após o pôr do sol.

S 223. O casal sem filhos promete seu pequeno ao Diabo se eles tiverem algum filho.

Bibliografia

ALARCÓN, P.A. *El Sombrero de três picos*. Madri: Pérez Dubrull, 1882, cap. XIV.

ARORA, S.L. *Proverbial comparisons and related expressions in Spanish*. Berkeley: University of California Press, 1977 (Folklore Studies, 29).

ASBJØRNSEN, P.; MOE, J. *Norske Folkeeventyr*. Christiania: Johan Dahl, 1852.

BECHSTEIN, L. *Le Livre des contes*. Paris: J. Corti, 2010 (Collection Merveilleux, 45).

CABALLERO, F. *Cuentos y poesías populares andaluzas*. Sevilha: La Revista Mercantil, 1859.

CABALLERO, F. *Cuentos, adivinanzas y refranes populares*: recopilación. Madri: Sáenz de Jubera, Hermanos, 1921.

CORTÉS VÁZQUEZ, L. *Cuentos populares Salamantinos II*: de encantamiento, de animales. Salamanca: Librería Cervantes, 1979, p. 58-64.

ESPINOSA, A. *Cuentos populares de Castilla y León*. Madri: Consejo Superior de Investigaciones Cientificas (CSIC), 1987, t. 1, p. 143-147.

EY, A. *Harzmärchenbuch*. Stade: Fr. Steudel, 1862.

GONZENBACH, L. *Peppe le sagace, et autres contes siciliens*. Paris: Imago, 2019.

GREIVE, A.; TALOŞ, I. (ed.). *Brancaflôr*: märchen aus der Romania. Aachen: Shaker Media, 2009.

GRIMM, J.; GRIMM, W. *Contes pour les enfants et la maison*. Paris: J. Corti, 2009. 2 v.

HAHN, J. *Griechische und albanesische Märchen*. Lípsia: Wilhelm Engelmann, 1864.

HALTRICH, J. *Deutsche Volksmärchen aus dem Sachsenlande in Siebenbürgen*. Viena: Carl Graeser/Julius Springer, 1856.

HOSÄUS, W. *Spanische Volkslieder und Volksreime; Spanische Volks – und Kindermärchen; Einfache Blüthen religiöser Poesie*. Paderborn: Ferdinand Schöningh, 1862.

KARADŽIĆ, V.S. *Volksmärchen der Serben*. Berlim: Reimer, 1854.

LESKIEN, A. *Balkanmärchen*. Jena: Eugen Diederichs, 1915.

LESKIEN, A.; BRUGMAN, K. *Litauische Volkslieder und Märchen*. Estrasburgo: Trübner, 1882.

OBERT, F. *Le Zmeu dupé et autres contes transylvaniens*. Paris: J. Corti, 2012 (Collection Merveilleux, 48).

PAPAHAGI, P. *Basme aromâne*. Bucareste: Rasidescu, 1905.

SCHOTT, A.; SCHOTT, A. *Rumänische Volkserzählungen aus dem Banat*. Bucareste: Kriterion, 1975.

SCHULLERUS, P. *Rumänische Volksmärchen aus dem mittleren Harbachtal*. Hermannstadt, 1907 (Archiv des Vereins für siebenbürgi- sche Landeskunde, 33).

SKLAREK, E. *Ungarische Volksmärchen*. Lípsia: Dieterich, 1901.

STAUFE, L. A. *Basme populare din Bucovina*: o colecție inedită. Bucareste: Editura Saeculum, 2012 (Collectie Mythos).

WIDTER, G.; WOLF, A. Volksmärchen aus Venetien. *Jahrbuch für Romanische und Englische Literatur*, v. 8, p. 3-384, 1866.

ZINGERLE, I.; ZINGERLE, J. *Les Plumes du dragon*: contes des deux Tyrols. Paris: J. Corti, 2018 (Collection Merveilleux).

Era uma vez... o Diabo

Leandro Garcia Rodrigues

A literatura é uma das formas mais complexas de representação artística da vida, das pessoas e de diferentes situações e anseios que configuram o existir humano. Literatura é ficção, tal fato não se questiona; todavia, o texto literário pode ter reflexos que intertextualizam com o cotidiano e com a história de pessoas e grupos sociais. Tal fato se percebe na intrincada representação do Diabo nas artes em geral, particularmente na literatura. É o que se pode perceber nesta coletânea, ora publicada pela Editora Vozes, que tem a interessante missão de apresentar um outro Diabo e outras possibilidades para a representação e a interpretação desse personagem em diferentes textos literários.

Em geral, o Diabo sofre as consequências da sua própria natureza constitutiva: ser relegado a uma dimensão maligna e infernal e a todo um universo que gira em torno dessa simbologia. Na verdade, o discurso em torno dessa figura extrapola os limites da teologia e atravessa outras áreas: a história, a psicologia, a filosofia e acaba nas representações artísticas as mais variadas. No imaginário popular, o Diabo é fortemente lembrado e representado, não é à toa que adquire vários nomes (muitos até pejorativos): Maligno, Coisa-Ruim, Capeta, 7 Peles, O Inimigo, Satanás, Tinhoso, Capiroto, Satã, Lúcifer, Cramunhão, Sarnento, Demo, Belial, Demônio, Cão, Desgraçado, Maldito, Anjo Mau, Belzebu, Príncipe das Trevas, Pai da Mentira, Chifrudo, Malfazejo, Exu e tantos outros, variando muito de acordo com a região geográfica, algo muito sintomático num país com as dimensões territoriais do Brasil. Inclusive, não é exagerado afirmar que, na literatura de cordel brasileira, o Diabo é uma das figuras mais marcantes, uma personagem sempre cativante e até importante e definidora de muitos enredos[160].

Pode-se afirmar que o Ocidente tem sido, ao longo dos séculos, profundamente marcado pelos antagonismos entre o Bem e o Mal, o Inferno e o Céu e Deus e o Diabo. Há todo um imaginário que gira em torno dessas dualidades que influenciou, dentre tantas coisas, a própria literatura barroca, fazendo com que o Diabo seja uma espécie de "fantasma coletivo ocidental", uma preocupação – às vezes uma verdadeira neurose! – que tem habitado o nosso sistema de signos e de significados.

Nesse sentido, as três principais religiões monoteístas – judaísmo, cristianismo e islamismo – têm sido as grandes responsáveis pela manutenção, e até pelo reavivamento, da figura do mal e dos seus efeitos sempre maléficos, especialmente para a alma e sua

---

160. O Diabo tem sido um personagem bastante recorrente noutro gênero: a literatura infantojuvenil. A julgar apenas pela perspectiva brasileira, vemos que o Diabo tem assumido as mais interessantes facetas, quase sempre positivas e nunca malignas. Ou seja, é comum termos um Diabo bom e amigo compartilhando das mais diferentes experiências e situações do dia a dia das personagens e dos enredos.

possível perdição. Há um verdadeiro discurso escatológico associado, não raras vezes, à danação eterna da alma dos infiéis que sucumbem às forças diabólicas, principalmente aqueles que não viveram uma vida moldada pelos valores religiosos e salvíficos pregados e defendidos por essas mesmas religiões[161]. Segundo Ferreira e Crozara (2014)[162]:

> É a partir da Grande Crise do Judaísmo que o Diabo é definido como inimigo confesso de Deus e a divisão do mundo é consumada entre Deus e o Diabo. Isso não foi uma invenção judaica, pois foi inicialmente formulado no século VI antes da era cristã pelo Mazdeísmo: entre os iranianos após Zoroastro. Os judeus tinham ido buscar na Mesopotâmia o esquema do Gênesis e possivelmente o dualismo Deus-Diabo. A partir de então, o Diabo tinha assegurada uma longa vida. [...] O Diabo aparecerá no Novo Testamento a partir de possessões violentas, e Jesus é o responsável por expulsar esse demônio. Além disso, o Diabo será identificado com a doença, sendo caracterizado como espírito sujo. [...] Ou seja, a história do Diabo confunde-se com a história do próprio cristianismo.

Por uma razão metodológica de espaço e limite para este posfácio, é-nos inviável fazer uma "história

---

161. Uma situação sempre difícil e de complexa análise diz respeito às manifestações religiosas de grupos neopentecostais que, no geral, evocam exageradamente e até mesmo relativizam a figura do Diabo, relegando a este todos os males espirituais – pessoais e coletivos – responsáveis pela degradação humana.

162. FERREIRA, Y.N.; CROZARA, M.S. O Diabo pode não ser tão feio quanto pintam: uma leitura do conto "O Bom Diabo", de Monteiro Lobato. In: FERRAZ, S.; LEOPOLDO, R.N. *Escritos luciféricos*. Blumenau: Editora da Furb, 2014.

do Diabo", pois consiste em assunto assaz complexo e longo, cheio de múltiplas especificidades históricas, culturais e teológicas, variando muito de acordo com a cultura e com a tradição religiosa consideradas. Podemos afirmar que o Diabo tem sido uma personagem literária deveras explorada, analisada e representada das mais diversas formas, com inúmeros contornos que enriquecem a sua análise e têm provocado as mais interessantes interpretações por parte da crítica literária ao longo dos anos. Esta coletânea vem contribuir para o enriquecimento cultural em torno dessa intrigante criatura e do seu legado simbólico, trazendo inúmeras facetas que provocarão as mais diferentes sensações no leitor. Dos seus vários textos, destaco este fragmento do conto italiano "O Diabo desposa três irmãs":

> Um dia, o Diabo teve vontade de se casar. Ele deixou o Inferno, tomou a forma de um belo jovem e construiu para si uma bela e grande moradia. Quando ela acabou de ser construída e estava bem arrumada e decorada, ele se introduziu em uma família que tinha três belas filhas e fez a corte à mais velha. Ele foi do seu agrado, os pais ficaram encantados por ver sua filha se casar com um tão belo partido, e pouco depois as núpcias foram celebradas. Quando a esposa entrou em sua casa, ele lhe ofereceu um pequeno buquê de flores amarradas com bom gosto, mostrou-lhe todos os cômodos da casa e a levou, finalmente, a uma porta aberta.

– A casa inteira está à sua disposição – disse ele. – A única coisa que peço é que nunca, jamais, abra esta porta.

Vemos aqui uma interessante humanização dessa figura maligna, um Diabo que sente e sofre as vicissitudes e necessidades da condição humana, deixando sua morada eterna – o Inferno – e vindo ao mundo terreno buscar pretendentes para o seu casamento. Ou seja, temos aqui uma espécie de hierogamia muito comum nas narrativas mitológicas de origem clássica, principalmente as gregas, nas quais era comum a entidade divina deixar o Olimpo (ou o Hades), travestir-se de ser humano, seduzir mulheres e homens e, com estes, compartilhar de uma forte e marcante experiência amorosa.

Nesta coletânea, o leitor percebe que a literatura sempre humanizou o Diabo, compartilhando com este os prazeres e as idiossincrasias da condição humana. Não exagero em afirmar que o Diabo tem sido muito mais humanizado do que o próprio Deus, pois este sempre é representado como um ser etéreo, supremo e quase inalcançável; já o Diabo aparece, em muitos textos literários, como um amigo, um pretendente e até um irmão ou familiar, como se percebe no conto "O Diabo como cunhado":

> Os sete anos que o Diabo impusera ao rapaz tinham terminado. No dia das núpcias, uma esplêndida carruagem, brilhante de ouro e pedras preciosas, apresentou-se diante da casa do comerciante. O aprendiz, de agora em diante um jovem, rico e elegante senhor, desceu da carruagem. Sua noiva ficou aliviada, sem um grande peso nas costas, e gritos de alegria foram ouvidos. Em um longo cortejo, os noivos foram para a igreja, pois o comerciante e o estalajadeiro tinham convidado todos os seus parentes. Apenas as duas irmãs da feliz noiva estavam ausentes: de raiva, uma se enforcara

e a outra se afogara. Ao sair da igreja, o noivo viu, pela primeira vez em sete anos, o Diabo empoleirado sobre um telhado, rindo com um ar satisfeito [...].

É a riqueza que a literatura nos proporciona: reconfigura personagens e tradições, ressignificando-as sob as mais diferentes perspectivas de representação imagética e simbólica. Afinal, segundo a Teoria Literária, uma das principais características da literatura é justamente a plurissignificação, e tal premissa é explícita em relação ao Diabo: maligno, sedutor, inteligente e – quem sabe – bom.

Dialogando com outras artes

Há uma imensa profusão de obras artísticas que tematizam o mal e têm o Diabo como personagem principal. Na maioria delas, esse ser maligno é apresentado como ardiloso, corrupto, mentiroso e, acima de tudo, sedutor. De tantas opções, enumero aqui as principais e que obtiveram maior repercussão de mídia, público e crítica.

1) Cinema

a) *O exorcista* (1973)

b) *Poltergeist – O Fenômeno* (1982)

c) *A lenda* (1985)

d) *Coração satânico* (1987)

e) *Ela é o Diabo* (1989)

f) *Anjos rebeldes* (1995)

g) *O advogado do Diabo* (1997)

h) *South Park* (1999)

i) *Fim dos dias* (1999)

j) *A lenda do cavaleiro sem cabeça* (1999)

k) *Endiabrado* (2000)

l) *Um Diabo diferente* (2000)

m) *O auto da compadecida* (2000)

n) *Olhos famintos* (2001)

o) *Constantine* (2005)

p) *O exorcismo de Emily Rose* (2005)

q) *O Diabo veste Prada* (2006)

r) *O motoqueiro fantasma* (2007)

s) *O homem que desafiou o Diabo* (2007)

t) *Demônio* (2010)

u) *Legião* (2010)

v) *O último exorcismo* (2010)

w) *Annabelle* (2014)

x) *Errementari: o ferreiro e o Diabo* (2017)

2) Séries televisivas

a) *South Park* (1996)

b) *Angels in America* (2003)

c) *Supernatural* (2005)

d) *Grimm* (2011)

e) *666 Park Avenue* (2012)

f) *Sleepy Hollow* (2013)

g) *Salem* (2014)

h) *Lúcifer* (2016)

i) *A maldição da residência Hill* (2018)

j) *O mundo sombrio de Sabrina* (2018)

k) *Constantine: Cidade de Demônios* (2018)

l) *Evil* (2019)

3) Música

a) "Sympathy for the devil" (Rolling Stones), do álbum *Beggar's Banquet* (1968).

b) "Devil's food" (Alice Cooper), do álbum *Welcome to my nightmare* (1975).

c) "Runnin' with the devil" (Van Halen), do álbum *Van Halen* (1978).

d) "Devil's child" (Judas Priest), do álbum *Screaming For Vengeance* (1982).

e) "The number of the beast" (Iron Maiden), do álbum *The number of the beast* (1982).

f) "Shout at the devil" (Motley Crüe), do álbum *Shout at the devil* (1983).

g) "Devil's Island" (Megadeth), do álbum *Peace sells... But who's buying?* (1986).

h) "Devil's dance" (Metallica), do álbum *Reload* (1997).

i) "Beelzeboss (the final showdown)" (Tenacious D), do álbum *The pick of destiny* (2006).

j) "You and me and the devil makes 3" (Marilyn Manson), do álbum *Eat me, drink me* (2007).

k) "The devil went down to Georgia" (Adrenaline Mob), do álbum *Dearly Departed* (2015).

4) Pintura[163]

a) *O juízo final* (1303-1305), de Giotto.

b) *Juízo final* (1426), de Jan van Eyck.

c) *O juízo final* (1435), de Stefan Lochner.

d) *O juízo final* (1467-1471), de Hans Memling.

e) *O juízo final* (1482), de Hieronymus Bosch.

f) *O cavaleiro, a morte e o Diabo* (1515), de Albrecht Dürer.

g) *O juízo final* (1535-1541), de Michelangelo Buonarroti.

h) *O juízo final* (1560-1562), de Tintoretto.

i) *O Diabo com uma lança* (1800), de Nathaniel Dance-Holland.

---

163. Nesta expressão artística, é comum vermos o Diabo sendo representado nas pinturas que tematizam o juízo final, numa perspectiva bem escatológica de tendência cristã.

Vozes de Bolso – Literatura

- O Pequeno Príncipe
  Antoine de Saint-Exupéry
- Dom Casmurro
  Machado de Assis
- Memórias de um Sargento de Milícias
  Manuel Antônio de Almeida
- O Alienista
  Machado de Assis
- O Cortiço
  Aluísio de Azevedo
- Iracema
  José de Alencar
- O triste fim de Policarpo Quaresma
  Lima Barreto
- Macunaíma – O herói sem nenhum caráter
  Mário de Andrade
- Amor de perdição
  Camilo Castelo Branco
- O primo Basílio
  Eça de Queirós
- Memórias póstumas de Brás Cubas
  Machado de Assis
- A moreninha
  Joaquim Manuel de Macedo
- Senhora
  José de Alencar
- Lucíola
  José de Alencar
- A mão e a luva
  Machado de Assis
- O Ateneu – Crônica de saudades
  Raul Pompeia
- Helena
  Machado de Assis
- Quincas Borba
  Machado de Assis
- A metamorfose
  Franz Kafka
- O Guarani
  José de Alencar
- Esaú e Jacó
  Machado de Assis
- A carta de Pero Vaz de Caminha
  Pero Vaz de Caminha
- O crime do Padre Amaro
  Eça de Queirós
- O processo
  Franz Kafka
- A fazenda dos animais
  George Orwell
- 1984
  George Orwell
- Contos e lendas do Diabo
  Claude e Corinne Lecouteux

Leia também!

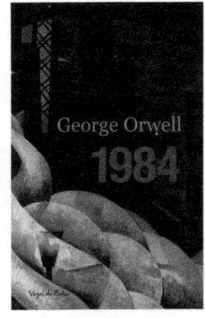

- Machado de Assis — **ESAÚ E JACÓ**
- George Orwell — **1984**
- George Orwell — **A FAZENDA DOS ANIMAIS**
- Franz Kafka — **O PROCESSO**
- Eça de Queirós — **O CRIME DO PADRE AMARO**
- **A CARTA DE PERO VAZ DE CAMINHA**

EDITORA VOZES

Conecte-se conosco:

f facebook.com/editoravozes

⊙ @editoravozes

🐦 @editora_vozes

▶ youtube.com/editoravozes

🗨 +55 24 2233-9033

www.vozes.com.br

Conheça nossas lojas:

www.livrariavozes.com.br

Belo Horizonte – Brasília – Campinas – Cuiabá – Curitiba
Fortaleza – Juiz de Fora – Petrópolis – Recife – São Paulo

EDITORA VOZES — VOZES NOBILIS — *Vozes de Bolso* — **Vozes Acadêmica**

EDITORA VOZES LTDA.
Rua Frei Luís, 100 – Centro – Cep 25689-900 – Petrópolis, RJ
Tel.: (24) 2233-9000 – E-mail: vendas@vozes.com.br